袭明集

王宝成 著

西北大学出版社
·西安·

图书在版编目（CIP）数据

袭明集／王宝成著．—西安：西北大学出版社，2021.1
ISBN 978-7-5604-4684-4

Ⅰ.①袭… Ⅱ.①王… Ⅲ.①杂文集—中国—当代
②随笔—作品集—中国—当代　Ⅳ.①I267.1

中国版本图书馆 CIP 数据核字（2021）第 018924 号

XIMING JI
袭 明 集

王宝成　著

西北大学出版社出版发行

（西北大学校内　邮编：710069　电话：029-88302621　88303593）
http://nwupress.nwu.edu.cn　　E-mail：xdpress@nwu.edu.cn

新华书店经销　　西安华新彩印有限责任公司印刷
开本：787 毫米×1092 毫米　1/16　印张：21.25

2021 年 1 月第 1 版　2021 年 1 月第 1 次印刷
字数：305 千字

ISBN 978-7-5604-4684-4　定价：68.00 元
如有印装质量问题，请拨打电话 029-88302966 予以调换。

自　序

人生在世，做一个有用的人难，做一个明白人更难。其实二者是一致的，有多大用，于何地有用，自己先要把握好，这就涉及"明白"二字。"明白"之义，古人称之为通达晓畅，又叫洞明世事，又叫通识。有一定造诣、经历丰富的人，才能致其万一。读书使人明白道理，阅世使人明白人生，经历使人明白自己。这些，每个人都曾做过，或者正在做。

指引人生方向的是信仰，换个词叫"哲学"，这是另一个境界的问题。明白世事，明白人生，明白自己，促使人产生形而上的冲动，人生的意义就更加丰富。

如我一样，很多人都在追求道，殊不知，人若活明白了，道自在其中。

曾经参观过一些佛刹胜地，看到观音菩萨总是一个表情——微闭双目，面容慈祥，而门首的金刚则不同——怒目圆睁，模样吓人。渐渐就明白，道行深到一定境界，不需观世相也能洞明一切。菩萨微闭双目正是因怀一片垂怜之心，不忍见人间诸恶。而那些扮恶相吓人的，故自没有修炼到家。菩萨自信，无凭借；金刚不自信，需要借助表情体现力量。

关于人生，孔子有一个分段论："吾十有五而志于学，三十而立，四十而不惑，五十而知天命，六十而耳顺，七十而从心所欲，不逾矩。"（《论语·为政》）这段话实际上有一个逻辑顺序："学"而后方能"立"，"学"而"立"方"不惑"，"不惑"则知"天命"；于世事无忤，才称得上"耳顺"，反映的是一种通达状态；于世事洞明通达，则可以"从心所欲"，这是通脱，不需要拘持了。到此一步，就该彻底解放了？还不，"不逾矩"，是有限自由，是戴着脚镣跳舞。孔子生怕自己滑入老庄的不羁，陷于虚无，这是他的高明之处。

这是孔子公开说的话，他私下却对颜回说："用之则行，舍之则藏。"又对子路说："道不行，乘桴浮于海。"孔子也向往彻底的自由，这是他真实的一面。

《道德经》说："含德之厚，比于赤子。毒虫不螫，猛兽不据，攫鸟不搏。骨弱筋柔而握固，未知牝牡之合而朘作，精之至也。终日号而不嗄，和之至也。知和曰常。知常曰明，益生曰祥。"老子认为"赤子"最有力量，它处于混沌状态，精气充沛，元气不散；反过来讲，人长大了，精气会逐渐散失。这是老子的明白，与孔子是反向的。一个是原生的智慧，一个是阅世的智慧。

近些年，我一直致力于做一个明白人，故而读书，思考。有所得就记下来，岁长日久，就有了这本小书。重新翻览，觉得有些内容还很稚嫩。但因为它反映了一个过程，所以不舍废弃。现在出版，也是"用之则行，舍之则藏"之意，愿诸公勿以为过。

老子说："善行，无辙迹；善言，无瑕谪；善数，不用筹策；善闭，无关楗而不可开；善结，无绳约而不可解。是以圣人常善救人，故无弃人；常善救物，故无弃物。是谓袭明。"取其"袭明"，借作书名。虽无善行、善言、善数、善闭、善结，纵不能救物，但也总希望自己不是弃人。

目 录

卷 一

一张照片与一个人 ... 3
岳母的生命力 ... 7
不幸的日子 ... 13
乡贤崔煜 ... 16
酒徒孔保尔 ... 20
肖半仙行传 ... 24
一笔感情账 ... 27
每天都是好的 ... 30
吾家阿黄 ... 35
不通 ... 37
面子问题 ... 41
这个世界有多少人需要你 ... 45
酒后呓语 ... 48
老而有泪辄轻弹 ... 50
田园将芜胡不归 ... 52
活着的意义 ... 58
"理"的世纪 ... 61

国学——被把玩的尴尬 65
从猿到人与从人到猿——论人的动物性返祖现象 67
"列国"纪行 73
"晋国"行 84

卷 二

《左传》的语体风格 99
"游于艺"新解 104
由"道可道"说起 106
《孟子》章句之章句 108
韩非的术 112
诸事简 118
对手 123
善于表演的阿斗 128
"此陛下家事" 131
到底谁干净 136
"及时雨"宋公明 138
给对方一个出路 142
戴名世《忧庵集》 145
《阅微草堂笔记》五则 155
陈寅恪的红豆因缘 161
国民性与饮食之道 169
《十批判书》 172
《知堂书话》 183
一代有一代的学问 187

难言之私有学问	193
"三纲"之说及其他	197
"不可捉一个中来为中"	199
从会通谈起	202
读书当读正气书	209

卷 三

乐是修身大境界	215
抱翁老人	218
白文书	219
想象力	220
守常之道	222
进止之道	224
知与行	225
事人与事鬼	226
食古不化	227
雨气	228
章氏之学	229
作文之道难学	231
陶潜不可学	232
唐人行卷	234
平路有险	236
称贷	237
寒门左思	238
击壤	240

答案其实都知道 242
门外响起脚步声 243
旧事 246
述而不作 247
《焦仲卿妻》及其他 248
君天下之夫妻论 250
文化家与思想家 252

卷 四

溯源流　明体用 255
简狄、姜嫄之事 258
羞与樊哙为伍 262
老兵桓温 264
摴蒱之戏 266
司马迁的侠士情结 268
唐太宗《晋书》四论 274
从西晋王氏家族看朝廷关系网 278
于定国不冤民的背后 283
才能与见识 285
读史不当做过情论 286
农耕文化 288
中国文化的仪式感 290
古代都城设置与政治密码 292
华夷之辨的背后 302
东汉戚党、宦祸与清流之弊 308

卷一

一张照片与一个人

有一张王仲生老师的照片，给我留下了深刻印象。尽管做他的学生已是三十五年前的事了，这三十五年来也没断了来往，但我对他的了解，还是没有这张照片让我印象深刻。

照片是一张半身像，仲生师睨视前方，目光精锐，学究气十足。可又不完全是这样，我注意到他那具有穿透力的眼光，以及异样的眼神，有一股说不出来的味道。

他似乎总不服输，不愿低下头颅。那具有穿透力的眼光，总想告诉人一些内心深处的东西。

已故学者陈寅恪就有与之相似的神态。那是他1947年在清华园寓所门前的一张照片，头微侧，直视远方，目光更峻严一些。

拿陈寅恪与仲生师相比，似乎有些唐突，但我觉得没有什么。学者虽然有大小，但有些东西是相通的，精神可以跨越时代，可以薪火相传。

陈寅恪终生信奉"独立之精神，自由之思想"，仲生师也终生信奉。文化是什么？文化就是这点儿东西，就是这点儿骨血，它比黄金珍贵。

思想和境界照样可以传承。仲生师教会我的，也是这些东西。

有一次，我们师生两人联袂做了一场报告，主题是诸子思想，这是他又一次带我。约定好各讲一小时，我做开场白。因为没经验，我讲得急急促促，想一下子就把事情交代完。到仲生师时，他虽然仍像当年那样容易激动，激情不减，但会适时停顿片刻，给听的人留一些思考的空间。在这间歇里，二百多人的教室里静悄悄的，一种诱人的气场在上空盘旋。他调动情绪的功夫已臻上乘。

那次非常成功，结束时会场上爆发出热烈的掌声——自发的，没等到提议就响起来了。这种掌声已经久违了。

报人贾女士为我们师生做串场，她事先备足了课，分析很到位，把讲座拔高了很多。她有这方面的经验，所以操刀之下，游刃有余。

中午大家围在一起吃了顿便饭。饭间贾女士提出要给仲生师拍照片留念，于是有了这张照片。拍照时我没太留意，等她把照片发到微信上，我看到后大吃一惊，这才晓得她拍照的水准。

仲生师那天头扬得很高，加意整理了衣服，一丝不苟的样子。这是他的另一面。

天气原因，那张照片的底色灰蒙蒙的，在浑浊的白光映照下，仲生师背后隐隐现出一道门洞，涂抹出几分苍茫与厚重。

也就是在那次讲座上，我发现他老了，气力明显跟不上，得稍做喘息，才能接着讲。他从讲台上下来，我赶紧递上一支烟——我们视之为"续命膏"。

以前可不是这样。当年他给我们讲毛泽东诗词，一边念着"山下，山下，风展红旗如画"，一边径自站起来，身子前倾三十度，一手做刀砍斧劈状直劈下去，惊得大家都瞪大眼睛。

他最擅讲鲁迅，讲孔乙己，讲祥林嫂，讲阿Q，讲着讲着，竟会哭出声来。鲁迅给了他很多，他身上有浓厚的鲁迅气。

八十岁以前，他每天要走两万步，走得呼呼生风，腿脚走出毛病来才停止；吃起饭来滋滋有味，饭量比我还大，一副要做大事的样子。谁知现在身体跟不上了，英雄不折腰却"折气"。

仲生师被誉为文学评论家，他似乎对此也习惯了。他评过贾平凹、陈忠实，知陈忠实尤深，往往不由自主地以人论文。近年来，许多不知名的作者前来请他作序、写书评。此外，他还得赶场子参加一些作家的作品发布会，忙得像社会活动家一样。

他不像别的评论家，翻翻书就能凑出一段话。凡送来的作品他都认真通读，占用了大量时间。孰知敷衍有敷衍的好处，认真有认真的弊端。既然下了功夫，他就觉得应对得起花费的时间，所以讲起真话来了，哪里晓得世态人情的妙处就在于让人讲假话。他因而不招人喜欢，回到家里自己生闷气。

因此他常说自己笨；虽然略显矫情，却也是实情。这世界上聪明人太多，"笨"就"笨"点儿吧。

据我所知，他是不喜欢评论家这个头衔的。相比之下，他更得意于人家称他学者。我私下猜测，他是觉得学者比评论家干净。

他经常向我摊开两手，抖着，后悔万分的样子，说时间都花费在不值当的事上了。说这话的时候，他略显衰老的身躯在屋子里转来转去，吭吭声不断。我懂得他的苦恼，他的苦恼在于不知道这些苦恼是谁带来的。

我经常登门造访，每每遇见一堆作家、学者围在一起高谈阔论，他家里真成"太太的客厅"了！高朋满座时我就局促，所以事先都会打电话，没人我才去。

一些人架着文学的高尚名义消耗他的生命，当然也包括我在内。他已经八十多岁了，要做的许多事还没有做。

环境会影响人，我有时就想，仲生师沉浸在这种环境中，还耐得住寂寞否？

他有一种痛苦——不断与世风流俗进行着抗争，这种抗争也同样是与风车在斗，连对手都找不到。"和其光，同其尘"，他做不到；和而不同，或同而不和，自然另有一番痛苦挣扎。

他容易激动，不小心就中计。多年来我每遇到问题与他讨论，怕他不肯掏心窝，就找些话题激他。这样很奏效，他常常会因此滔滔不绝，把全部东西掏出来。后来我才知道，这纯属多余，只要他感兴趣，或者认为提的问题有水准、有眼光，不用诱导，他就会敞开心胸。

我们经常像"我的朋友胡适之"那样对话。唐德刚说过:"胡适的伟大,就伟大在他的不伟大。"仲生师虽不能与胡适相提并论,却也乐于亦师亦友地待人——风气是相通的,这也是他讨人喜欢的地方。

仲生师待人是温和的,每见人辄呵呵呵呵地笑。别人不笑了,他还兀自一个人呵呵呵不断,赔笑一般,真是春风可人!然而谈到时风流弊,谈到学术问题,他却丝毫不假借于人,每每凌厉逼问,搞得对方怯怯心虚。这时,你会看见照片上那副神情:傲岸里透着自信,透着不可欺。他已经八十多岁了,虽然鹤骨鸡肤,但骨头依然那么硬。

为师之道,循循善诱、奖掖后进是对的,然而更可传承的还不在此,比之高贵的应该是尊严——学术尊严,为师尊严,做人尊严。

尊严意味着相互尊重。我因读了几本古书,受到仲生师肯定,被看作"读书种子"一般。他这几年沉潜在宋明理学里,将其与西方哲学作比,有了许多新发现。每有所得,辄大呼小叫:"原来是这样!原来是这样!"一有收获,就开始教训人:"你得把眼界放宽,不要轻易上古人的当。"我们俩都得了"古"病——他疑古,我信古。

我就学的那所学校是一所师范院校,学生毕业后一般到中学任教。那时教师行业不景气,很多人不愿教书,连带着也讨厌"师范"二字。但那所学校里真的有一批堪为人表的老师,仲生师就是其中一位。

岳母的生命力

我的岳母是一个世俗中人,或者竟可以说俗不可耐。她能活到现在是一个奇迹,看样子还能再活几年。我没有咒她老人家的意思,实在是打心眼儿里佩服她顽强的生命力。

一

事情还得从岳父身上谈起。自打我进入岳父家,成为这家的成员,岳父母就一直吵架,直到把岳父吵死。岳父是一家植物研究所的研究员,一生只研究一种树——漆树。漆树生长在大山里,所以他常年钻山沟。也多亏了他的职业,要不他会死得更早。岳母年轻时受了婆婆的气,就把这些气都撒在岳父身上。她早先在郑州一所技校学习,毕业后进了工厂。20世纪80年代,为投奔岳父,她工作不要了,在植物研究所做临时工维持生计。她把这笔账也算到了岳父头上。

印象中,岳母对岳父的所有事都不满,埋怨他脏,埋怨他懒,埋怨他不会理家,埋怨他耽误子女……她把所有对现状的不甘都归罪于岳父。如果统计一下她说过的话,你会发现,岳父在其中占绝对分量。岳母的数落之所以能持久进行,缘于岳父的好脾气。他身高体胖，脸庞圆乎乎的，这种人耐受力强。对岳母的蛮横，岳父一概置之不理，偶尔抢辩一句，也明显底气不足。他后来学聪明了，一般情况下都保持沉默，吵架就成了岳母一个人的战斗。如果岳父胆敢顶撞，岳母就会没完没了。

为躲避吵架，岳父一般不愿回家，可饭总得回家吃。岳父常常是硬着头皮，如忍者一样坐在饭桌旁，等着饭端上来。吃完，双手一甩就出门躲开了。害得岳母不得不抓紧吃饭这个空儿，手口并用，发泄一通。通常是饭做好，端上来，给岳父的那碗须重重地顿一下，以发出沉闷的响声为准，再声气很足地加一句："吃！吃！就知道吃！"

岳父六十五岁时得了一场大病，要了他的命。这病的专业名称叫呼吸肌无力。他被拉开喉管，靠呼吸机供氧。因无法进食，他一百八十斤的体重最后消耗到只有八十斤。他一生不愿多说话，这病倒对了脾气，可惜的是连临终遗言也没留下。他住院期间，岳母到医院去过几次，每次去，憋不了三分钟就故技重演，埋怨丈夫不锻炼，不爱惜身体。一句话，咎由自取。岳父依然保持他逆来顺受的好品格，闭着眼默默地听。

岳父去世后，每年的清明节，岳母都坚持到墓地烧几张纸钱。她还是那样，边烧纸钱边唠叨。如果上天有灵，岳父应该不反感。

岳父岳母都是善良人，对他人礼让为怀，对子女也宽宏大量，唯恐不小心得罪了人，可就是过不到一起——好人未必是好夫妻。

二

没有了吵架对象，岳母表达的欲望丝毫未减，只不过对象改变了。她仍然埋怨，埋怨孙子打游戏，睡觉没盖好被子，不吃绿菜；埋怨我抽烟喝酒，不洗脚。她唯独不埋怨女儿，怜惜女儿身体不好，嘱我好好照顾。岳父去世后，她辞去了植物研究所的工作，一心在家养老。多数时间她与儿子住在一起，偶尔来我家调剂几天。来了就干活，洗衣服，做饭，拖地板，拦也拦不住。上一辈人的勤劳品格，到我们这一代已逐渐式微，遑论下一代。

不管做任何事，岳母都保持着手口并用的习惯，一边做事，一边絮絮叨叨说个不停，任何一个说评书的都赶不上她的话多。孙子没有岳父的好脾气，每每抗议："奶奶，你别说话了！"她极在乎孙子，一听马上闭上嘴。可又管不住自己，隔一会儿又唠叨上了。这样，饭桌前经常吃着吃着就少一个人，最后只剩她一个。我们躲在各自屋里听她自言自语。

这是岳母表达感情的独特方式。

岳父走后，她就一个人生活。没人想过给她再找个老伴，她自己也不需要。换句话说，大家普遍认为这是不可能的事。

到了七十岁，岳母有些变了。她不再对某个人、某件事发表意见，而是漫无目的地自言自语，从早上起床开始，一直说到睡着为止，一刻也不停，烦得人没法在家待。有一天，她早上刚起床，一打开话匣子，我儿子就让她去睡觉，搞得她莫名其妙。

时间长了，我们才意识到这可能是一种病。去医院一检查，诊断结果是老年性痴呆，让人有些诧异。如果她得的是语言性障碍或精神性疾病都可以理解，偏是得这病让人不解。要知道，她记忆力超群，不管什么东西，看一遍就能一字不落地复述下来。来过家里的客人，哪怕只来过一次，过多少年她都记得名字。偶尔她突然提起一个人，吓我一跳，那人跟我们十几年都没来往了！我很羡慕，自己若有这样的好记性该多好。

三

岳母身体一直不好，她很会照顾自己，办法只有一个：看病吃药。自我进岳母家门，就发现她离不开药。她除了吃饭就是吃药，一大堆中药、西药堆满窗台。因长期服药，导致一身药味，从人身边走过，散发出一股浓重的药铺味。她一生最大的快乐，除了吃药，就是看病。每当她抱怨儿子不孝，主要是指没及时给她看病。去医院这件事，我视之为畏途，而岳母一听，乐得什么似的，早早就准备好等着。在医生眼里，她简直是个模范病人，体检、打针、做手术一声不吭，极配合。

对我这个女婿，岳母没有过多要求，只是每隔一段时间，递给我一张药单，注明药名、剂量、厂家，甚至详细告诉我哪家药店卖得便宜。岳母把周围所有药店都跑遍了，便宜贵贱了如指掌。

单是因为买药，我落下了好女婿的名声。常常是她让买五盒，我就买十盒，加意满足她的要求。药买回来，她就全部摊在床上，一种一种仔细看说明书，欣赏宝贝似的。每当此时，我们就能换来一刻消停。

一辈子和药打交道，岳母把药房一半的药都记下了。每种药的成分、性能、禁忌，她都能一一道来。家里人得病，一般头疼脑热的，她会开处方。也怪，就治好了。不止于此，她还略通病理，懂得保健，经常告诉我们一些生活小窍门。这些事，没人能耐住性子听，听到一半就拔腿跑掉了。

四

什么药也挡不住衰老。岳母所有的身体器官都坏掉了，早年给她装的心脏起搏器已经充了好几次电，但她还颤巍巍地活着。目前来看，死亡这件事找不着她。她对付身体还是用那招——拼命吃药，一粒接一粒往肚子里灌。我有时禁不住想，那些药在她肚子里会不会打架？

终于药也不顶用了。七年前，她突发冠心病，我们就近将她送到一家医院。那家医院我熟悉，抢救之后，给她做了最好的护理。但这也没用，岳母的情况一直在恶化。一夜之间，心电监护仪上竟出现三次直线。慌得妻子忙把所有亲戚唤到病床前，见她最后一面。岳母睁开眼睛，看到大伙儿，有气无力地说："没事儿，过儿大就好。"满以为这是她在安慰别人，后来才知道她对自己很有把握。

这家医院诊疗手段确实有限，亲戚们离开后，我们赶紧转院，做最后的努力。这是极明智的决定，岳母在大医院重症监护室住了一个礼拜，又"还阳"了。后来，她的亲生女儿受不住母亲了，竟大逆不道地说："那次不转院就好了。"

这次经历给了我一个教训：干什么都可以找熟人，生病万不可找熟人，找熟人往往会偾事。

出院后，岳母手里多了样东西——拐杖，她再也不能出门买药了。

去年冬天，她摔了一跤，大腿骨折。还好无大碍，固定几个月就好了。我们当时估摸着，她可能撑不过那个冬天，就悄悄准备后事。谁知到了春天她也没事，脸上还泛起了红色。

这年初夏的一个夜里，她上卫生间滑倒了。这一摔很严重，股骨头断裂，又进了红会医院。人家一看她的老态，不敢动手术。岳母安慰大夫："我没事儿，做吧。"小心翼翼做完各项检查，勉强够条件做手术。从手术室出来，主刀医生对老太太赞不绝口："佩服！佩服！"整个手术过程中，她没吭一声。

过一个礼拜，她就大声与病友交流开了，楼道里都能听见。我们生怕她讨人嫌，不住向人家解释。好在生了病的人大都比较达观，没人计较她。

五

手术虽然成功，岳母却再也站不起来了，连坐都很困难。

接下来的问题把大家难住了：她出院后怎么办？找专人侍候，太贵，长年累月负担不起。接回家谁来照顾？几家人上班的上班，上学的上学，不可能专门安排一个人在家。

后来，我们瞄上了养老院。要说现在的养老院实在够呛，但凡有一点儿办法的人都不愿去，故而床位并不紧张。经过一周实地察看、比较，最后选中了一家，属于星级标准，价格也能接受。

送岳母去养老院时，她老大不高兴，脸吊起，一句话不说，很反常。后来看没人在乎她的意见，只好说了声"过几天我就回来"。她不知道，我们是打算让她在那里养老善终的。

任人摆布的岳母踏踏实实在养老院住下了。每个周末子女轮流去看她，给她擦洗身子，换衣服，送点儿可口的吃食。她偶尔也提及"我要回家"，但已经没人理会。一次，妻子扶她去洗澡，回来乘坐电梯。电梯里有一面镜子，她看到镜子里的老妪，哈哈大笑："她的衣服和我的一样。"老年痴呆已经很严重了。

养老院安排有专人护理，陪护岳母的是一农村老妇人，很老实，有经验。但两人交流有障碍，岳母一口浓重的常香玉口音，一般人很少能听懂。两人相处得还不错。岳母俨然是护工的领导，居高临下，经常对护工进行开导，讲医学常识，讲一生经历，并讲到自己的一双儿女，还说："你要好好照顾我，我女儿有钱。"为了表示自己有钱，将我们送给她的零花钱塞给护工。这是我们从护工那里听到的，听后不由苦笑：她哪来的那份自信！

不到半年光景，岳母能坐起来了，摸索着要下地。她太着急了些，不小心又从床上摔下。这回倒没摔坏，却把自己老老实实摔回床上，估计不会再想下床的事了。

我曾向别人吹嘘："一般老人摔一次就送命，可我家老太太摔倒三次，还活得硬硬朗朗，经摔！"

躺在床上的岳母开始折腾起护工。每天太阳一出来，她就命护工把她挪到有光线的地方，眯着眼享受日光浴。她现在越来越瘦小了，但精神头不减，楼道里仍能听到她旁若无人的说话声。上次我去看她，她一见我，哈哈大笑："哈哈哈，我还活着！"

不幸的日子

一切都是由一条名叫乐乐的宠物犬开始的。

乐乐是一条拉布拉多犬,今年八岁。一般犬都能活到十二三岁,甚至十五六岁,但乐乐不行,它只能活到八岁,它的生命在八岁这一年画上了句号。它肚子里长了一个肿瘤,死的时候腹积水,抽出两公斤的血水。

乐乐死前,已经走不动了,出门就趴下。那些日子它总趴着,眼睛哀哀地看着我,几个小时一动不动。

乐乐很容易满足,一把犬粮,一根骨头,或者半碗剩饭,就能馋得它尾巴直摇。它轻易不得病,万一拉稀、呕吐,吃几片土霉素就好了。它生性喜欢与人亲近,院子里大人小孩都认识它。听到别人呼唤,它欢喜得什么似的,腰、屁股、尾巴,整个后半身都在摇动。一只如此热爱生活的犬,不应该死那么早。

乐乐死后,被烧成灰,埋在一棵槐树下。我去看它,树上挂着它的照片,是死后的遗照,眼睛闭上了,全身僵硬。我不忍看,抬起眼睛,望着远处萧条的山林,北风吹乱了头发。

乐乐死后一周,妻子就住院了。那几天,家里十分沉寂,谁都不想说话。

妻子住院与乐乐无关,是因为她的母亲、我的岳母。岳母八十岁了，一直体弱多病，靠吃药打针挣挣巴巴活到现在。去年年初，她接连摔了两跤。第一次还好，打上石膏，一个月就能扶策下地。第二跤摔坏了盆骨，做完手术就起不来了。苦于无人看护，我们找了一家养老院，医养结合的那种，把岳母接出医院就送到了那里。在那里，岳母的生命之烛燃尽了。几乎与乐乐同时，养老院几次下达病危通知，搞得人心里一紧一紧的。家里人轮流去照看，事情一急，妻子的心脏病发作了。她有先天性心脏病，早年医生要求做手术，那时年轻能扛，就一直拖延下来。这次拖不过去了，我送她看急诊时，医生抖抖手里的一沓化验单，简单说了几个字：住院，手术。

妻子住院第二天下午，就被推进了手术室。那天是星期四，一周的手术都在这一天做。手术做完，妻子被推出来时，两眼流着泪。我问："痛吗？"她摇摇头，勉强笑笑，又哭了。

翌日凌晨三时，养老院打来电话，岳母去世了。

母女俩一直有一种心灵感应。一个月前，岳母还清醒时，两周没见到女儿，忍不住问："是不是住院了？"还真是，那几天她女儿正因肾病住院疗治。现在她等到女儿做完手术，撒手去了。

一时间，我们都慌了手脚：一头在医院，一头在太平间，顾哪头呢？

妻子倒很镇定。第二天她听到消息后，半靠在病床上，怀里抱着一盒抽纸，一边擦泪，一边交代岳母的后事。

按她的安排，儿子留在医院，其他人都去办丧事。

岳母的告别仪式安排在第三天，大家分头奔忙。第二天，正忙活时，妻子突然发来一条信息："母亲会保佑我们平安的！"我心里顿时一热，随之生出一种莫名的悲凉。

我抱着一种虔诚的态度办理岳母的丧事，把它作为一种仪式来看待。岳母是我们身边最后一位老人，她在世时，我妻子是女儿，我是女婿。她不在了，我们很快就会变成老人，死亡在不远的地方等着我们。

二十五年前，我被妻子带回她们家。岳母见到怯怯的我时，有些不太满意。但她不愿违忤女儿，不露声色地接纳了我这个穷女婿。那天午饭，岳母特意煮了一盘鸡蛋，端上来时，说了一句河南土话。我不解地看着妻子,妻子笑了,说:"一人一个。"我顿时放松了,因为那种朴实。

婚后,我住进了岳母家,那时在单位没有分到房。岳母为我们做饭、洗衣服、带孩子,老一辈人该做的她都做了。自我进家门,岳母就没把我当外人,总是用浓浓的河南腔唤我的名字。听到这种腔调,我觉得自己仿佛就出生在黄河滩的某个地方,那里盛产花生、西瓜,以及红薯、山药。

在岳母的告别仪式上,看到她如生的面孔,我失声痛哭。我的悲戚感染了很多人,哭声响成一片。我哭岳母,也哭我们走过的那些不幸的日子。

岳母去世当天,下起了茫茫大雪。多年不遇的大雪,一下就是三天。雪花飘飞中,我们摆出扎着白色小花的花圈,张贴白的挽联,穿上白的孝袍,一副天地同悲的场面。告别仪式结束,乘车返回的路上,天竟放晴了,惨淡的阳光照着寒冷的大地。

在岳母病危的日子里,我与妻子又一次产生了感情危机。前几次也是,每当我们不睦,就有一位亲人离世。这一次也是这样。出于对死亡的戒惧,我们主动与对方和解。双方都明白,这一生注定要在一起了,因为再也经受不起失去亲人的痛苦了。

乐乐死前的一个夜里,我正读书,忽然萌生了写些文字的冲动,当即趴在床头写了乐乐,题目是《一只名叫乐乐的宠物犬》。第二天,意犹未惬,又写了岳母,题目为《岳母的生命力》。接下来,乐乐死了。再接下来,岳母死了。

两篇文章竟成为谶语,让人惊悸不已。

不幸的日子至此应该到头了,我心里默默祷告。对于生活,我要的很简单:亲人都平平安安,我能悠然读书、喝茶、写文章。这种要求不过分,很容易满足。

我们的老人都不在了,儿子,我向你保证:我会筑牢家门外的院墙,把黑暗、痛苦、不幸以及死亡遮挡在你看不见的地方,只让阳光照进来。

乡贤崔煜

结识崔煜兄是十年前的事。面对他,我常想,与有些人交往应该是命中注定的。

那晚,几个朋友在一家金碧辉煌的酒店用餐。因为是老朋友,气氛很宽松。也因为是老朋友,谈着谈着就没话了。正无趣时,银行的刘女士电话响了。她一看电话,随即莞尔一笑。两人通了好长时间电话。看得出彼此很熟,调笑不断,电话那头传来爽朗的笑声。最后,刘女士收住话头,命令对方:你过来吧,我给你介绍个新朋友。

对方答应后,刘女士咯咯笑着说:等会儿来一个老哥,人很好,你们肯定谈得来。

约莫过了半小时,刘女士介绍的老哥来了,一进门就嚷道:给我介绍的老弟在哪里?粗喉咙,大嗓门,说话极富感染力。

大家站起来,互通名姓。老哥抖着我的手说:几个朋友早就提到你了,说得我心痒。又指着刘女士责怪道:这么好的兄弟藏着不让见,不像话!

这次特别的开场给我留下了很深的印象,让人不由得生发出一种久违的况味。

那晚我们谈了很久,气氛一直很热烈。现在我已经忘记谈了些什么,总觉着很亢奋,有说不完的话。结束时居然已经是丑时。

那晚得知，崔煜兄是我的同乡，长我十多岁。双方约定，今后以兄弟相称。

自此，我们就黏在一起，每月必见一两面。经崔兄介绍，我认识了他的很多朋友。每次介绍我时，他都把"君子""才子"之类的词挂在嘴上，使人有"我的朋友胡适之"之荣。每次出场，他都把我像宝贝一样推出，更增加了我的惶恐。"我有嘉宾，德音孔昭"，"我有嘉宾，鼓瑟鼓琴"，我掂出了"朋友"一词的分量，体会到人世间别样的温暖。

崔兄为人豪放，四海天涯，落落洒脱，了无俗气。每与人接，辄推仰再三，甘居下尘，不争一分短长。

他的朋友也真多，干什么的都有，几乎都有一个共同点：待人坦诚。我知道，这些人都浸润了他的长者之风。敬人是一种风度，敬人者，人恒敬之。这笔账很划算，聪明人尽在此处占风头。

我发现，很多人都对崔兄的为人推戴不已。与他相处，能感受到春风般和煦的温情，这也是他"经秋冬而不凋"的原因。

豪放而不粗俗，率性而不自用，一切都恰到好处，这是久阅世事的洒脱通达。

中和而不庸凡，世故而不浮滑，崔兄在待人接物处，自有一番深厚的功力。

从众而不从俗，随和而不附比，崔兄把自己的真实藏于一串爽朗的哈哈大笑中，这一点骗了不少人。看透何妨，看不透又何妨，糊涂难，难糊涂，少一分清醒，自然少一分烦恼。

十余年来，我一直试图还原一个真实的崔煜，但后来连我也糊涂了。搞三国的人易受《三国演义》影响，易中天讲了一通三国，可能连他自己也搞不清自己讲的是《三国志》还是《三国演义》。真也崔煜，假也崔煜，无论怎么变化，崔煜其人则一。

一个人活出真实不易，活出风神备至更加不易。

让人印象最深的还是他的侠骨柔肠。崔煜兄是以朋友为生命的人，离开了朋友，他的生命之水就会枯竭。"满堂而饮酒，有一人乡隅而悲泣，则一堂皆为之不乐。"朋友的需要可能是他最自傲的价值取向。这种满足感，使他一直能哈哈大笑。

　　他是连夫人都要训练成朋友的人，为此，夫人常叫苦不迭。我与崔兄是忘年之交，被崔夫人接受，竟而至于登堂入室，作为朋友，甚矣其可也！

　　一段时期，崔兄与夫人不和。夫人是川人，好手谈博戏，崔兄厌；崔兄治家人如治员工，约束夫人如约束儿女，夫人怨。闹到不可开交，双方邀我做和事佬调解。在一个风清月高之夜，我居中而坐，崔兄夫妇两旁陪侍，听我一一裁决。我每说一句，看崔兄，崔兄点头；看夫人，夫人点头：两人格外老实服帖。那晚，我手执一瓶酒，说至得意处，浮一大白。子夜过后，竟不知不觉喝罄一瓶，感觉特别痛快。

　　好江湖的人好风情，崔兄自有一副柔肠。盖有肝胆者皆多情，故项羽有《垓下歌》。崔兄内心有一份经不住触动的柔软，高迈处隐约可见小桥流水般的细腻。他天分高，阅历丰富，对感情的理解更有胜人之处。恰好我也喜欢附庸风雅，常作一些雕虫小句。崔兄每见，都喜不自胜，每常索求不已，使我颇感局促，以是欠文债不少。文怀沙自负"平生只有两行泪，半为苍生半美人"。崔兄好酒，好朋友，好诗文，好美人，凡生活中的景致无一不好。热爱生活的人有激情，热爱生活的人有趣味。

　　我曾有一段时间横遭排挤，愤懑难抑。一次小聚时，借酒向崔兄诉苦，情至浓处，泣不成声。他受我感染，垂怜有加，竟也老泪涟涟。醉人的不知是情还是酒。酒与情交融，别是一幅动人场景。那晚我醉倒了，枕在崔兄膝上，他给了我一种可堪信赖的安全感。

　　乐他人之乐，忧他人之忧，不带任何做作，这应该可称为真性情。

　　朋友小聚，崔兄不在，扯来扯去扯到了崔兄。话到高潮，恰好崔兄来电话了，惹得众人好一顿发笑。

　　微信圈里，几个朋友互相打趣，不意身处海南的他突然插进一句，让人不禁解颐。

崔兄离不开朋友，朋友也离不开他。

崔兄一生经历丰富，做过农民，做过手表，做过酒，做过房地产，任职团委书记、乡镇干部、酒厂厂长，后下海经商，只身闯广州、深圳、海南，在大风大浪中弄潮。他是个幸运者，越活响动越大。善于和人打交道，是他成功的秘诀。

我有一个同学，早年在深圳与崔兄结识，不过因为是老乡，泛泛之交而已。转眼过去二十年，再见崔兄时，他感慨万端，啧啧称叹崔兄当年的风光，由衷赞道：那时谁能结识此人，不发达都不行……一副艳羡不已的神情。

如今，崔兄老矣，虽"蒲柳之姿，望秋而落"，而"松柏之质，经霜弥茂"，接杯举觞之际，犹自一副梗概之气。

乡贤崔煜，淳淳友与。嘤嘤其鸣，差池其羽。与我齐飞，古风习习。音有余响，扣之莫及。

酒徒孔保尔

翻译家孔保尔先生好酒,隔不几天就会打来电话:该喝酒了。

提起喝酒,急不可耐似的,刚通知完,马上命人赶赴某地。那种亢奋,难以自抑。

常常凑不够一席,急得什么似的,两手摊开,埋怨道:这么好的酒,竟没人喝!

实在找不到人,不惜降尊纡贵,唤来几个"80后",与童子三五人闹腾起来。

第一杯,碰得叮当响,说一声"见面高兴",酒席开始。

好酒的人中登徒子居多,七八人甫围定,就有人问:怎么又没有"长头发"?"长头发"指女人。酒酣耳热之际,若有一两个身穿葱绿色长裙的吴娃陪侍身边,就不会有人问"何以解忧"这样的村话。酒汗淋漓的男人间,吴娃一副静若处子的神态,两只顾盼生情的大眼足以让人销魂。

孔先生每在夜深人静时发微信,群发,一发就是一系列,大多是美女图片。他的微信搞得人心乱,空受其惠而实不至。"出见纷华盛丽而说,入闻夫子之道而乐,二者心战,未能自决。"道德先生也难过此关。常有人问:这些美女图片是哪里搞来的?孔先生笑而不答,很有城府的样子。

突然一天，这样的微信消失了，一张美女图片也看不到了。大家有些不适应，见面就问：怎么不发美女图片了？

孔先生就是这样一个有秉持的人，说发就发，说不发就不发。

接着说酒。

孔先生对酒的态度也是如此，好酒，但很少为酒所困。

和他的健谈一样，有时滔滔不绝，妙语连珠，有时闭嘴不语，默默享受盛宴。

孔先生大快朵颐的情形，是可以给胃口不佳的人治病的。他旁若无人地转着餐桌上的转盘，直向昂贵的佳肴下箸，大口饕餮，丝毫不放过任何一味。每看到他神情专注、苦吃不已的样子，都使人为他捏一把汗。没见过比他更能吃的主儿。

孔先生上辈子一定是饿鬼，对美食有一种与生俱来的渴求。他看到一盘心仪的美食上桌，自然流露出的欣喜，简直带有几分色眯眯。我想，这人无可救药了。

接着说酒。

孔先生常常声称，前不久又喝醉了，喝了足有八两。每当他这样讲的时候，大家就投来诧异的眼光，像看怪物一样看他。因为没人见过他喝醉，都想亲眼看看。

孔先生善喝文酒，每杯酒只注一半。就这半杯也偷巧，喝不到底。人家责他"贪腐成风"。一般酒仪，桌上人都要轮番敬酒，表示愿与对方交朋友。孔先生没有这份雅兴，他是不敬酒的。这不表示他倨傲，也不表示他道行深，好像也表示不了什么，他就是没有这个习惯。他有时也站起来，郑重宣布自己要敬酒。他要敬的对象要么是"伟大的某某某"，要么是"亲爱的某某某"，仅此而已。不过这种情况很少见。

一个在喝酒上如此节制的人竟声称自己经常喝醉！

孔先生常常一不小心失言，惹起众怒，把自己置于危境。在集体意识的促使下，大家合起伙来，捉对灌他酒。这样，孔先生夸一次口，就真得醉一次。醉酒的孔先生一脸无奈，面部松弛，却还不忘对人笑，笑眯眯的样儿一如卸了妆的老妇人。大家不明就里。他之夸口多属这种情况。已经很长时间他不再说"孔乙己曾经阔过"之类的话了。

酒是孔先生的朋友，他敬之为上宾。他与酒的关系近乎暧昧，但也动不越礼，近而不乱。

酒是孔先生苦苦依恋的情人，他以酒为媒，结交了一些当途势要，也结交了一些不得志的文友。喝着酒的孔先生是不谈文学的，他大约认为喝酒时谈文学是一件不适宜的事。路遥曾骂过一句：狗日的文学！狗日的文学害孔先生不浅，故此他避而不谈。

喝天下酒、交天下朋友是令孔先生感到惬意的事，故而他看见人比看见酒高兴。

任何事在孔先生眼里，都可以酒的名义解决。他喜欢大家围炉而坐、春意满室的氛围。一桌人端起酒杯，郑重其事的样子仿佛在结党。酒至兴处，三三两两对饮的情形又仿佛在酝酿一个壮举。每当此时，孔先生局坐一隅，有滋有味地欣赏。

独乐乐不如众乐乐，好酒当与好人共饮。虽然孔先生不胜酒力，然而这份情怀远胜于杯中物。好酒、好茶、好女人都应该共同分享，这是孔先生朴素的世界观。很少见到孔先生携妻赴宴。如夫人不出场，不表示他金屋藏娇，实际上他对女人有一种酸葡萄心理。在孔先生的感染下，酒友们仿佛也都无家无室，江湖浪人一般，两肩托一首，双臂夹一身，出门就是自己，出门就是天涯。酒友中偶尔有携妻赴宴者，大家都会表示不屑。

周末想和家人静静吃顿饭，冬至想和家人包顿饺子，当你这么计划的时候，孔先生来电话了——他是决计不让你安静的。孔先生不愿做家庭小男人，我们也不愿。毕竟这个世界上属于我们这些老男人的快乐已经不多，朋友与酒就成了仅有的依恋。杯觥交错中，一群老男人相继进入迷狂状态。谈天谈地谈美女，唯独不谈自己。谁都可以是谈话对象，唯独自己不行，谈自己觉得羞愧。人可怜到一定程度，就会无我。

兴奋与落寞相形，快乐与孤独相伴，多情与失落相成。酒能提供给人的，仅是春风一度、良宵一会。曲终人散，剩下的还是自己。孔先生喜欢酒后夜行，我也喜欢。黑黢黢的大街上，只有我们两人踽踽穿行，一直走个不停，好像要走到黑夜的尽头。

肖半仙行传

肖半仙,京兆长安人。为人不苟细行,廓落仿佛无物。每与人接,目视远,足高抬,常有小天下之意。大学毕业分配,同学诸生皆不欲赴县,争留城,齐聚学校探消息。或送礼,或宴燕,或托人打通关节。家境萧条如我者不与,惝然自失。时值盛夏,半仙自外抱一硕大绿皮西瓜,当众掷地。瓜裂,子瓤并出。大吼曰:"分配不公,当与此瓜俱!"一堂之人皆失色,座师拂然。

性嗜烟酒,瓶缶屡空。常曰:"古来圣贤皆寂寞,惟有饮者留其名。"又曰:"人生在世,何苦自拘?岂若烟云雾中,诗酒半仙!"人故以半仙命之。以宦囊羞涩,烟不分品牌,酒不辞精粗。好琼林之会,又不胜酒力。初上阵辄叫呼,小视左右,菜行未半已颓然矣。然不稍服人,时大言:"来来来,再浮一大白!"好事之徒窥其量,常捉其对饮,欲见其醉态。半仙心明,而不以为意,拍胸豪言:"都来,都来,肖某人怕过谁!"未几,酒醉伏案。

每以风流自许,诗文自负。好评骘时人,然搜索枯肠,少有章句问世。任教中学,编《作文速成》《作文三百例》。人谓之科举墨程,半仙答:"事不论高低,人不分老幼,君不见《千字文》《三字经》乎?固小学学问,然也传千古。当传自传耳,何虑其小!"闻者噱然。孰知以此二编为某机关看中,调入,专事编辑,钩检虫鱼,付之竹书。半仙性少敛，终日枯坐，左手执酒瓶，右手执黄纸，酷肖绍兴师爷。似此数年，居然有成，出五卷本，荦荦大端，然已人比黄花瘦。

秦腔，西土慷慨之音，有秦王破阵之气、苏武牧羊之节。高亢处，指云天，敌万人，可使天地变色；低回处，披霜雪，感路人，可使槁木同哭。半仙素梗概，时有不平之气。辄于酒酣之际，推案而起，鼓腹而歌。虽不知律吕，而情溢于辞。或黄钟大吕，或柔婉小调，抑扬婉转间，曲成其妙。每此时，意犹未慊，献诗以助兴。其诗曰："土豆花，一点点的白……"诗寡淡，而以理胜，常出人意表。

半仙多能，常被推做兰亭主人。半仙安然处之，不减大将风度。推杯换盏，杯觞交际，时呈东方朔之智，半仙真妙人也！

半仙既鸟视同侪，故常铿铿然，每以不得志为憾。二十余年，屡迁除，科长而处长，处长而副局。虽如此，视之蔑如。人未知其志之所之，讥其少不知足。

事父母笃孝，善养老，以是称名乡里。得新居，迎父母同堂；稍丰稔，即拆旧庐，建华屋，安二老，还乡愿。事父尤色顺，每饭必奉觞，执礼甚恭。事母则率简，每言辞相遮，时于膝下邀欢。母曰："所生四子女，唯爱此子，娇惯已久。只喜其烂漫，不觉其忤逆。"

妻王氏，故家子。端庄聪慧，有蒲柳之姿、易安之风。慕半仙之才，遂自献芹。来归三十余年，恩爱不减。相夫教子，尤重妇德，与人言，未尝不推重夫君。每曰："我家半仙……"语未半，眉目间已情不自禁。

生一女，美姿色，桃之夭夭，灼灼其华。奈久不遇。时风，女子貌美者视男子如无物，以此耽延岁月，至有三十未适人者，人称之圣（剩）女。其女也类此，胸中男儿气象，有其父之风。每不屑于归，殊不以家室为忧。诸友劝半仙稍稍用心，半仙旷达，了不以萧郎为事。人择婿取其德才、家世，半仙反之，以酒量为准。私谓余：吾固不与人同，审床前祖腹者，酒量半斤以下者不与，非具茅台、五粮液者不与。吾女虽长，此格不降。

每叹众庶庸庸如我之辈，听时安命，以中规中矩为能，以卓异拔俗为非，率皆齐东野人，少有激昂慷慨如半仙者。欣羡之而不能，盖天生之才，非能强制也。

半仙每自夸许，毫不让人。不解者谓之狷介，不知者谓之狂放。吾与半仙久游，知其志高胆大，效逍遥子、列子，放浪而已。至于其心，醇如也，非世俗可料知。

半仙半仙，偏至之才。孤介自任，形骸放浪。弃学用智，半同江郎。中道而改，圯上张良。吾与汝期，并登高冈。稷门汜下，饱饫稻粱。至善之地，不遑多让。

一笔感情账

大学毕业时，借卢心田君五百元，这是 1985 年的事。毕业后，还了二百还是三百元，已记不清了。但确实未还完，这笔未还的账在心里压了整整三十年。当然，有很多机会可以偿还，但没有，直到今天。三十年的账压在心里沉甸甸的，我因此从未忘掉此君。

心田兄高我一级，高中毕业后顶替父亲当了工人。这种安排也好，高考这件事不是他应付得来的。因为邻村，我早就认识他，但真正了解他还是在高中。他那时喜欢文学，读了不少小说、散文，因此我们成了同道人。后来我上大学后，周末经常去他的单身宿舍，一是蹭饭，节约饭票，二是改善伙食，三是在他那里可以吃饱。我那时经常吃不饱，难得打一次饱嗝。数着饭票过日子的滋味在我的记忆里至今还很清晰。蹭饭的敲门砖仍然是文学，现在感觉到些微羞耻。以如此现实的目的亵渎文学，很不堪。但这是他的软肋，是他心中最柔软的地方。有时我从图书馆借几本书拿去，有时从他那里带走几本——书为媒，我们就这样开心地交往了几年。

心田兄对文学极痴情。他是拙于言的那种，但一谈文学他眼睛就闪烁，这是我了解到的他生活中最为灵动的气息。他把工资的一大部分拿来购书，最喜欢巴金"文革"后的散文。为了讨他的好，也为了蹭饭吃，我与他谈论最多的自然是巴金。他敬重巴金自我批判的态度，我并不喜欢，觉得此老文字太啰唆，缺乏余韵。为了讨心田兄的好，我说了很多恭维的话，有时连自己都觉得假。

心田兄身边也没有几个知心朋友，每次见我来，都异常兴奋，视我为知己，却未曾料到我心里的小九九。两相比较，我觉得自己是在欺骗感情。

说到欺骗也不尽然。我那时生活上深感寂寞，对身边的同学时感生疏，常有一种自卑以及扭曲感，所以极希望有倾诉的对象，酣畅淋漓地发泄一下。找心田兄就出自这种潜意识。心田兄将我视为才子一类，对我极赏识，羡慕我的大学生活。我的到来，是否也拔高了他自己？

参加工作后，我很少再去找他。除了还钱那次，以后不记得再有来往。乘兴而往，兴尽而散，是缘尽还是其他，也不愿去检讨。对他，我抱有深深的歉意，总觉得年轻时利用了他，利用了他的感情。后来向人打听过，听说他工作的企业改制，他下岗了，以后连消息也没有了。

心田兄是我年轻时真挚对待的一个朋友，我把他作为精神上的朋友对待。蹭他的饭是俗，但我们的来往是出自一种深层次的需要，这确是真的。在生命的历程中，总需要把灵魂交给一个人，寻求慰藉，寻求温暖。我年轻时，心田兄就是这样一个值得托付心灵的人，用高情尚义来形容他不为过。

欠了别人的账心中总觉亏欠，每当对别人说起这件事时，都是饱含感激和歉疚的。曾多次发誓，要了结这笔感情债。如何了结？还他一万，八千，还是五千？我鄙睨用银行利息计算子息，只觉得还他愈多愈好。年岁渐大，对这件事想明白了，就如数还他好了，他心里踏实，我也踏实。选一个我们都能接受的方式，也是对昔日的尊重。这样更好，时间给了这个问题一个绝好的答案。我终于如释重负，不再在钱数上焦虑了。

前一段时间回老家，向人索要了心田兄的电话，回去就与他联系，希望他有空来找我。我没有提钱，怕提到这事他不会来。心田兄还是那么爽朗，没有丝毫做作之态，坦然而率真。他说自己现在给人打工，时间不由自己掌握，等有空再说吧。我们电话里的沟通极简单，就这么几句话，都知道已回不到从前，过去的就让它过去吧。

也好，见了面我们都会尴尬的。

这样，还钱的事依然搁浅，这笔感情账不知什么时候能还清。

年轻的时候，心田兄奔放、激情。他那时看了王蒙的小说《青春万岁》，极喜欢里边一首诗："所有的日子，所有的日子都来吧，让我编织你们，用青春的金线，和幸福的璎珞，编织你们。"他一字不差地背给我听，兴奋得近乎紧张，他是真向往纯洁、张扬的青春生涯。这首诗也感染了我。以后，在抑郁的岁月里，我常不自觉地背诵它，试图让它照亮我阴暗的心田。

我和心田兄的关系也是纯真的，但不幸，牵线的却是几百块钱。世态常常如是弄人，大雅与大俗永远也扯不清关系。毕竟，大家都是俗人，我欠心田兄的，不只是金钱，还有一份感情债。

每天都是好的

和伴山书屋掌柜王计划交往经年，我最怕他说一句话：哥哥，我想你了。

北方男人交往，绝不会甜腻腻地说出"我想你了"这句俗不可耐的话。纵使真有意思，也只会说"你有空没？我去看看你"诸如此类。要看你就是想你了，但绝不会说想你，这话羞于出口。

两个北方男人，犹如两棵白杨树，相对而立，绝不枝枝蔓蔓。

王计划是安徽人，说话就这样软绵绵的。

可怕的还不在此，他说这话时还要搂着你的腰，顶着半肩，表示真想你了。两个男人搂搂抱抱，外人还以为我们有断袖之癖。

面对王计划那张甜蜜蜜的脸，你无法拒绝他说这句话，无法拒绝他搂搂抱抱。久而久之我明白了，对他，这只不过是程式化的礼节，也就释然了。

交朋友这件事简直就是一把双刃刀，可以壮你游世界的胆，也可以伤你脆弱的心。和王计划交往，你可以不操这份心，他没有本事害人。王计划身边有无数个朋友，害得他每日送往迎来。"小卿卿"忙得什么似的，也顾不上动坏心思。我想，他那些朋友大概都和我一样陷入他的温柔网了。他的许多朋友我都见过，品类很杂，有的如天上谪仙，有的直像跑龙套的。介绍时，计划无一例外地加一句："我很好的哥们儿，帮了我很多忙。"我有些不明白，为什么人家只帮他，他就不能帮人家？后来知道这是一句客气话，只提人家帮自己，不提自己帮对方，这就显得聪明。

和"草上飞"王计划不同，他的夫人是一个本本分分的家庭妇女。这女人总在忙，不是整理旧书，就是守住书摊售卖，一声不吭。她是一个典型的安徽农家妇女，身体壮健，很能扛活儿的样子。见了人，抬头笑笑，又低头做事——她的话都被计划抢着说完了。他们这一对儿是发小，属于没有海誓山盟的那类。计划有两个儿子，我见过一个，年近二十，也不善言辞。这一家人的"营养"都被计划一个人吸收了。说实话，他的家人让人看着心里踏实。

有一阵儿，他邀集一群朋友，发起了一个"中外酒和器艺术博览会"。这类噱头，北方人说说就过去了，计划却真干。为了给这个博览会撑场面，他决心打造一款最有文化的"品味酱香酒"。为此跑到茅台镇，钻进一家酒厂，亲自调制，一个月不出来。他的"品味文化"主要体现在酒瓶上。原计划是请一批书画家题款，把他们的作品烧制在瓶身上，文化就有了。本打算凑齐十二个人的十二幅作品，做完酒，然后做一份挂历，再做一批艺术品，如此"子子孙孙无穷尽"。后来个别艺术家不愿通融，答应了却不出山。不得已，他就找人凑，从我这里搜去几首诗，也烧制上去了。博览会的主题是"举杯明月·执手长安"，也是我给起的。

那几个月，王计划一会儿飞贵州，一会儿飞江西，瘦得像只精猴儿。一次发微信过来，照片上他手捧一瓶矿泉水，说是原浆酒，考问我多少度。我尽量往上够，答曰70度。他说，错了，98度。

这款酒一上市，销量没上来，计划的酒量却上来了。他原本不会喝酒，如少年时期的苏东坡一样见酒就醉。朋友聚会，靠我给他打圆场：这小子酒、色都不过关。朋友们也就饶过他。从茅台镇回来，他沾上了酒瘾，每次会饮辄不醉，让人刮目。

说起来，他还是聪明过人，不管干什么都一学就会。一次，大冬天的，他突然对我说："哥哥，喜欢钓鱼吗？咱们有一大片池塘，里面全是野生鱼，大的有四五斤重。"我早年酷爱钓鱼，但久已旷废，钓具也不全，一听这番描述，又动了心，跃跃欲试。择日，我们邀集三五友人，开车直奔那片水塘。车行六十公里，来到渭河边。一到地方，不禁有些失望：水池倒有，一个接一个，都是洗脸盆般大，而且大多半枯，被蒹葭芦苇与残荷败梗占领。芦苇随风瑟瑟抖颤，根部留有没蒸发完的半池水。这可怜的半池水里，怎么能藏下他所说的四五斤重的鱼？

但计划坚信不疑："鱼多着呢，夏天能看见它们游来游去，一群一群的。"

好不容易找了一处能伸鱼竿的地方，果然收获颇丰。全是鲤鱼，饿疯了似的拼命咬钩，虽未如他所说那么大，却也不小。计划显然是外行：他连钓具都没准备，毫不客气地用我的；甩线时动作笨拙，鱼钩不住地扎手。开竿鱼却是他先得的，喜得他大叫大嚷，远处的野鸭都被他惊飞了。鱼儿真是不长眼。

那天，一直玩到晡时，收获十几尾，大多背鳍发黄如铠甲，老将似的。我们唱着得胜歌回府。

有了这次满足，紧接着去了第二次。天更冷了，临近地方时，同行的老赵打趣道："鱼儿一见咱们，肯定笑话：这几个又来了。"这一次却出师不利，一天下来，浮漂纹丝不动。数九寒冬，水面上结了一层薄冰。破冰之后，想象鱼儿像查干湖里的一样往出跳，谁知却像商量好了似的不上钩。

当晚就住在县城。吃饭时，因为没钓上鱼，没好意思点它，但这里的扁豆面真好吃！点菜时，服务员一手执笔，一手执纸，面无表情。我看菜单点了几道。每上一道，筷子下去，大家说一声"好"。这个"好"字一半为菜，一半为点菜这个差事来的。待一窝诱人的赭红色扁豆面上来，大家又都忘了曾经为之叫好的那几道菜，直奔那窝散发着豆香的主食而去。

因喝了几杯为逃生鱼庆祝的酒，我晚上睡得很香。第二天睁开眼，房里不见了王计划，就知道他又去钓鱼了——这是个死心眼的人。为了这次垂钓,他做了充分准备,购买了两条长竿,外带一个能盛一百斤鱼的天蓝色大水袋。外面已经零下三度了,不知他被冻成什么样了!

等我们赶到那片被冻得梆硬的鱼塘时,计划果然在那儿。身影由小变大,被风吹得晃晃悠悠。一见我们,他边哈气边兴冲冲地嚷:"钓到一条大的!钓到一条大的!"打开鱼袋,果然有一条孤零零的鱼在游。这家伙真是愣头青!

随着我们的到来,计划的钓鱼计划落空了,之后一条也没钓到。他说是被我们冲的。

钓鱼这件事今冬可以休矣。

王计划是个书商,但他并不单纯是书商。他那双小眼睛滴溜溜满世界踅摸,瞅哪儿有来钱的机会。他对书屋的兴趣,就像对待渭河滩上那一连串的小池塘。有了水,鱼儿就会来;鱼儿多了,钓客就会来,不用着意费心。故而书屋的运转总是他夫人在打理,他自己则坐在一间木板隔出的简陋的办公室里,用考究的茶具招待四方朋友,热气腾腾地谋划下一步生意。一套精美的茶具也是一件公关利器,任你何等尊贵的客人都会在它面前卸去面具。王计划就在斟茶、递茶的过程中认了很多挚诚的哥哥、姐姐,这是他混迹江湖的又一套法宝。任何人,不管年龄大小,王计划一律称男的为哥,称女的为姐,没听过叫别的。要知道,他已经是两个孩子的爹了。每当我听到他毫无羞耻、脆生生地叫人家姐姐,就忍不住想抽他。

嘴甜使他讨了不少便宜。那个"酒博会"刚鼓捣起来时,北京的、东北的、四川的、海南的,来了好几拨,声称是来做义工的。介绍时,我得知他们来自这个协会、那个协会,都是有头有脸的人物。面对王计划,他们微带自嘲地说他肯定拯救了银河系,要不然自己不能这么贱!这话很得体,既道出了他们关系非常,也不失身价。那些天,计划整日春风满面,浑似从银河系领到了军功章的样子。每见人,一口一个"哥哥姐姐"地叫,真成了大观园里的宝二哥。

因为读书的关系,我去过伴山书屋几次。老实说,那里没有我需要的东西。我是为了读书,不是为了藏书,故而宋版也好,明清版也罢,水印也好,排字版也罢,统统与我无关。就收藏而言,他那些破东西也不值几个钱,或缺本,或残页,景象殊不可观。计划告诉我,这也是没办法的事。好货本就不多,又不敢摆出来,一摆,别人就买空。他的矛盾在于,没有几本压箱底的书就称不上书屋,有了又不敢拿出来现眼。这倒是实话,让人总觉得反映了某种生活哲理,一时又说不清。妙也就妙在说不清上。

他做旧书商,没有几件拿得出的东西,却结交了不少书画家。别人从他们那里讨不来东西,计划去了就行——那些人经不住他"哥哥姐姐"地叫。有的能经住他磨,却经不住他撒娇,一见他撒娇就头痛。

从商二十多年,计划一定有许多故事。如果我有这些故事就好了,可以写很多漂亮的文章。但我不愿碰他,总觉得碰别人的心如偷别人的宝藏一样不道德。

和大多数商人一样,王计划的日程安排得很满。一阵儿不见影儿,一阵儿又接连出现在你面前,觍着脸,笑嘻嘻的。见到他,你就觉得生活是好的,阳光是好的,每天都是好的。

我曾在酒后为伴山书屋手撰一联,以纪念我们曾经有过的美好:结伴舞而咏,听山弦后歌。

吾家阿黄

吾家阿黄，八岁。以犬龄计，则五十余岁，垂垂老矣。每以久卧为事，时专注于一物，似人之有所思，此又一老庄矣！每当此时，吾扣其脑，脑发热，故家人曰：阿黄思考时脑门热，不思考时脑门凉。犬乎犬乎，汝何思乎？

阿黄口腹之欲难餍，体重几九十斤。若羊豚，则有汤镬之虑，阿黄无是忧。每日辄不饱，遇食如登徒子之好色，非手脚并用不能足其欲。吾家庖厨每有三牢之馔，阿黄即尾随不舍，馋涎如线，全不知"君子远庖厨"之义。置肉于厨，阿黄则蹲踞以守，终夜未尝稍离。告子曰"食色，性也"，阿黄是也。

阿黄似羊又似驴。谓其似羊，乃其一旦逢草，辄如羊牛，俯首而就，细嚼慢咽。阿黄肠胃不畅，则食草疗疾。尝有一娉婷阿娇，见此不解，茫然问余：它是狗还是羊？此言令人喷饭。阿黄似驴处，则在其每遇绿茵，常翻滚以为乐。四足朝天，神情惬意。路人睹此，笑逐颜开，吾亦笑。阿黄无牛马役使之劳，而有释绊纵辔之逸。

阿黄久与人处，而有人之习。每沉沉入睡，则鼾声大作，扰人清梦。时或陷噩梦，则惊惧不已，抽噎哭泣。是时也，家人辄不忍，摇醒抚慰。阿黄自噩梦中归来，长吁一声，犹人之嗟叹。阿黄此生，也有八九不如意乎？

昔吾误听宠物店家之言，使阿黄幼时受宫刑。身残之痛，阿黄早尝矣！自此，阿黄失爱欲之乐。吾每念及此，悔不当初！既无床笫之快，阿黄每以嗜食为事，是以体便便而身摇摇。纵无雌雄天下之能，阿黄不废占有之念。每遇异性，跃跃然辄欲宝刀一试。然常欣然而起，索然而止。每睹此，吾常黯然。阿黄阿黄，吾岂仁人哉！

阿黄虽犬，乃解语之犬也。吾乐，阿黄跳踉左右，三踊而前，三踊而后，似助吾乐也。吾不乐，阿黄亦不乐。吾读书，阿黄卧于吾侧，静若处子。读书至快处，吾击案称绝，阿黄号叫以随，似并为佯狂者也。吾每下班，才踏院门，虽居七楼之高，其辄耸耳辨吾脚步声。进门，则阿黄已俟于门首。阿黄阿黄，尔何知，而有此能！

不　通

　　随着年事增长，这几年，旧有的便秘的毛病加重了。每日间，心里最牵挂的就是它，便通与否甚至影响一天的情绪。一旦痛痛快快了事，就觉得去掉了重负，浑身轻松坦泰；否则，就打不起精神。

　　中医说，通则不痛，痛则不通。我之便秘盖也由此，一定是不通所致。便秘因肠胃不通，肠胃不通或者因脾胃不和，心脏乏力，整个脏器工作效能降低……总之，它是亚健康的直接反映。究其因，首先可能是年龄，非到此龄不得此症；其次是坏的生活习惯，诸如作息不规律、嗜烟酒等，这些恶习我都有。年轻时听一个老者讲，健康与否看如厕。他说，健康的人如厕快，褪去裤子，蹲下坑，瞬间就听到咕咚一声响，两脚一蹬，屁股起来，这就完事了；而憋得脸红，蹲半天出不来的，身体必定有问题。那时年轻，对"健康"二字极陌生，对老者的话不以为意，仅因他讲述生动，记下来了。这个老者年仅六十就死掉了。一个如此关心健康的人违世那么早，实在是上天弄人！

　　以前，经常参加各种报刊征订会，今天在这个城市奔波，明天又到那个城市，总停不下来。结伴而行的常有一个老者，很智慧豁达的那类。每次他把大家约在一起，结伴而行，旅途很是开心。他有便秘的痼疾，一上火车就钻进厕所，非几个小时出不来。如果是短途，他会蹲到终点。常常，我们几个同行者要轮流站在厕所门口，像站岗一样，把那些内急的人挡在外面，还要解释半天。这很有必要。他后来说，一遇人敲门，他就发急，越急越慢。每次出差，大家都以此事为苦。事后提起来又乐不可支，笑得前仰后合。

出于各种原因，我这几年很少说话。偶尔开口也词不达意，远不如早先口齿伶俐。遇到的事也少有如人意的，憋屈一段时间，就想发一通牢骚。但牢骚太盛怕肠断，故而提醒自己闭嘴。总结了一下，使自己闭嘴只有一个方法：躲开人群，把自己关进书斋。这样倒是少惹是非了，但说话也不那么灵便了。还有一个不愿提及的原因：能说到一起的人太少，或者说，也没人愿意听你啰唆。我不愿说话，不愿与人交流，主要原因是说不出高兴来。人说话是为了满足表达的欲望，丧失了表达的欲望，只好噤口。刘震云有一部小说，叫《一句顶一万句》，说的就是表达与沟通的事儿。一句就是一句，怎么能顶一万句？有些人说一万句也顶不了一句，而有些人说一句就能顶一万句——他说到了人的心坎上。小说的主人公一生都在找可以说上话的人，但始终没有找到。为此，他四处漂流，最后不但没找到这样的人，连自己是谁都搞不清了。可见虽然众生芸芸，真正能说到一起的却很稀少。

想说话是因为心里不通，不愿说话也是因为心里不通。不说心里不通，说了照旧不通，且没人能让自己通起来，这就十分难办了。便秘可以通过改变生活方式，如戒烟、限酒，甚至用药以求暂时解决。但思想不通又能奈何？简直无药可治。遇到的人使人想不通，见到的事也让人想不通，所以一直不通。

司马迁对善人与恶人的相反结局想不通：

> 或曰："天道无亲，常与善人。"若伯夷、叔齐，可谓善人者非邪？积仁絜行如此而饿死！且七十子之徒，仲尼独荐颜渊为好学。然回也屡空，糟糠不厌，而卒蚤夭。天之报施善人，其何如哉？盗跖日杀不辜，肝人之肉，暴戾恣睢，聚党数千人横行天下，竟以寿终。是遵何德哉？此

其尤大彰明较著者也。若至近世,操行不轨,专犯忌讳,而终身逸乐,富厚累世不绝。或择地而蹈之,时然后出言,行不由径,非公正不发愤,而遇祸灾者,不可胜数也。余甚惑焉,傥所谓天道,是邪非邪?(《史记·伯夷列传》)

看来司马迁心里也不通。但他的超人之处在于,他没有被这不通困住,反而找到了通天下之道的路子。他不但搞通了历史,也搞通了古圣贤——《太史公自序》就是他通经的明证。他在《报任安书》中说:"《诗》三百篇,大氐贤圣发愤之所为作也。此人皆意有所郁结,不得通其道,故述往事,思来者。"说的就是他自己。他还称:"仆窃不逊,近自托于无能之辞,网罗天下放失旧闻,考之行事,稽其成败兴坏之理,凡百三十篇,亦欲以究天人之际,通古今之变,成一家之言。"他确乎是通了!

韩愈对小人得势、君子远谪也想不通:

人之称大丈夫者,我知之矣。利泽施于人,名声昭于时。坐于庙朝,进退百官,而佐天子出令。其在外,则树旗旄,罗弓矢,武夫前呵,从者塞途,供给之人,各执其物,夹道而疾驰。喜有赏,怒有刑。才畯满前,道古今而誉盛德,入耳而不烦。曲眉丰颊,清声而便体,秀外而惠中,飘轻裾,翳长袖,粉白黛绿者,列屋而闲居,妒宠而负恃,争妍而取怜。……(《送李愿归盘谷序》)

这是得意者。

伺候于公卿之门,奔走于形势之途,足将进而趑趄,口将言而嗫嚅,处污秽而不羞,触刑辟而诛戮,侥幸于万一,老死而后止者,其于为人贤不肖何如也?(同上)

这是失意者。

故而韩愈愤愤不平:

> 自古贤者少，不肖者多。自省事已来，又见贤者恒不遇，不贤者比肩青紫；贤者恒无以自存，不贤者志满气得；贤者虽得卑位，则旋而死，不贤者或至眉寿。不知造物者意竟如何，无乃所好恶与人异心哉？（《与崔群书》）

韩愈的境界毕竟没有司马迁高，虽然念念不忘孟子那几句话："有官守者，不得其职则去；有言责者，不得其言则去。"但他终于没有"去"，且为自己辩解道："君子居其位，则思死其官；未得位，则思修其辞以明其道。我将以明道也，非以为直而加人也。"（《争臣论》）这话让人听着都泄气。

尽管司马迁、韩愈心里不通，但他们还能写文章发泄。如果连这都无法做到，就实在不通得很了。高明的人说，如果无法改变社会，就只好改变自己。我实在不能改变社会于万一，故而只好改变自己。改变自己唯有一途，那就是闭嘴，稍免其祸。远离人群，闭上嘴，这些都容易做到，但有一个问题仍然没有解决，那就是仍然不通！

面子问题

中国人好面子，现在似乎也归于民族劣根性了。坊间流传，美国前驻华大使卸任前，有一番感言，谈及对中国的印象，好面子是一条。他表示不解，且极反感。该驻华大使为美籍华裔，说话自然令人信从。最近又听说美国兰德公司出了一份报告，嘲笑中国人好面子，似乎好面子将制约中国的发展。

这几年，国人大率喜欢跟"西风"，故而也厌恶起面子来，相信这是民族劣根性之一。

大家都检讨面子问题，固然不错，反映了国人的自省。因而能去除这个痼疾，幸莫大焉。可惜问题不那么简单。

国人讲面子由来已久，仿佛自有中国人以来，就有这个东西存在。孔子见南子，子路埋怨了一句，孔子就气急败坏，赌咒说：我如果做了什么不对的事，"天厌之！天厌之！"子路的话伤了孔子的自尊。

帝王也重面子。隋炀帝三打高句丽，失了江山。唐太宗又接着打，稍保住了大国的颜面。晋武帝平吴，孙皓投降。两君见面时，晋武帝说："朕设此座以待卿久矣。"孙皓反唇相讥："臣于南方，亦设此座以待陛下。"庶几为自己保存了些许面子。又一次，晋臣贾充问孙皓：听说你在南方剜人眼、剥人面皮，此何等刑也？孙皓回答：专门用来处罚那些不一心事主的叛臣。贾充闻言脸色大变。他原是魏臣，时司马氏专权，高贵乡公曹髦不满，亲率兵攻打司马昭。贾充在司马昭门下，指挥人杀死了曹髦。晋篡魏，贾充是第一功臣。孙皓这句话，贾充听着十分刺耳。

做官的人更是把面子看得重。"竹林七贤"之一的嵇康与朋友锻铁，钟会来访，嵇康等人不理睬。钟会无趣，悻悻而归。临走，嵇康忍不住问了一句："何所闻而来？何所见而去？"钟会大窘，答曰："闻所闻而来，见所见而去。"由此衔恨，上言嵇康对朝廷怨望。嵇康之死，很大原因在于伤了钟会的面子。

自古及今，死在面子上的人不计其数。

但讲面子并不是国人的专利，美国人不讲面子吗？伊拉克不听招呼，美国一夜就打到了巴格达，那时伊朗还是它的盟友。后来，伊朗也变得不听话，美国又出兵伊朗。这一仗打下来，到今天仍残局未了。美国之所以翻脸不认人，是因为两伊伤了它的面子。当今世界，追随美国的，它就予以保护；反对美国的，它就予以制裁。这个国家翻起脸来，比小孩子还快，谁说美国不讲面子！

回过头来，说说我们自己的事。面子文化在中国确乎发达，涵盖极广。穷人有穷人的面子，富人有富人的面子，官员有官员的面子，知识分子有知识分子的面子，远不是美国前驻华大使一句话能概括得了的。石崇、王恺比富，比的不是财富，比的是面子。

面子问题，不是简单的自尊心问题，说到底可归结到人性上来。约略而计，反映在三个方面：

一是平等意识。富人炫富，官员摆架子，文化人卖弄学问，甚至有人炫豪车，炫豪房，炫珠玉宝器，这都会伤及他人的颜面，惹人仇官、仇富、仇车、仇房。一旦这些人反其道而行之，富人肯做慈善，救济穷困，官员肯降尊纡贵，低调做人，大家就觉得很受用。不患寡而患不均，是国人骨子里的意识。别人拥有的比自己多，自己心里就长了草，怀疑人家都是非法攫取。平等意识在西方是法律意识的具体表现，在我国易陷于个人主义。好比火药，西方人以此制造了枪炮，我们却多用它制造鞭炮。

二是尊严的需求。人总是需要尊严的，无论官员、平民、富人、穷人，抑或沽屠之辈，概莫能外。人区别于万物，除了羞耻心外，形而上的东西就是尊严。这是人吃饱穿暖，苟活于人世的精神支柱。西方人说不自由，毋宁死。我们的信条是无尊严，毋宁死。挑战一个人的尊严是极可怕的一件事。

三是个性的需求。人区别于他人，总有个性的不同。尊重别人的个性，并希望别人尊重自己，是社会得以稳定的关键。杜预说王济有马癖，和峤有钱癖，自己则有《左传》癖。爱物成癖是一种病，自己坦白，还是希望取得别人的理解。

冯梦龙写过一本书，搜集了历代名人的个性嗜好。其中提到，某人性急，吃丸子掉落地上，用筷子夹几次都没夹住。其人性起，一脚踩去，丸子团团转，他索性捡起来吃掉。还有人嗜痂，别人受伤或得了皮肤病，他眼巴巴等着结痂后向别人讨要，称其味甚甘美。一些人个性张扬，喜欢侃侃而谈；一些人个性内敛，喜欢寡处独行；一些人读书不求甚解；一些人喜欢认死理，非弄个水落石出不可。这些特点因人而异。

面子问题是涉及人性的一般命题，是人类共有的，非为中国人专设，也非为中国人专有。但国人在对待平等、尊严、个性诸问题时，容易走偏。追求平等没错，但平等是靠奋斗得来的，依靠别人施舍，来满足自己可怜的面子，既卑微且靠不住。尊严也一样，值得别人尊重才谈得上尊严，不值得别人尊重就换不来尊严。个性与生俱来，但要囿于仁义礼智信的约束，囿于社会的基本道德规范。无原则的个性是人性的泛滥，不唯不好，且会殃及他人。

面子与平等、尊严、个性有分有合，有正有反。若凭一己之私，苛责、诿罪他人来满足自己，这是小面子。这种面子微不足道。从这个意义上讲，我们有必要检讨自己，去除小我，保存大我。人人这样做，才能达到基本意义上的社会平等，才能保存民族尊严、文化个性与自信。

凡民族性的东西必有世界性，前提是它必须是一种文化，一种向上的文化。面子是中国文化的一部分，我们可以理直气壮地讲我们好面子。同时，有必要澄清那些强加给国人的一孔之见、一面之词，以及一切不实之词。我们要还面子以其本来，坚定地追求平等、尊严、个性，赢得民族自信。

这个世界有多少人需要你

年轻的时候，执着于功名，把成功与否作为评判自己以及他人的标准。那时真的很浅薄！以为成功就能解决所有问题，成功代表一切。

随着年事增长，对这个问题产生了疑惑：到底什么才是真正意义上的成功？成功之后又能怎样？

很多人宁愿承认自己失败，都不愿承认自己成功。成功带来的只是一种刺激，而他们的一生却总是处于奔波状态，"两岸猿声啼不住，轻舟已过万重山"。

成功既然如此渺茫，高明如司马迁者，就把心思放到了身后，"君子疾没世而名不称焉"，寄希望于青史留名。身后名是身后事，那个时候已经做了鬼，虽然《录鬼簿》里有名籍，但能不能被人记起尚不可知。

"生不用封万户侯，但愿一识韩荆州。"这是吹牛，是拍马屁。

身前名、身后名既然如此虚幻，不妨老老实实做人。谈到做人，也不是易事，有许多学问在里边。做人当有胸怀、有格局，这是寻常话。如今我降一个调，那就是心中常存别人，作意忘掉自己，这就把胸怀落到了实处。但做起来难，人可以忘掉家人、师长、朋友，唯独忘不了自己，尤其忘不了傲人的本钱。做官的忘不了官衔，做生意的忘不了挣钱，艺术家忘不了作品，杀猪的忘不了刀。自己忘了倒在其次，生怕别人也忘了，反复在博客、朋友圈中展示，当然也包括报告厅里与酒桌上。

要说官衔、金钱、艺术品、猪肉都来之不易，是人家辛辛苦苦挣来的，显摆一下未尝不可。但不能卖弄，卖弄就讨人嫌。做官、经商、写字、画画、编小说，甚至杀猪宰羊，只是职业不同，是各色人等赖以存活的手段。想把饭碗端牢，就得把事情做好。官做得大，钱挣得多，艺术高超，猪杀得齐整，同样反映的是手艺问题。本来就该如此，不值得傲人。当官的不需要在生意人面前炫耀品级，艺术家没必要在杀猪的面前炫耀才气，这才好。

有一类人，自己是将军，偏要做诗人，证明自己两能，是兼才；自己是艺术家，偏要卖弄官场消息，自奉是某某高官的座上宾；自己是杀猪的，偏要装出懂艺术的样子。这都不好，讨人厌。

心胸宽大的人不狭隘，不自我，甚至竟能无我。有的人自视甚高，性情孤傲，容不得别人说一句，容不得别人碰一下，一说就急，一碰就碎，弄得别人不知道怎么和他相处。这是把自己看得太重要的缘故。静心想想，到底有没有那么重要？可能的情况是，因为经常被人忽视，久而久之有了心病。说得严重点，就是成了一种病态，拼命想捡回那点儿可怜的自尊。这种人很可怜，应报以十分的同情。

这个社会不乏有能力的人，不乏有才气的人，但缺少受欢迎的人。有能力的人可敬重，有才气的人可佩服。但自己要拿捏住，不能以能力和才气逼人，甚至凌人。

与人相处，让人如沐春风，这才是做人的最高境界。对上乘人而言，尤该如此。宋代理学家大都能做到这点，饱学如程颐、程颢、朱熹等，不以学问欺人，而是和气待人。程颢弟子朱光庭听程颢讲学一个多月，归语人曰："光庭在春风中坐了一个月。"这样的人，谁不愿意追随左右？

你的自是你的，我拿不走；我的自是我的，你拿不去。我尊重你的才能，但决不允许你剥夺我的尊严。古圣贤说：做人要有中和之气、雍容之度；己所不欲，勿施于人。凡事都作如是想，就会尊重别人。一些人身上有霸气，老要欺人一头；一些人身上有戾气，看谁都不顺眼。这都不足以证明他有本事；恰恰是本事不够，才不得不借声气唬人。受人尊重的人，一定把别人看得比自己重。

心里有别人才不会自我，才会低调务实而不张扬；别人在自己眼里重要，自己才会在别人眼里重要；永远觉得别人好，别人也会对你好。这是规律。"我见青山多妩媚，料青山见我应如是。"

人生一世，一定要活明白，不要总在那里暗自纠结。待人接物要豁达，豁达的人无滞无碍。"凭君借取法界观，一洗人间万事非。"我们应该经常扪心自问：这个世界上究竟有多少人需要我？如果活得只剩下自己，下场会很可悲。

宋人张载曾在学堂窗外作《东铭》《西铭》，警示后学。《东铭》用以"砭愚"，《西铭》用以"订顽"。张载认为，一般人非愚则顽，愚则不明，顽则不通，开其心智是教育他们的大计。谨录其《东铭》如下：

> 戏言出于思也，戏动作于谋也。发于声，见乎四支，谓非己心，不明也；欲人无己疑，不能也。过言非心也，过动非诚也。失于声，缪迷其四体，谓己当然，自诬也；欲他人己从，诬人也。惑者以出于心者归咎为己戏，失于思者自诬为己诚。不知戒其不出汝者，归咎其不出汝者。长傲且遂非，不智孰甚焉！

这番话，可以为一切自以为是者戒！

酒后呓语

"太阳每天都是新的",这话一定是对喝酒人说的。

晚上喝酒,半醉半醒,独自回家,软步摇移。

清早起来已日上三竿,太阳明晃晃照着,刺得人不由摇了几摇。已是阳春季节,万物明亮澄澈。

走进一家小馆子,阳光如影随形跟进来,铺上桌面,一部分投射到脸上,暖烘烘的,让人感到一种关照。门前行人来来往往,身后俱是拖着一缕缕光影。

阳光照耀下,人显得很慵懒,慢镜头一般。街头车来车往,全不干己事,仿佛距离我的世界很远。

呆呆坐在那里,什么也不想,脑子里一片混沌,却脸色凝重,好像在思考某些重大命题。渐渐,一种莫名的忧郁涌出,人完全被这种情绪控制。

每一次酒醉后的感受都一样。酒酣,酒醒,如同经历了一次轮回,一次重生。没有兴奋,没有痛苦,只有麻木与迟钝。不想说话,不想动脑,也不愿回到人群中,只想找个地方躲起来。在呆滞与木讷中,体味到从未有过的轻松。尽管毫不生动,却让人眷恋不已。时间过得很慢,眼前的一切都新鲜而真切。

半斗解醒,人生已没有多少事值得留恋,就这样行尸走肉般在街头踽踽而行。不管它花开花落，任它日出日没。这大概也是一种解脱吧。

乐不起来，痛不下去，针扎进肉里都不出血。不想出世，也不想入世，仿佛过客，也仿佛看客。在无我的状态下，体会到世界的失落。

蘧伯玉行年五十，而知四十九年之非。太清醒了，未免对自己刻薄了些。纵知前四十九年之非，敢保五十岁就一定能正过来吗？

桀溺对子路说："与其从避人之士，岂若从避世之士哉？"恐也是自欺之谈。且不论"避人""避世"有何区别，若真能避人而又避世，那真是得了大道。得了大道就该不言，而犹自滔滔不绝，看来还不是真想"避"。

杨恽言："人生行乐耳，须富贵何时！"人生能常行乐，自然可喜。然几人能常保行乐而不生忧？忧与乐互为表里，须臾不分，乐中必有忧，行乐必生忧。常常是乐未尽而忧已生，行乐本不是一件靠得住的事。百人百面，不同的人有不同的乐。人不知鱼之乐，又安知鱼知人之乐？行乐这件事是虚拟世界的镜中月、水中花。

世间的事刻意求之而不得，率意行之却会不期而遇。即如喝酒这件事，本为寻快乐而起，不小心喝醉，又徒惹烦恼，这是因乐而生忧。酒阑兴尽，于索然无味之际，不意入此佳境，这又是忧中有乐。酒醉使我轻松一时，惬意一时，享受一时，世上诸般乐中有此一乐乎？

今后如有人劝我戒酒，当奉之以刘伶那句"妇人之言，慎不可听"。

老而有泪辄轻弹

会议结束，奏响《国际歌》，听着听着就激动了。这首曲子，音调低沉，反复咏叹中积蓄着力量。悲悯不消沉，顽强不脆弱，仿佛一首历史叙事诗，在倾诉中徐徐展开。它关于人类命运的主题以及特有的普世关怀，深深打动了几代人。

季札于鲁观乐，感叹周礼尽在此；听《国际歌》，你会感受到人类命运尽在此了。

近来好激动。一次坐飞机，滑行时突发生离死别之感。想起从前待儿子太严，又是打骂，又是罚站，很少给他父爱。不知他是怎么长大成人的，内心该多么渴望父爱呀！又想起老伴儿，她年轻时清素简朴，我总招惹她生气，找她吵架，一直吵到她变成老太婆。这么多年她是怎么过来的！

读《南渡北归》，伏卷哭过几次，为傅斯年、胡适、吴宓、曾昭燏，为闻一多、吴晗、陈梦家。这些人的命运与他们的名望一样，跌宕起伏，不知什么是天堂，什么是炼狱。天降大任于斯人，也降苦难于斯人。他们承担得那么重，命途如此多舛，足以惹人向隅而泣。

喝酒的时候，对一个朋友敞开肺腑。说着说着，声音哽咽，眼泪止不住地流。朋友也动情了，陪着我哭，老泪纵横，不能自持。那晚我浑身都软了，被人扶回家。第二天眼睛肿胀，不敢看太阳。

感情这个东西真是说不清。恩师仲生读过我几篇写人的文章，击节称叹。他想让我给他也写一篇，出于颜面没说出口。他是迫切需要的，我懂，已是八十高龄了，需要一种慰藉。但我无法承诺，这东西不是想写就能写的，需要灵光一现，我等着。一次如厕，脑子里突然闪现出一张仲生师的照片，激动起来，提起裤子匆匆回房，一气写下了那篇《一张照片与一个人》。打印好呈他过目。读文章的时候，老先生几次中辍，手里的稿子微微颤动。读讫，使劲拍打我的肩，用哭腔连呼我的名字，一句话也说不出。我顿觉轻松起来——文章过关了，老头很满意。

文章发表后，反响很好。老头告诉我，报社的人打电话给他，说，好久没看到这样的文章了。

饱尝人生，有百般滋味，按理讲早应该戒嗔戒喜，心静如水了。然而不，他仍然多愁善感，喜怒无碍。大概读书人都这样。

在一次讲座上，讲到知识分子的人格，他不由得又提起陈寅恪的"独立之精神，自由之思想"，联想起孟子的"君之视臣如土芥，则臣视君为寇仇"，进而讲到顾炎武"士大夫之无耻，是谓国耻"的话，顿时生发出一种悲壮之气，言语异常凌厉，神色凝重起来，空气也变得紧张。当时的我，眼睛也湿润了。

诗缘情而发，好激动的人适合写写诗，聊发老夫之狂。至于"志之所至"，则远非我所能虑及。故而只能效仿明人作作性灵文章，能否为人肯定已不再念及，只为了找一件能一吐为快的事。

田园将芜胡不归

清明无雨，朗日照空，吉期无择，利于出行。我带着家族"社会关系总和"回故乡扫墓。托先父母所赐，他们是我在这个世界上最亲的人。

先父母葬在村里的集体墓地，与他们的先辈、同辈们埋在一起，似乎并不孤独。如果有魂灵的话，他们可能经常交谈，一些话题也许会涉及我们这些生人。

按以往的惯例，唤一声爹娘，燃起香烛，贡上水果等祭品，焚化一陌陌纸钱，祭礼就结束了。大姐说，她昨天梦见母亲了，母亲伸手向她要钱，所以她格外多带了些纸钱。大姐说话时，大家都默默无语，知道她总是这样神神道道的。我想起给父母立碑时自己撰的几句铭文："昨夜梦回故乡，又见爹娘。执手相对泪潸潸，湿了衣裳；人故物非，屺园草长，一陌新纸压旧坟，哭了儿郎。"绕到碑身后看看，字迹犹在，不知地下人晓得儿女的思念否！

离开墓地，一行人直接去旧宅。今年我早有安排，要把旧宅修葺一番，种点儿油菜、青菜之类。旧宅久无人住，一片恓惶的样子。大姐、二姐每次祭祖，都要顺手采摘点儿野菜。我看在眼里，心里不是滋味。旧宅后面还有一片荒地，不如利用起来，种些蔬菜，满足她们的采摘欲。行年渐老，怕过几年就无力干这些活了。从乡人家借了几件农具,大家扛在肩头,长短不齐地走在乡村的路上。桃花已经败谢,油菜花仍旺盛地开着。鸟儿在头顶飞来飞去,叫声悠长。

旧宅依旧是一副破败的样子。门窗早年就已不存,空空洞洞的。墙面经雨水冲刷,坑坑洼洼,凹凸不平。这屋子原是土砖结合,墙背面经风蚀雨侵,一些地方竟出现了漏洞。院子里长满了绿竹,挨挨挤挤。一走近,马上感觉到一股清凉。它们原是隔壁人家栽种的,起初只有一棵,经二十余年繁衍,竟至满园青绿。竹子欺树,两棵合抱的梧桐树被它们生生挤死,枯黑的树干突兀直立。在可以称为竹林的院内,意外生出一棵无花果树、一棵杏树、一棵桑树,都已成年。无花果树、杏树此时已生出幼果,使人喜不自禁。很多年扫墓都来去匆匆,无暇照料故园,孰知竟成这般原始状态。

站在齐腿高的蒿草、棘刺中,眼前的故园真有一种"中庭生旅谷,井上生旅葵"的荒凉。

这片宅子是改革开放初国家落实政策,给我家特批的,木料也无偿供给,曾惹来多少艳羡的目光!因为家里没有几个劳动力,建房时,父母不知耗费了多少精力。恰逢那一年夏末,房子盖到一半,连阴雨提前来到,一下就是二十多天,急得家人团团转。那些日子,我每天晚上守护在这里,躺在用玉米秸秆搭的临时窝棚里,就着忽明忽暗的油灯,在淅淅沥沥的雨声中读完了《莎士比亚戏剧全集》。其时我正上大学。

要修整这片圮园,真不知从何做起。略经计议,我们决定先清理竹林,抢救无花果树、杏树、桑树,不然它们会和梧桐树一样,免不了被挤死。十几口人齐动手,砍掉这几棵树周围的竹子,这样不至于威胁到它们的生存。然后梳理竹林,清除掉那些细密的幼竹,保留那些看起来长势不错的竹子。又拔掉房前屋后疯长的野草,开出一条通往老屋的道路。院中顿时豁亮起来,遗忘很久的那种亲切感又回来了。

因为兴奋,几乎没费多少力气,整理旧宅的活儿就干完了,大家接着又开垦菜园。对我来说,锄头既熟悉又陌生,抡起它,昔日那些为生计而劳碌的日子又清晰地涌现出来,令人顿生感慨。父辈们终生离不开这些农具，依赖它们娶妻生子、养儿育女，眼见得习惯于用劳动换生活。每每不解农家门楣上刻的"耕读传家"四字——有太多人一辈子苦耕，与读书识字终究无缘。能过既耕且读的逍遥生活的人，只能是为数极少的富绅。他们靠农人佣耕起家，自然有余暇体味"种豆南山下，草盛豆苗稀。晨兴理荒秽，戴月荷锄归"的闲适。"耕读传家"对于一般人，恐只是理想。祖祖辈辈苦巴巴熬生活，就希望子女出息，以读书改变命运。一家人有耕有读，日子才有好光景。如此说来，我也算家里的耕读传人。

院后的这块荒地原本是菜地。先孺人在世，一有空闲，就蹲在这里"理荒秽"。这块地里曾长出西红柿、黄瓜、茄子、辣椒、土豆，鲜艳的蔬菜给贫瘠的生活增添了几分亮色。这里现在已被各种不知名的野草占据，竹子的根也伸过来了，清理起来格外费力。除完野草，开始翻地，没干到一半，手上已经出了血泡。我丝毫不觉得疼痛，面对故园，心生愧疚，甚而有种负罪感。这座故园是先父母留给我及我的后辈的唯一遗产，我们这些住在高楼上的人没有一寸土地权，旧宅是我们在这个地球上拥有的唯一一块地皮。本应珍惜，却长期废置，如何对得起先人！掐指算来，我一生的出发点与依靠都因了这所旧宅，它是游子最后的牵挂。

整理完菜地，太阳已经西斜。村里人听到动静，三三两两地过来看热闹。他们指指点点，带着善意嘲弄我们的耕作技术。人还是那些人，面孔还是老面孔，语气还是那种语气，乡情浓淡总相宜！我们在地里撒下菜籽，又浇上水。土壤墒情本不错，但浇些水总不是坏事。从今以后，我们每个人都多了一件心事，我们把对故乡的牵挂、期盼、思念都种在了这里。

一切就绪，大家散坐在院外草坪上休憩，看着面貌一新的旧宅，十分自得。"田彼南山，芜秽不治，种一顷豆，落而为萁。人生行乐耳，须富贵何时！"坐在故乡的土地上，自然生出几分踏实与安逸。人世间的喧嚣被天然隔绝，只觉全身心都放松了。风偶尔吹过，能嗅到荒草和土壤的味道，真是久违了。大家愉快地谈论着，孩子们不知疲倦地钻进竹林，找寻细嫩的竹笋。不远处有一条深沟，沟里生长着许多杨树、柳树、桐树，一棵棵都伸出一半身子。许多鸟儿在林间争吵，一群群不时掠过我们头顶。很少见到这么多鸟儿，随处都有它们的窠巢。感谢鸟儿给我们的院落带来生机。

沟里原有几眼泉水，汨汨流淌；溪水亮汪汪，流遍沟道。只是现在已经枯竭，真可惜！

姐弟几家人都希望退休后在故园养老，如同儿时一样。大家能这么想真好！

田园将芜胡不归！

1969年，我六岁，随父母从城市下放到蒲城县一个乡村，在那里生活了两年。从记事起，那是我第一次感受到人世的艰难。蒲城那时可称穷山恶水，吃水是第一困难。那里常年干旱，只好吃井水。井深达百米，井水卤碱味很重。吃得也很差，能饱腹已经算不错了。因为缺水，小麦长得稀稀疏疏。倒是适合玉米、红薯生长，它们是主要口粮，村人赖以为活。人一年到头吃粗粮，吃坏了胃不说，还常常拉不下来。一次，家里吃玉米面做就的饸饹，那东西像石头一样，几天憋在肚里，急得我到处跑，后来还是母亲用树枝把它掏出来的。

因为实在受不了苦，两年后我们又回到故乡长安。不足八岁，我已有了三个家。

搬到长安后，虽然是故乡，人情却很淡漠，没有几个人欢迎我们。那时祖母还在，不乐意我们迁回，埋怨父母不提前打招呼。父亲兄弟四人，存世的，加上他还有三个。那两兄弟怕我们回来争夺家产，也十分不乐意。后来勉强挤进去，却只分得一间房子，五口人憋憋屈屈住了进去。虽在故乡，却横遭排挤，吃尽了白眼，人世的冷漠算是尝到了。

我们一直对蒲城这个家很淡漠，父母离世前，再也没有回去过。一晃五十年过去了，其间，有很多机会回去，却总也不愿动身。这几年，两个姐姐老了，时常念叨，总想去看看。我自己也到了耳顺之年，就想遂了她们的愿。一个周末，我借了一部车，拉着三家人，奔赴这个记忆中的第二故乡。

村子好不容易找到，却大变了样。如今比过去规整多了，却少了几分乡情的旧痕。村头的古庙早拆了，那方又脏又臭的淖池也被填平，几棵百年树龄的柿树、槐树也不见了。旧居自然没有了，听说被村里折价卖了，早拆掉重建了，连基址都踪迹难寻。岁月抹去了一切痕迹，仿佛我们从未谋面。

曾上过一年的小学还在，牌楼上隐现出"拯婴小学"的字样。这是唯一留存下来的可供证明的旧物。据说这所学校建于民国年间，由杨虎城捐建，以他女儿的名字命名。杨虎城也是蒲城人，他的故乡距离这里很近，人们在他的故居建了一所纪念馆。岁月很残酷，但该留下的仍然都留下了。

当时在村里，这所建筑是最宏伟的。学校却很简陋，四个年级只有一个大教堂、一名教师、一名敲钟的。一、二年级上课时，三、四年级到校后的果园里，用树枝在地上画字。果园里树很多，果子成熟的季节，香气会一直飘到教室里。

那时很少能享用到肉类，只能自己找东西解馋。庄稼收割完毕，秋天的雨后，地里会爬出一种甲虫，不知是否是天牛，长着两只红通通的螯，如好斗的勇士一般将螯挺在前面，人一不小心就会被夹住。抓了它回去，把头掰掉，脖子上露出一丝红肉，用油煎了，香喷喷的。

也有美的景致。秋后残存在树上的柿子，经过霜打，通体变红，亮闪闪的，十分诱人。夏雨过后，彩虹如天桥，横跨山峰，色泽极清新，姿态也很美。

开车在村里无目的地转圈，大姐竟然发现一位故人。通过她又找出几个，很快，我们被一堆人包围了。我的一个少年时的玩伴，居然一口喊出我的名字，让人吃惊不小。他现在是村干部，在人群里显得很特别。我们当初到这个村子时，国家安排的安居房尚未建好，就暂时寄居在一户人家。这家的主人竟然还健在，老房子也在。他的祖上还算阔绰，宅子一通到底，历经百年，巍然不倒。谈起旧事，他还历历在目，如数家珍。提到我们的父母，他长吁短叹，不禁勾人伤怀。他一个人鳏居，寞寞落落地养了几十箱蜂，蜜蜂在我们身前身后飞舞。

故乡情一点点涌现出来，这个村子离我们越来越近。

引黄灌溉工程解决了人们的吃水问题，粮食也不愁了，很多旱地都变成了水浇田。人们在房前屋后种了很多梨树，这里现在被称为"酥梨之乡"。

在一棵仅存的老槐树下，我们与村人热烈交谈。谈着谈着，乡情的滋味浓烈了，散开了，感染着在场的每个人。黄昏时分，我们与老乡们在老槐树下留影惜别。老槐树见证了五十年的离别与重逢。

我心里还存着一个秘密。村子里有一个与我一般大的女孩儿，名叫杏儿。那两年，她整天陪着我东游西逛，那些红彤彤的柿子就是她上树摘给我的。她摘下一颗，就扔给树下的我。柿子落下的时候，被晚霞映照，流光溢彩，美得让人心动。杏儿的母亲很喜欢我，曾与母亲商议两家结亲。母亲每每拿这事逗我，看我脸红就哈哈大笑。我那时不懂男女之事，杏儿可能有些心思，农村女儿家懂事要早一些。不知她现在过得怎么样，经历过什么样的风雨。

蒲城在唐代曾名奉先县。安史之乱时，杜甫到过这里，作了一首很长的诗。这里还是埋葬天子的风水宝地，唐朝有四个天子葬于斯。这次回去，我们顺便去了一下桥陵，是睿宗李旦墓，依山为陵。陵区路很长，走到山脚下，已经有些气力不支，不得不扶腰前行。天大阴，风力极劲，吹得人脸皮生硬。天地玄黄，几乎辨不清南北。

活着的意义

很多年来,我一直在寻找一种东西,那就是我生活的目的。如何让自己有意义地活着,是我始终摆脱不了的问题。

在一个极度失望的日子,我产生了一个危险的念头:即使有意义地活着又能怎样?

这个念头差点毁了我。意识到这一点后,我尽量不去触碰它。如我当年思考活着的意义一样,意义本身也变得极不可靠。

人活在世上,本身就是问题。因为活着,人产生了许多问题,这些问题如生老病死一样纠缠人一辈子。

我养了一条狗,拉布拉多犬,极温驯。要说狗是人的朋友,它就是。

这条狗,我每天早上遛它,中午遛它,晚上也要遛它。既然决定养它,就得按照它的习性来。谁知到了后来,它的生活规律逐渐变成了我的,我已经被一条狗异化了。每次看到它在草丛中,在山野河沟里,飞速奔跑,快乐地扬起尾巴时,我心安理得地认为,那快乐是我们这两种动物共有的。

又一段时期,我养起了金鱼,五彩斑斓的小精灵。它们在水里快乐地游弋,根本不理会还有人在思考生活问题。

儿子这几年谈了好几个女朋友,他这些女朋友都有好生之德,一个送给他一只兔子,一个送给他一对鹦鹉。他们分手以后,这些东西都归我收养。这只兔子及一对鹦鹉已经丧失了爱情见证诸如此类的意义,爱情养活不了它们。

有时,面对狗、鱼,以及兔子、鹦鹉,看着它们的生活状态,我就想,它们活着的意义是什么,难道只是充当别人的玩物?我有这种看法已经很久了。每当我看到一些长着大脑的人活着与没有大脑一样,就会产生同样的疑问。我是不是太刻薄了些?

如果人与狗、与鱼、与兔子、与鹦鹉一样没有区别地活着,还有什么可骄傲的!

但不管我鄙夷与否,狗、鱼、兔子、鹦鹉以及周围的大多数人,照样活得很愉悦。

我原本养了五条小金鱼,都是别人送的。因为没经验,很快就死了三条,另外两条显出孤单。我善念一动,又去市场买了五条,鱼缸里登时热闹起来。一群鱼,你来我往穿梭着,让人看着委实欣慰。谁知好景不长,盛夏到了,供电紧张,不时就要关闸。一天,我正上班,夫人打电话过来:"停电了,你养的鱼死了好几条。"她本不主张我养鱼,语气全然与己无关,我还听出了一丝幸灾乐祸的成分。我一紧张,没等下班就匆忙回家。一看,果然鱼缸里漂起四条鱼,连人家送的最珍贵的"玉儿"也包括在内,俱是大瞪眼睛,肚皮肿胀。这下鱼缸里仅剩三条鱼,也都奄奄一息,垂死挣扎。我忙操起小碗,不住地扬水,给鱼儿人工加氧。总算有效果,两条鱼活过来了,另外一条当晚不幸死去。

活下来的是两条最不起眼的小鱼,它们很精神,在空阔的鱼缸里肆意穿梭。那条花斑鱼总在欺负那条红金鱼,大概活下来就要找点事做。我在失望之余,仅剩了这点安慰。现在,狗乖乖地躺在我身边,两条小鱼在我面前无拘无束地游着,不时听到阳台上鹦鹉的叫声。我忽然有些明白了:它们对于我而言,活着就是意义,一旦失去,什么意义都不存在了。

恍然间,我打了一个冷战,因为自己的想法而怔住了。我极不愿意承认的一点是，人与动物一样，活着本身就是意义。

为了说服自己，我把思路理了又理。

可能对于人自身而言，活着总应该高尚一些，找一些意义出来，同时为活下去找一些充足的理由。但对于大千世界而言，人与狗、与鱼、与兔子、与鹦鹉又有什么分别？就活着这件事而言，人与树木、花草又有什么本质上的不同？人活着，本身就是理由，比任何理由都充分。

活着既然是一种必然，就值得尊重。我们有什么理由对别人评头论足？活着就是一种平等，无愧于其他人。

想通了这些，我对如何才能使自己健康，吃什么利于身体，哪些事好玩儿这些东西，接受起来毫不困难——以前我是不屑于这么做的。这时我才领悟到，做一个高尚的人很难，做一个烟火男女更难。

对一切活着的东西，我们都应该保持敬意。

"理"的世纪

自人类诞生，学问就被分为人学、物学。人学，按古人的说法，即理学，心学也包括在内，老庄的道学也包括在内。理学，浅言之，即今天的哲学，包括宗教、伦理、社会。孔子的理学是仁学，孟子的理学是仁义学，以研究人与人、人与社会、人与万象为主。程朱认为性即理，阳明以为心即理。中国哲学观认为，理是一，是绝对的，有理才有物，物的情状决定于理，这就开出了"数"的概念。古人研究哲学问题就从这两方面入手。《易经》一直有两说，一是王弼的义理说，一是周敦颐的象数说。战国时，百家竞说，有一流叫阴阳五行说，邹衍为发明人。这一说后来就指向术数，其术数围绕历法而来。汉代人则把历数与人事相结合，这承自《左传》，如把日食月食、地震、火灾、彗星与人事结合。又把理与数结合起来，而谶纬家更其神，这样史志就有了五行说。其由《汉书》始，历代不绝。

由本体论引起的理与象数之问题，东西方发展趋向不同。东方重理，西方重数，乃是因西方把终极的理的问题交给了上帝，一意研究起数的问题。东方科技落后，西方相反，这是因为思维趋向不同。西方有一派哲学，叫分析哲学。哲学竟也用分析方法，这不是颠倒了吗？西方人就这么做，连针尖上能停几个天使都要推证。

中国哲学主张有体有用，体即理，乃天道问题。万物是大道的流化，是从属的。中国人的研究兴趣在于"用"可体现"体"，故主张"格物致知"，用物来验证天理，从而领悟理的"妙"。西方哲学是倒过来的，它研究"用"，推证本体。推证不出来，就把它交给上帝。所以西方的体用观是脱节的，而离开本体论的学说是不完整的，不是一套成体系的哲学。然而它不空想，故偏至于一面——科技发达了。

马克思主义哲学主张世界是联系的、矛盾的、对立统一的。至于这个"一"是什么，没有特别指出。除此以外的内容与中国哲学是契合的，故中国人接受马克思主义哲学有这么一个基础在里面。其他的如黑格尔、康德都不行，他们的思想与中国思维相左。20世纪30年代，尼采火了一阵子，主张自由，无政府，主张"超人"，于是出来了混世魔王希特勒，大家对尼采失望了。

中国人于本体建立起来以后，重视人伦日用问题。墨子、老庄、释教都致力于此，各有不同的主张。宋明理学解决了理与气、性与心这些基本问题后，关于人的问题就仅限于修养，如诚敬、诚静等。宋人推崇《大学》《中庸》，特地把它从《礼》里边抽出来。"大学之道在明明德"，这是解决"立"的问题，而《中庸》重点解决"养"的问题。这是宋明理学的精神实质。直到王阳明出来，真正重视人的问题，把人提到极高的度。心即理，他的那个天人合一、知行合一都合于"心"。心是道体，也是道之用，而道不违人，人不违道，就把理从虚无处落到人身上，简直就是哲学的又一次革命。

"天人合一"观是中国文化对世界的一大贡献，在这个系统的支持下，中国文化有了两千余年的延续。我们自己都意识不到它的伟大。环保，人类和谐共处；大同，得道者、失道者；人性，天真之性，人道关怀：它们都是这个观念的产物。不能说它落后于时代，恰恰是我们失掉了对它的敬畏，失掉了"道统"。中国人一直是这么过来的，中国的胸怀可以容纳异族，忍受劫略，"中国不与夷狄"的这份自信历经磨折而不懈怠。今天世人所有的自傲与自卑交织的情绪都与"中"是相违的。故而强化文化修养，警醒人的自惕自厉，是当今社会的重要事宜。不躁不狂，不卑不亢，都是中国文化元素的应有之义。

20世纪是科学的世纪,也是数学的世纪。科学推动了发展,又给人类带来了灾难。现代人类如果失去理性的制约,与原始部落又有什么区别?科学发展到极致,必然走向非科学的领域。粒子、质子,乃至黑洞的发现,颠覆了人们的科学观。二维、三维、四维空间概念的提出改变了人类的认识。设想如果发现五维、六维空间,人的科学思维定会扭曲,那时可能会出现老子所预言的"有生于无"。科学是求"有"的,"有"走到尽头会发现前面空荡荡的,是"无"的世界。这个"无"是"无不有"的无。相信科学这驾马车一定会反证本体的存在,那时人们才会把君和臣的位置摆正。

熊十力《十力语要》中"韩裕文记"载:"今日人类渐入自毁之途,此为科学文明一意向外追逐、不知反本求己、不知自适天性所必有之结果。吾意欲救人类,非昌明东方学术不可。惜乎吾国人亦自不争气。吾侪留得一口气,当时时刻刻有船山、亭林、诸老的精神,慎勿稍息。今日比诸老时代所负责任更大得无比。"熊氏此语是从哲学角度而言,希望人们不要一意追求物欲,要回到自己的精神世界来。

李政道在1999年写过两篇文章,其中一篇提到:"以为知道了基本粒子,就知道了真空,这种观念是不对的。……我觉得,基因组也是这样,一个个地认识了基因,并不意味着解开了生命之谜。生命是宏观的。20世纪的文明是微观的。我认为,到了21世纪,微观和宏观会结合成一体。"(《水·鱼·鱼市场》中"对21世纪科技发展前景的展望"一节)

他又有一篇《科学的发展:从古代的中国到现在》更说道:"整个科学的发展与全人类的文化是分不开的。在西方是这样,在中国也是如此。……我们是从开始时就感觉到,微观的元素与宏观的天体是分不开的,所以中国人从开始就把五行与天体联系起来。"

不愧是带有中国色彩的科学家,李政道还预言"到了21世纪,微观和宏观会结合成一体"——很多人现在容易接受了。依他的观点可以推出21世纪将会是一个理性的世纪。科学走到一定程度就走不通了，会和本体论这个东西在某个节点上会合。那时，科学会感到自己的无力、无主与渺小。它会意识到有一种超意志的推力，仿佛上帝之手。在这样的超自然的力量面前，科学会归于无形，它的一切努力都将白费。科学会在这个"体"面前，意识到自己的"用"的方向以及归属。那时"体"与"用"会真正融合起来，臣服于"理"的空前强大、无边无际。这个过程也许需要几个世纪，那时人类方能明白，拥有无数个世纪的积累的人，最后终至于一无所有。也许明白这个道理的同时，人类与其所拥有的一切智慧一起俱消化于无形了。

如果这个思想不错的话，人的一切努力都在"证实"本体的存在，21世纪也许正处在这个关键点上。

国　学

——被把玩的尴尬

　　正如宋人、清人喜爱金石器物一样，古代文化现在也被视作古董，被今人肆意把玩。此中滋味，恐怕只能用"尴尬"来形容。

　　近年来，国人一直纠缠于新旧之间。既要从新，又不忍弃旧，与舌尖上的记忆同时出现的是对旧文化的依恋。囊中鼓起以后，认字不认字，懂画不懂画，都晓得收藏几幅名人字画，以附庸风雅。字画热之后，接着是历史热。人们对秦汉历史、明清历史、三国历史表现出史学家般的热忱：继《汉武大帝》《康熙大帝》《雍正王朝》之后，《大明宫词》《芈月传》《如懿传》《延禧攻略》又一字排开，大有愈演愈烈之势。从前者可以看出，国人对帝王家有多么浓厚的兴趣；而从后者来看，国人又表现出一种偷窥欲、占有欲。与历史热相表里，《论语》热、《老子》热、《易经》热等又适时展开，其中不乏浑水摸鱼者。迩来，诗词热又粉墨登场，大有全民歌咏之势。上述情况，这里总称为国学热。尽管有些非驴非马，但也只能勉强这样。

　　显而易见，国学热是迎合大众趣味而形成的。有喜好，有群体，就有市场，国学热恰好像个自由市场。喜好是个没根的东西，游移不定，忽而此，忽而彼，没有消停的时候。

　　大多数人对于国学，或是出于崇拜，或是出于盲从，或是出于满足虚荣心，像是集体感染了一种流行病。对于国学，人们表现出各种不同的态度：专家把听众当傻子来骗，听众把专家当摆设使用，各取所需，互不干碍。一场风花雪月过去，轻浮得什么也留不下。

收藏金石器物的人，占有是一方面，最大的享受是欣赏，美其名曰"把玩"。在把玩中获得享受，出于享受的目的而占有。京剧票友喜欢称戏曲为玩意儿，那是真爱。票友之间互称玩友，因有共同的乐趣。

收藏与戏曲有相似的地方，就是要懂。对古董要懂得出处、款式、价值，更要懂鉴别；对戏曲要懂得曲目、角色、派别、腔调，以及唱念做打。不具备一定知识，没有一定功力，不能叫真懂，玩儿也是白玩儿。现在民间收藏家很多，瓦当、印章、陶瓷、钱币、权，甚至石羊、石马等石刻雕塑以及磨盘等民俗物件都在收藏之列。他们爱，也懂。

字画可以把玩，旧书可以把玩，乐器可以把玩，甚至笔墨纸砚都可以把玩，国学怎么把玩？这话我听过。一场国学讲座之后，我和一位素不相识的老兄交谈，谈过之后，发现他懂得不多，就问："你对这不懂，还来凑什么热闹？"那位老兄回答："玩玩儿。"

后来发现这不是个别现象。

文化成为把玩的对象，表现了什么样的社会心态？

张岱在其《夜航船》序中讲了一个故事。夜航船上，众人挤在一起，其中一个读书人口若悬河，滔滔不绝。一旁的僧人自觉浅陋，不由得蜷足而卧，给读书人让出地方。后来发觉他的话中大有破绽，就问："敢问澹台灭明是一个人，还是两个人？"读书人答："是两个人。"僧人又问："尧舜是一个人，还是两个人？"读书人答："自然是一个人。"于是僧人笑道："如此说来，且待小僧伸伸脚。"

轻浮乃至浮躁可能是一种社会病，受这种社会病感染的国学热就显得不伦不类，让人如鲠在喉。如此人不分老幼、地不分南北的国学热，不但未使人高兴，反生出几分忧虑。它表现出的不是对国学的尊重、敬慕，而是轻慢，甚至是亵渎。

从猿到人与从人到猿

——论人的动物性返祖现象

越来越多的证据表明,人类道德水平的低下和其基因里与生俱来的动物性有极大的关系,这似乎已成为一种趋势。自达尔文提出进化论以来,人类经历了两次世界大战。现在的情形是:人类正在走向一场新的危机,很多人笼罩在对未来的不安中。我们在对人类进化以及进步的剖析中,会清晰地发现,人类在距离动物的似乎性愈来愈远时,人的动物性却愈来愈强烈地表现出来。社会学家、哲学家、伦理学家在探究社会问题产生的原因时,明显疏忽了这一点,导致人们在干预社会倒退时选择方法的错误——他们没有找到问题的本源。本文将试图提供一条线索。

现代社会进步的显著标志之一,是人的工具的异化特征。异化理论认为,人一旦依赖工具,势必受到工具的异化。这一理论,今天仍适用,但在人类早期并不明显——人类告别动物性后,倒是很注重区别于动物的人的独立性。也就是说,他们大脑中人的自我意识非常浓厚,在使人成为人,人之所以为人方面,做了卓越的努力。

在人类起步之初,人们对于告别自身动物性有着十分决绝的态度。周朝时,有一个被大多数人接受,并视之为生命一样重要的东西,叫作礼,它左右着人们的思想、行为以及一切活动。贵族在交往中、饮宴中、祭祀中,甚至战争中始终不忘礼制的约束。《春秋》三传中,《公羊传》与《穀梁传》侧重于阐明《春秋》大义,总结了很多有关礼的规矩，如"礼不伐丧""内其国而外诸夏，内诸夏而外夷狄""不与夷狄之获中国也""名之不可不慎也""君子不避外难""恶恶止其身，善善及子孙""君亲无将，将而诛焉""立嫡以长不以贤，立子以贵不以长""子以母贵，母以子贵""春秋为贤者讳"等等。《左传》中，诸侯结盟必须歃血，杀牛羊以誓。诸侯每有事必告祖先，祭祀祖先必献三牲（猪、牛、羊）。须知三牲与人类有着极其密切的关系，人们杀三牲意味着与自身具有的动物性划清了界限。周天子、诸侯及卿大夫少有的娱乐活动是行围打猎。于此可以看到，一切活动都针对动物展开，所有无意识下的潜意识都表明了一种决心：人与动物不两立！

同样，诸侯在饮宴时，要按照各自身份就座，座位的方向有贵贱之分。饮宴前，贵族大夫赋诗表明心志。饮宴中行射礼、投壶礼以决觞。把一切搞得这么复杂，无非是为了反复强调人性的高贵。孔子一生把恢复周礼作为自己崇高的追求，他所继承、总结的礼、乐、射、御、书、数，即六艺，被后代尊为法式。孔子之后，他的继承者又总结出一套完备的礼仪规范，成为亘古不变的维持社会关系的法典。历代史书中，贯穿始终的是礼书、礼志。被人们总结为五礼的吉礼、凶礼、嘉礼、宾礼、军礼等左右了两千多年，上至天子，下至庶民，无人能逃出其外，都规规矩矩按照标准修正自己的行止。

宋代吕氏四兄弟中，有一个吕大钧，在家乡搞了一套《吕氏乡约》，受到朱熹高度赞赏，进行修改后推广施行，使礼教被社会普遍遵守。宋代性理之学，明代王守仁心学，从不同角度阐释《大学》："大学之道在明明德，在亲民，在止于至善。"《中庸》："天命之谓性，率性之谓道，修道之谓教。道也者，须臾不可离也。"这种无休止反复讨论的情形一直持续到清末。哲学家拼命维护那一套观念，真实目的在于唤醒人性，发扬人性中善的一面，抑制动物性中恶的一面。宗教也在做这方面的工作，它为人性指明了一条方向，从而拯救那些仍挣扎于人性与动物性之间的沉沦者。

古代是一个有条理、有遵循的社会，也是一个有理想的社会，值得我们敬仰。

　　近代以来，有几件标志性事件，值得一提的是清末的维新运动。这个运动怀疑孔子的主张，为以后打倒孔家店张目。他们主张"中学为体，西学为用"，从历史的进程而言，应该是进步的，但也牺牲了自身的文化。这一主张表明，人们因为贫弱受欺，宁愿抛弃自身所具有的高贵传统，自觉遵从弱肉强食的生存法则。这一努力没有白费，从此中国艰难地走向自强之路。这条道路充满了艰险，足以说明图强之路也不那么平坦。

　　"文革"后，有一部叫《人啊，人！》的小说引起了很多人的关注。作者戴厚英把自己在"文革"中的遭遇写成故事。故事内容并没有超出同时期的一般小说，但那个书名很醒目，到现在很多人还记得。提出人性问题，她应该是不多的一个。

　　西方世界也经历了相似的过程。古希腊、古罗马文明的标志之一，是贵族阶层的诞生，这几乎与古中国处于同一个时期。我们不得不说，贵族阶层的出现，是人的自我意识的高度觉醒，也是人告别蒙昧的最激进的态度。两大文明之间发生过残酷而漫长的战争，只能证明人在脱离动物性的道路上做出了多么大的牺牲。以后的情况就很不妙，中世纪的黑暗使人性坠入深渊。两个强有力的对手直接造就了这个局面——一个是国王，一个是红衣主教。国王是人们为自己找到的奴役自己的最得意选择，如同狮群为自己找到狮王一般。而宗教则是引领人们脱离自身动物属性，使人性更具有存在感的说教方式。一个代表世俗，一个代表神的意志，两者如魔鬼一样争斗，其结果是又把人类拉向趋近动物性的一面。从法国贵族戴着面具跳舞，到契诃夫《装在套子里的人》，人们似乎已不愿正视自己的人性，宁愿将其掩盖起来。当人们纷纷戴起遮羞布的同时，第一次世界大战发生了，第二次世界大战发生了。我们痛惜地看到，两次世界大战都是在人性数值普遍偏低的情况下发生的。出于拯救的目的，世界大战又将人性降至冰点。自然界有一种吸引力磁场，当引力发生时，反作用力即刻发挥作用。人类在似乎走向更高一级文明的同时，自身所具有的反文明的动物性也在催生、萌发。人一旦脱离一种奴役，告别一种奴性，必然接受另一种奴役，产生另一种奴性。

在人类智慧大放光芒时，人的知性走向了另一端，这是由然的，抑或是必然的呢？

伦理学家认为，随着感性认知的发达，人的自我认知却萎缩了，我们姑且把它叫作知性。知性被感性所取代，理性的力量逐渐式微，伦理学家的任务之一就是唤醒人们的知性。人们没有意识到的是：当他们把目光瞄准宇宙，寻找外星人，寻找适合人类居住的星球时，他们自身却在堕落。一面追求更高层次的文明，一面坠入人性危机，这就是我们不得不面对的现状。环境与生态学家断言，地球越来越不适宜于人类居住。同样，我们也认为，人类如不解决人性危机问题，恐怕搬到哪里都不行。

从农耕文明到工业文明，到信息革命，有人断言已经进入第四次革命。第四次革命我们没有看到，却切切实实发现了关于人性的恐慌。人类在走向所谓的文明之路上渐行渐远，自身没有进化，却在退化，进化论遭受了致命打击。人没有被革命解放，却陷入革命的奴役。表面上看，这是一种异化；深层次剖析，这是人的动物性返祖。农业革命时代，农民被捆绑在土地上；工业革命时代，工人围着机床工作；信息革命时代，人被电脑束缚在桌前。在所谓的第四次革命来临之际，我们看到几乎所有人都陷入一个叫手机的魔障中。手机现在成了人的第二生命，同时也成为人的第二生命特征。只要你看到有人一旦遗失了手机那种失魂落魄的模样，你就会明白这一点。每当我走在街头，随时都会遇到许多边看手机边抬头看路的人，脑海里不由得浮现出歌德所描述的幽灵。那些须臾不能停止边走道边看手机的人从我身边经过，仿佛一个个幽灵。

好莱坞最卖座的影片有几类：星球大战、幽灵怪异、机器人世界。电影制作者极聪明，反复告诫人类不要走得太远，不要被机器人异化，要战胜内心的兽性魔鬼。这个世界总有少数人尚清醒，试图把自己的感受讲出来，把人们从迷失的世界拉回来，可惜少有人警惕。

于是，我们发现了一个足以让人触目惊心的规律：悖反现象。人类的文明程度与科技进步、物质占有成反比，并没有实现设计上的统一。这里所说的文明程度不是一般意义上的概念，不仅仅指社会制度、意识形态、文明水准。简单地说，它是指人性，人性系数取决于它与动物性的差别程度。

人类起源之初，被野兽包围时，能清醒地意识到自己作为人的存在。为了证明人的高贵，人类的祖先不厌其烦地制定了很多繁文缛节，设定人的行为规则、德性准则及价值判断标准。不幸的是，人类在珍惜灭绝动物的同时，趋向了自己的反向，其倒退程度与珍稀动物灭绝的进程成反比。人类一天天忘掉自己是人，或者曾经是人。两次世界大战，人的兽性被唤醒，集中爆发。通过战争手段，兽性力量得到极度释放。正如火山爆发一样，每次大战之后，理性恢复。可惜这种力量太微弱，一些国家至今不肯承认战争罪，足以证明人的兽性何其顽固。两次世界大战，一次比一次惨烈。无法想象，下一次世界大战会是什么样子。实际上，它已经展开，只是战争形态发生了变化。两伊战争、土耳其战争、叙利亚战争，就其毁灭性而言，超出任何一次世界大战。每经历一次战争，人性的价值水准就降低一个等级。如今已经一降再降，令人心寒齿冷。人类一旦对自己的人性出现集体遗忘，动物性乃至兽性就会占上风。人类的祖先反复争执的性善论、性恶论，显得十分不合时宜。

人类的科技进步以及科技手段的强大，与使用这些手段的兽性力量相比相形见绌。每念及这一点，都使人不寒而栗。

同样让人担心的是，人类社会物质进步与道德沦丧几乎相因相成。与市场那个看不见的手主导市场一样，道德这个看不见的手主导社会，道德沦丧带来了社会文明的倒退。物质丰富唤醒了贪欲，占有成为社会的集体冲动。我们又一次看到了弱肉强食的场面，金钱张开了血盆大口。

政治同样在堕落。缺乏世界大同观念的政治家们，一次次率性地撕毁业已形成并使用数十年乃至数百年的政治合同。道义被践踏，普世价值被丢弃。今天，当任性的特朗普到处挥舞经济制裁的大棒时，我们仿佛听到了狮笼里的狮吼，它试图冲出铁笼。在这种情况下，人类间包容、互信、和谐的品行悉数被踩在脚下。

知道人类有多少美好的品性，就会了解人类为了做到这些付出了什么样的努力。道德、智慧、善良、仁爱、同情、悲悯、和平、理想、公平、正义、平等、修养，这些美好的词曾经多么动听。人们用诗歌、小说、戏曲、绘画、雕塑等各种手段歌颂它们，而现在它们距离我们越来越远。在充斥着感官享受的物质世界，很少有人思考那些令人变得崇高的形而上的东西。人类在自娱中走向堕落，欲望牵着感官在黑暗中穿行。欲望一旦碰壁，潘多拉的黑匣子就会自动打开。恶魔一经出现，人性善良的一面显得多么脆弱！

人的动物属性除了自私贪婪，还有因为贪婪而不择手段的兽性，兽性带来的对文明的破坏远比我们想象的可怕。正如我们知道的那样，破坏远比建设来得更快，毁灭远比重建来得更快。事实证明，从类人猿到人需要千万年，而从人到类人猿只需要很短的时间。

鲁迅先生曾经指出中国人的劣根性，实际上，人类均有自身的劣根性。追根溯源，这是人类与生俱来的动物性，人的非人的一面。中国人的祖先曾用仁义道德束缚人性的恶，并且在很长时间发挥了作用。但现在，仁义道德忍不住要摇头。它能对付农耕时代的人，却对付不了信息时代、手机时代的人，人在反向道路上已经走得太远。

孔子一生抱恨于天丧斯文，临终前感叹道：泰山坏乎！梁柱摧乎！哲人萎乎！表达了对礼崩乐坏的极度失望。今天，我体味到了孔子当年的心境。

"列国"纪行

卫辉的雨

　　一夜不停的雨，使我对卫辉这座城市生出几分亲切。晚上躺在宾馆的床上，伴随着窗外淅淅沥沥的雨声入睡，梦境恬适而宁谧。窗外，有一片铁皮建的蓝色屋子，不知是厂房还是人家。雨打在屋顶，声音特别响，嗒嗒嗒，一刻不停，一直响到天大亮。小时候，秋天的连阴雨就是这个动静，雨珠从房檐上落下，一串一串，不绝如缕。天是灰蒙蒙的，雨珠浑白。想不到春雨能下得如此酣畅。

　　昨天，我们一行下了芒砀山，未停歇，直接开车上路。本来计划去淇县，看看还有没有什么商代遗存，没想到在芒砀山耽搁太久，车开着开着天就黑了。高速路上，前面一片茫茫，车灯射不透，令人有些不安。就这样勉强穿行三百公里，再没勇气前进，就一头扎进卫辉。

　　春秋时期，这里曾经是卫国的封地。周封康叔为卫君，看守殷商人。卫国国力弱，又处于周的封疆边界，经常受到北狄的侵扰。孔子奔走列国，来到卫国后，曾与那位漂亮的国君夫人南子隔帐而拜，受到子路的非议。那是他一生中仅有的一次暧昧。

　　芒砀山是陈胜的葬身之地，却是刘邦的发祥地。陈胜当年被章邯大军打败，败军退至安徽亳州，被为他驾车的御人暗杀，死后葬在这里。

刘邦起事初,与徒众夜行,在芒砀山路遇大蛇挡道。徒众惊恐不已,回报刘邦,刘邦乘醉拔剑斩蛇。嗣后,一老妇当道而哭,自称蛇母,说儿子是白帝之子,化为蛇,被赤帝之子所杀。这事与陈胜置书于鱼腹,使人扮野狐,啼叫"大楚兴,陈胜王"一样,都是人为编排出来蛊惑人心的。这种事自古以来层出不穷,屡载于书。刘邦也如法炮制,编演了一出赤帝子斩白帝子的神话剧,把自己打造成"受命于天,既寿永昌"的天命者。自此,他率领一群坚信天命论的拥护者,从这里出发打天下。

本应是刘邦圣山的芒砀山,后来却变成其后代理想的陵园。刘邦的孙子梁孝王刘武及梁国后代均葬于此山。刘武是汉景帝的胞弟,窦太后的小儿子。窦太后最喜欢此子,认为他孝顺,故而不时撺掇汉景帝传位于他。兄终弟及是夏人的制度,周朝改为父死子继,汉朝也如是。景帝在大臣的劝阻下,将此事作罢。加之梁孝王也不争气,做了很多僭越违制的事,惹得景帝对他很冷淡。传位的事也就说说而已。数年后,梁孝王郁郁而终,可怜老太太一片慈母心落空,只能一把鼻涕一把泪地哭喊"帝杀我子"。

20世纪,人们发掘梁孝王陵时发现,近百米深的地宫里已经空空荡荡。除了几枚铜钱、几只陶罐及排列整齐的武士俑外,所剩无几。当初梁地富可敌国,梁孝王死后随葬了大量的金银珠宝,后来却不翼而飞。事实是,那些随葬品都被曹操盗取。曹操在他的队伍里设置了发丘中郎将、摸金校尉等官职,专司挖坟掘墓,将所得财物用于补充军费。盗墓贼正规化,曹操开了先例。

芒砀山顶如今竖立了一座硕大无朋的刘邦雕像,气势慑人,不听人介绍还误以为是汉武帝。仔细端详,真有那种"大风起兮云飞扬"的气魄。宏伟固然宏伟,只是有些不像。刘邦生性狡黠,为人机敏,夺天下不是靠"力拔山兮气盖世"的孔武,而是靠敏锐的政治嗅觉。作为开两汉四百年帝业的雄主,也只有他配站在芒砀山顶。

卫辉的雨一直在下,天大亮时仍没有停歇的迹象。天空一片混沌，与黄河同色。

新郑是一座慢城市

新郑是一座慢城市。走在街上，人们慢条斯理，不疾不徐，纵开车也慢慢悠悠。整个城市不急不躁，安闲自得，表现出一种自足感。

是什么让这座城市慢下来的？或许因为它是黄帝故里吧。

新郑距离郑州市仅四十多公里，是郑州代管的县级市。周时，分封管叔鲜于此，他与蔡叔度、武庚禄父共管殷商遗民，谓为三监。不料，三人竟串通起来反周。可见血缘关系并不可靠，而仇国有时竟可以携起手来，殊可叹也。

周宣王封庶弟桓公友于郑，都城起初在今陕西渭南华州区，后迁至新郑。

《左传》开篇就写到了郑国，记"郑伯克段于鄢"的故事。郑庄公是春秋初期著名的英主，是第一个敢于和周天子叫板的诸侯。因为受到冷遇，他竟派人到周畿之地收麦子，气得周王亲自率军讨伐。不料，一仗下来，天子之师大败，连周王都中了箭。历代郑公都是周的近臣，是最为倚信的心膂之一，如今郑庄公第一个跳出来抗周，周王天下共主的地位首次受到挑衅。

自郑庄公之后，郑国每况愈下，内乱外逼几乎成为常态。齐、晋、楚先后称霸，郑国每每为其附庸。晋、楚争霸，为扩大各自势力范围，以夺郑、宋、陈等国为事，郑国郊外变成大国交战的主战场。春秋近三百年，郑国几乎从未于兵火中解脱出来。常常是，晋国兵临城下，郑国马上与晋结盟，楚军来了，郑国又忙不迭地与楚结盟，立场总是摇摆不定。时势造英雄，幸而有子产出，这才铸刑书，治内乱，与晋盟，抗晋楚，似乎稍稍摆脱了处处受制于人的困局。子产虽力主和晋，也向保护国贡赋，却不像鲁国一样没出息，甘愿受人摆布。他据理力争，替郑国争取最大利益，为微弱的小国保存了些许尊严。

子产卒后，郑国又恢复了以往内乱的局面。岁月如流，到了战国,终于被韩国灭。

韩国最初的封地在今陕西韩城,古称韩原,属晋地。其时晋国强盛,秦国只是一个西鄙小国。要不是秦穆公三次扶立晋君,诸侯中没有几个瞧得上他。秦晋之好激发了秦国觊觎关东的野心。之后晋国衰落,秦国大举东进,攫取了晋河西之地,包括韩城。战国初期,韩、赵、魏三家分晋,韩定都阳翟(今河南禹州),处于秦东进的冲要之地,每与秦擦枪走火。韩国终于顶不住压力,退至今新郑一带,灭了郑国,遂鸠占鹊巢,把这里作为都城。

受历史影响,新郑的城市规划很有些大都市的格局。道路规整宽阔,街衢干净清爽,让人十分舒服。

新郑如今最具规模的历史遗存当属郑公墓了,20世纪20年代发掘,至今还保存得较为完好。历经数次战争而无虞,真是一件幸事。不知为什么,整座城市彰显的全是古郑国文化,丝毫没有古韩国遗迹。郑公墓给人印象最深的是车马坑。周时各诸侯国从葬均有车马坑,大概与战争频仍有关,西汉以后才以陶车陶马替代。在一个车马坑里,密密麻麻殉葬了数不清的马匹,彼此挨挨挤挤,错落叠压在一起,白骨森森,格外刺目。

在郑王陵博物馆院中,意外嗅到一股馥郁的香气,是牡丹花的香气。在一方不大的花坛里,我们找到了三株白牡丹,根茎不大,花朵却不小,努力开放,在绿丛中格外醒目。经了这三株牡丹的点染,博物馆显得生动宜人。

两副面孔的城市

商丘是一座有两副面孔的城市:老城区破烂不堪;新城区面目一新,旅游景点更是精心打扮,无处不曼妙多姿。

商丘在周朝是宋国都城,住着殷商遗民。管叔、蔡叔叛周,周人分殷人为二国,曰宋,曰卫。封商纣王庶兄微子启于宋,以承继殷祀。礼仪是周文化的核心,祭祀又是周礼的重要组成部分。周代商,不毁前人宗庙，听任陈国奉帝舜之祀，杞国奉夏侯氏之祀。对殷人，周朝极为重视，生怕他们起来捣乱，图谋复国，故宋国周围全是周同姓宗室亲贵建立的封国。

列国中，宋国最有历史根基。史载，宋地是炎帝的故里，宋人的先祖阏伯曾建观星台，测星象，定农时，分季节。节气之说流传久远，至春秋时已很完备，反映了中国人早期的时空观。《春秋》常以是否遵守节令衡量诸侯的行为。关于节气，《左传》中明确记载的就有八个，即春分、秋分，冬至、夏至，立春、立夏、立秋、立冬，谓之"分至启闭"。

商丘人对阏伯台极重视，把它修建得富贵气十足。盖阏伯是经商者的始祖，故设计师在长达百余米的甬道上，依朝代先后，随地铺就历朝货币样式，供人浏览。步行在品类繁多的货币上，踩孔方兄于足下，真正是视金钱如粪土。

春秋时，宋国的命运和郑国一样，夹于大国之间，自顾不暇。其时，宋国出了一个很有意思的国君——宋襄公，后人也有将他归入春秋五霸的。实在地说，他并没有做成霸主，徒遭楚人欺侮，竟而死在楚人手里。

大约不满于总做大国附庸，宋襄公也欲图霸。主意打定后，他先找楚君商量。时楚成王也雄心勃勃想要问鼎中原，一直苦于没有机会，就假意答应了宋襄公。这样，在楚的影响下，几个诸侯小国会盟于宋，似乎认可了宋国的诸侯盟主地位。谁料，楚王在盟会上反目，当着各诸侯国的面，公然抓走了宋襄公，将其带回楚国，数月后才释放。这个闹剧过后，宋、楚间发起一场大的战事，是为"泓之战"。不出所料，这场战役以宋国大败告结。但得到了孔子的肯定，他认为宋军是仁义之师。宋襄公宅心仁厚，楚师渡泓水时，公卿们纷纷要求乘楚师半渡时迎头击之，宋襄公不同意；楚师已渡河，立足未稳时，公卿们又要求乘乱击之，宋襄公还不同意；待对方列阵完毕，宋军才击鼓开战。一俟交战，宋人就溃不成军，宋襄公屁股上还中了楚人一箭。

事后，国人埋怨宋襄公，他兀自辩解道："君子不重伤，不禽二毛。……寡人虽亡国之余，不鼓不成列。"

后来，宋襄公箭伤不愈而卒，他的霸国梦也付之东流。

孔子的祖籍在宋国，他的先祖孔父嘉时为大司马。孔父嘉的妻子美艳绝色，被太宰华督看上了。《左传》中记载这一情形极为真切："宋华父督见孔父之妻于路，目逆而送之，曰：'美而艳。'"为了得到这个女人，他设法除掉孔父嘉。宋殇公即位十年，打了十一场仗，屡战屡败。华督散布谣言，中伤孔父嘉，借机攻打孔家，杀死孔父嘉，掠走孔父嘉之妻。孔父嘉族人逃往鲁国，在鲁国定居，百年后有了孔子。

以宋国之弱，竟两次在晋、楚之间调停，使双方息兵罢战，这就是春秋著名的"弭兵之会"。两强争执不下，弱小的第三方偏能起到意想不到的作用，世事往往如此诡谲。

承担和平使命的一是华元，一是向戌，均为宋国大夫。华元曾深入虎穴，只身赴楚营救宋。

事情是这样的。楚庄王派使者赴齐，路经宋境，不告而过。宋人认为楚失礼，于是轻率地杀死了使者。楚庄王大怒，亲率军围攻宋城，这一围就是小半年。宋人向晋国求救，晋人表面答应，却迟迟按兵不动。宋人苦苦撑持，以至弹尽粮绝，饿死人无算。一天晚上，华元偷偷溜出城外，来到楚营，摸进楚大将子反帐内。其时，子反还在蒙头大睡，无论如何也想不到华元会来。华元摇醒子反，恳求他退军三十里，什么条件都好商量。子反问他城内情况如何，华元毫不隐瞒，说宋人现在"易子而食，析骸而炊之"。还说即使如此，宁可让国家灭亡，也不签订城下之盟。子反听后十分害怕，把此情况报告给楚王。楚王以为宋人诚实有信，于是命大军后退三十里，并与宋人签订了城下之盟。盟约条文很有趣："我无尔诈，尔无我虞。"

这件事之后，宋人深感在大国夹缝中生存的苦楚，开始着手使晋、楚交好。华元理所当然地承担了使命，他与楚令尹、晋大夫都很要好，促成了第一次和谈。

三十年后，向戌主持国政，又一次发起和平倡议。同华元一样，他与主持晋、楚国政的赵武、子木关系都不错，故而一拍即合。华元、向戌有如此事功，也是适逢其会，把握住了时机。晋、楚间经年战事不息，国内都有厌战情绪，也希望有人出来调解此事。

历史上，商丘饱经忧患。除了战争，河患也常常危及这座城市。黄河多次改道，南折入淮，商丘往往被淹。用"多灾多难"形容它，毫不为过。看到老城区现在破烂的景象，暗忖：恐怕两千年前就如此。

商丘之行，我们住在一个名为帝王的酒店，外表古朴，色调雅致。因时间紧张，午饭都没顾上吃。下午四时许，终于完成了考察。我们找到一家清爽小店，要了几个小菜，打开酒，一杯一杯慢慢啜饮。微醺之际，天色渐渐暗了下来。

铜雀台前春意寒

从河南奔赴河北临漳的路上，天又下起了大雨。一行人打趣道：我们是行雨的游龙啊。今年春雨如此丰沛，一定是个好年景。奇怪的是，刚驶离河南境，雨竟渐渐停歇，难道雨也划省而治？

京港澳高速公路宽阔笔直，真有一种帝都的气象，开车的人有福了。

临漳县位于两省交界处，向南走出河南就是它，古代叫邺城，是一座具有战略意义的古老城市。战国时这里属魏地，是西门豹治邺故事的发生地。三国时曹操据邺城，与河北袁绍对垒，建铜雀、金凤、冰井三台，又赋予它军事重镇的地位。"铜雀春深锁二乔"，使这座城富于传奇色彩、文化魅力。邺城后来成为建安文学的发祥地，曹丕与建安七子以诗词歌赋相酬和，曹魏一朝充满浓厚的文人风气。把文章视为"经国之大业"是曹丕的发明，自古以来文人从来没有过这样的自信。

南北朝时，鲜卑族拓跋氏崛起，统治中原达百余年。帮助拓跋氏治国理政的大都是汉人，那些留在中原尚未南渡的高门望族，对统治他们的胡人进行了早期的文化启蒙。拓跋珪的后代受多元文化因子的影响：一方面，崇佛，佞佛，云冈、龙门石窟都是他们主持开凿的；

另一方面，受汉人影响，吸收儒、道思想，制度上有许多创新。

至拓跋宏为帝，他渴慕汉文化，决意把都城由平城（今山西大同）南迁至洛阳，邺城是中转站。拓跋宏在这里以南伐为由说服贵族们支持自己迁都。为了彻底汉化，他索性连自己的姓氏都不要了，改拓跋氏为元氏。这有点儿像赵武灵王胡服骑射，只不过初衷刚好相反。拓跋宏最终实现了迁都的理想。定都洛阳后，他又想问鼎中原，打算做华夏之主。不料，此次迁都却成为北魏由盛而衰的转折。告别了金戈铁马，北魏人变得弱不禁风。吸收汉文化，其代价是牺牲掉鲜卑族的原始血性。北魏之后，继之而起的是仍然野性十足的尔朱荣、高欢诸人。历史常常如此诡异，接受先进文明会让落后民族弱化。以后，蒙古人、满人早期都拒绝汉文化，可能就是基于此种考虑。

已经是盛春了，临漳仍然微有寒意，当地人竟有穿棉衣的。一阵风吹过，让人不由得缩紧身子。一县之隔，寒燠差别如此之大，让人诧异。

邺城博物馆风格迥异，虽仅是三层小楼，空间却不显拥挤。它采用宫观式外形，每层楼都有回廊，中间是宽阔的天井，封闭却不压抑。我们留意到，邺城民居极富特色，一律是青砖灰瓦，很有些古风。屋顶不是常见的"人"字形，结构要更复杂一些，有多重屋檐。一座院落里，几间房横竖错落，很好地利用了空间。博物馆里有铜雀台复原图，可以看到，民居明显受到它的影响。初到邺城，看到这里的民居感到新奇，又觉得在哪里见过。后经人介绍，日本奈良等古城的建筑源头就在邺城，这才恍然。

邺城三台现仅存金凤台，属翻建，夯土基址还依稀可见。一孔当年用于屯兵的武库洞犹存，深达八十余米，黑魆魆的，我们摸进去十几米就慌忙退出。金凤台高二三十米，看上去巍巍然。不过没有多少威武之气，倒显出几分秀丽。这种感觉可能是受了建安七子的影响。站在金凤台上远眺，平畴千里，冀州风物果然与众不同。据记载，邺城三台处于邺城西门，属于军事堡垒，城墙外面对滔滔漳河。现在漳河河北一段已然干涸，仅存隐约可辨的河堤。历史长河早已成为过眼云烟。

临漳人和大多数北方人一样,朴实好客,可亲可近。参观完金凤台,我们来到一家饭馆就餐。门面不大,收拾得干干净净。已过了午饭时间,里面仅有几个客人。和一般北方饭馆里吵吵嚷嚷不同,这间馆子静悄悄的。一问主食,只有面条、炒饼。我们随便点了几个菜,两份炒饼。店主人也是服务员,手里拿着笔和小本,问一句,答一句,点一个菜,记一下,没有一句多余的话。待菜饭端上来,我们都被吓住了:分量大得惊人,足够七八个人吃!

燕赵悲歌

燕赵悲歌,我一直对邯郸这座古城心存凛然。

开车驶进邯郸市,不由人眼前一亮。这座城市真漂亮,让人感觉很舒服。大街两旁整齐排列着两行梧桐树,疏密有间,应该有几十年树龄了,树干已经发白。城市规划也很成功,建筑物朴朴实实,没有大城市的暴富气。街面干净清爽,少有凌乱与拥挤,显得很自然。博物馆前有一处很大的广场,大得让人以为是市府办公所在。一群小学生聚堆嬉戏,在一处斜坡上一个接一个往下滑,清脆的欢笑声与鸟鸣争响。这是一座让人安逸的城市。

如果说古代的邺城是一座军事重镇,那么邯郸就是总指挥部。历史上,它是北方重要的政治、军事、文化中心。战国时,赵国的都城就在这里。

在春秋长达近三百年的历史中,赵人乃至赵国扮演了重要的角色。邯郸原属晋国领地,六卿分晋后,由赵国统辖,后成为赵国都城。

赵人与秦人最初为一系,他们的祖先善养马,也善驭马。周穆王时出了一个有名的人,名造父。周时,秦人仍袭旧业,为周养马。另一支迁徙晋地,即赵人,委身于晋国。赵氏家族显名乃因晋文公重耳,自此,赵氏走上晋国的政治舞台,和晋国命运相连,与国家盛衰同浮沉。晋献公信从夫人骊姬之言,诛群公子。太子申生自杀,公子重耳、夷吾出逃。重耳逃亡十九年，遍走诸侯各国，饱尝人生风霜。途中，一批心腹始终追随在他左右。这些人后来都成为晋国干臣，其中就有赵衰。自此赵氏一门主政晋国达百余年，诸如赵衰、赵盾、赵武、赵鞅等，在诸侯国赫赫有名。其间虽有下宫之难、赵氏孤儿几段波折，赵氏稍受挫折，但从赵武起，又恢复了既往的荣耀。

春秋末期，晋国六卿互相吞并，最后韩、赵、魏三家胜出。进入战国时期，诸侯混战。韩、赵、魏三姓不顾兄弟之国，经常发生战争。赵国处于四战之地，因而连年硝烟不息。也因为战争，赵国培养了一大批著名战将，如廉颇、乐毅、赵奢、李牧，以及那个纸上谈兵的赵括。他是名将赵奢之子，四十余万生力军葬送在他手里。

长平之战是战国时期最惨烈的一次战役，四十余万赵军被秦人坑杀。先秦有两次大规模的坑杀事件，一次是长平之战，另一次是项羽坑杀章邯降军，人数约二十万。这两次事件都惨绝人寰，被重重记入史册。

长平之战前，为了打赢赵国，秦国做了充分的战争动员，凡十五岁以上者都征集起来，调往前线，国中为之一空。而赵国青壮年也都投入这场战役，战后境内几乎见不到年轻人。除此，秦王还把最得力的大将白起悄悄派往前线，代替原大将王龁，并严令军中不得泄露此消息，谁泄露出去就杀头，可见秦王的处心积虑与孤注一掷。白起对阵赵括，一如老叟戏婴儿。先是听凭赵军长驱直入，诱其远离国都，然后前堵后截，断了赵军的粮道以及后路。赵军被围四十六日，粮草进不来，人出不去，完全丧失了战斗力。赵括不愿坐以待毙，率敢死队突围，做最后一击，也是白白送死而已。之后，四十余万大军悉数投降。四十万人死在白起手里，使他深受刺激，自觉罪责难逃。以后，秦昭襄王屡屡派他出征，他都以身体有恙推辞。秦王是那种一不做二不休的人，当即赐白起死。拔剑自刎前，白起显得很平静，他认为自己早该死了。

长平之战发生在太行山西南界，山西省高平市境，至今白骨犹存。此役使赵国元气大伤，很多年无法恢复。

《汉书·地理志》称："赵、中山地薄人众……丈夫相聚游戏，悲歌慷慨。""邯郸北通燕、涿，南有郑、卫，漳、河之间一都会也。其土广俗杂，大率精急，高气势，轻为奸。"赵地的风土人情约略如此。

最能代表赵人性格的是著名战将廉颇，他是地道的赵人。廉颇久经战阵，老于疆场之事。长平之战，最初的守将是他。他对付来敌的办法是守，任其百般挑衅，只是严阵以待，总不出战。秦军久攻不下，进也不行，退也不是，情急之下行反间计。反间计是秦国的看家本领，每用辄奏效。他们买通赵国臣子，散布谣言，称秦军并不怕廉颇，而担忧赵王起用赵括。这种小儿科手段，稍有常识的人都会一眼看穿，但赵孝成王却相信了，马上按秦人的意思更换大将。秦王闻听拊掌大笑，也马上更换将领，把白起送到前线。

长平之战大败，赵孝成王愧悔不已，不得不起用廉颇。这时，近邻燕国想乘机侵占赵地，廉颇领兵反击，一举大败燕军，重振赵军士气。赵孝成王卒后，其子赵偃立，为赵悼襄王。他不信任廉颇，以乐乘代廉颇执掌军事。廉颇怒，奔魏。魏人并不信用廉颇，而赵王在举国乏将的情况下又记起了廉颇，派人赴魏国，视廉颇可用否。这件事又被人做了手脚。廉颇的仇人买通了使者，让他设法从中作梗，阻断廉颇的归路。如此，使者见了跃跃欲试的廉颇，却回告赵王：廉颇虽老，尚善饭，然顷之三遗矢。赵王从此打消了念头。

廉颇在魏国怏怏不得志，楚国得知后，招他入楚。他在楚国仍无战功。异国他乡，受冷落的日子并不好过。廉颇想起在赵国为将的日子，思乡之情使他常引颈北望，不久就郁郁而死。

赵国国都遗存如今恐只有仿建的赵王城，以及一些陆续出土的文物。秦统一天下，乱世结束了。从此，邯郸这座著名的古城很少在史籍中出现。一座城市有一座城市的命运，谁能料知它会蕴积力量，有朝一日重新披挂，再返历史舞台！

当晚，邯郸下起了小雨，整座城湿漉漉的。在街灯的映照下，路面泛起亮闪闪的油光。打起雨伞，彳亍在静静的深巷里，历史瞬间变得十分遥远。

"晋国"行

太原是一个谜

到过太原很多次了,老实说,对这座城市既熟悉又陌生。北方很多城市去过三次以上,就可以基本了解。但对太原,不可以这样说。至少对我来说,太原的形象至今还没有准确把握。

太原这座城市的特质是什么,远不是几句话能说清的。要了解这座城市,不住个一年半载不行。

把镜头拉得远一些,从整个山西省来看太原,你会发现,整个山西都是一个谜,太原竟是谜中之谜。山西省西、南两面皆临黄河,东向有太行山,天然形成自我封闭。在中国的地理版图上,有这种地理属性的,除了四川就是山西了。相对独立的地理属性会形成独特的人文个性,蜀文化、晋文化的特异性与此断不可分。相较而言,蜀文化受地理环境影响的痕迹尚清晰可见。而山西情况就复杂了,你难以准确或者约略地指认出晋文化来。晋文化是一个独特的指称,要相对准确地定义它恐怕不易。很多人对山西的了解可能仅限于汾酒与醋。提起百家姓,大家就会联想到山西洪洞大槐树,这是一种共同的文化体认。晋地出望族,也出商人,这是一种什么样的文化传承?有什么文化密码呢?

我有半醒之瘾，也喜欢汾酒、竹叶青。其酒性醇正绵长，饮后唇齿之间会留有一种药味。究竟是五谷之味，抑或是水之味，不得而知。

相对独立的地理环境较易造成割据，阎锡山即为一例。四川也如此，历史上有许多"四川王"。为了杜绝这种情况的发生，历代朝廷费尽脑筋。自宋朝起，在划分省界时，有意破坏各省地理上的完整性，使之形成互相牵制、羁縻之势。现在的省界划分基本沿袭明、清，能清晰地窥测出其中的政治意图。这在冷兵器时代，不失为一种良谋。一些省的版图奇形怪状，不是依据山川形便，而是人为干预的结果。甘肃省的版图最能体现这种用心，它如一柄长剑直刺河西走廊，一路豁开青海、宁夏、西藏，直达玉门关，西接新疆。因为有甘肃在，各省虽卧于榻而不能安睡，可见其政治上的分量。安徽省也如此，北控鲁、豫，南牵江西、江苏、湖北、浙江，一省逼五省，政治意味也很浓。即使一些看似不经意的行为，也能发现统治者的良苦用心。今天的河南省数倍于昔日的河南府，它的北界直达邯郸，牵制河北，南界穿越大别山，直接楚地。陕西也如此，本来它的南界以秦岭为限最为完整，偏于秦岭以南割出安康、汉中两地给它，在楚地、蜀地家门口打一个楔子进去。如此一来，当初汉高祖刘邦坐拥长安这个四塞之地，骑天下之背的政治图谋就难以实现。其他怀有凭借黄河、长江之险，打造铁桶江山的政治野心的人，也会因这种地理割裂而有所顾忌。自元朝设行省制，以至明、清，诸侯割据很难形成，地理上的不完整性是因素之一。

山西、四川有别于他省，你可以逼近它们，却无法割裂它们。一旦天下有变，两省马上封关，这也是莫可奈何的事。

大禹划天下为九州，太原属于冀州。舜分天下为十二州，它又属于并州。太原还有一个古称——晋阳。晋也是个河名，关于这条河，至今还有许多争议。春秋时期，晋国领土很大，包括今山西、河北、河南，以及陕西的一部分。进入战国时期，韩、赵、魏三家分晋。起初赵国的根据地在太原，后来迁都邯郸，这也是晋人独立而不封闭的原因之一。晋人的天下很大，进退有据，河流与大山无法阻挡他们北上、东进、南下的步伐。春秋近三百年，晋人东与齐、西与秦、南与楚争霸，东伐西讨，南征北战，从来没有局于一隅而苟安。山西能产生影响中外的晋商，与这样的历史有关，他们的祖先就是这样走过来的。

同处北方的陕西、甘肃、山西，都葆有顽固的地方习性，但唯有山西绝少封建意识，不为地方习性所囿。

如今的太原，建设得十分现代化，规整而有气势，呈现出古都气派。汾河流经很多城市，太原人很聪明地利用了这条河，围绕它做了很多文章。华灯初上，汾河大桥美丽壮观，闪耀着绚烂的色彩。两千多年前，这条河曾被作为攻城的利器。那时，晋国六卿争夺势力范围，互相攻杀。起初，智伯最为强大，他贪得无厌，向诸卿索取土地。韩、魏等惹他不过，忍气吞声，违心地满足了智伯的欲望。唯赵襄子不服，拒绝了智伯的无理要求。于是，智伯胁迫韩、魏，发动了晋阳大战。数路大军将晋阳团团围住，晋阳成为一座孤城。多亏晋阳城池坚固，久攻不下。智伯计穷，竟以汾河水灌城，晋阳岌岌可危，"城不浸者三版"。在此情势下，赵襄子派使者秘密出城，劝诱韩、魏二卿与己联合，倒戈智伯。韩、魏出于共同利益，与赵联手反攻智伯，最终把咄咄逼人的智伯灭掉。

经此一役，太原成为赵国牢不可破的"方城"，意味着其拥有了依北方之险与天下争雄的资本。迨迁都邯郸，赵国虽实现了凭陵中原的目的，却因无四塞之固，直接处于齐、秦、韩、魏、燕诸国交攻之下，终于经长平之战一蹶不振。与邯郸相比，太原可以用险，而迁都邯郸纯属弄险。

民间传说中，山西是华夏种姓的故园。山西洪洞大槐树见证了明朝历史上规模最大的一次迁徙，普天下的人都来这里寻根问祖。然而，今天的太原人还有多少汉人血统？秦汉之时，太原就处于胡、汉战争的前沿，是汉人抵御胡骑南下的桥头堡。魏晋南北朝时期，太原为前赵刘渊所据，继而没于石勒。冉闵灭羯胡，前燕慕容儁乘势取太原。慕容氏势衰，前秦苻坚复取之。其后拓跋氏、尔朱荣、高欢又先后据此以抗中原。太原先后沦于五胡之手。隋时李渊镇守太原，兴师问鼎。唐末，藩镇割据，沙陀人李克用据太原，与朱温对抗，太原成为后唐篡天下的资本。宋初，太宗亲征北汉刘继元，夺得太原。其后太原又被金人、蒙古人统辖。直至明代，太原才重回汉人治下，结束了被诸胡蹂躏的历史。这是一座饱经苦难的城市，它的沧桑史见证了民族的苦难。

关于晋国封国，有一段颇具戏剧意味的传奇故事。唐叔虞是周成王的弟弟，一次，成王与叔虞嬉戏，成王似乎不太会玩游戏，竟以天子封赏之事为戏。他削桐叶为圭，交给叔虞，说："我以此封赏你。"圭是礼器，古代帝王诸侯举行礼仪时必须执圭，以显示身份。游戏之后，成王就把这件事忘到了脑后。史官很尽职，把它记录下来，提醒成王兑现承诺。成王想赖账，说那不过是玩笑而已。史官正色道：天子无戏言！最终叔虞被封唐地，也即太原，传说中的唐尧之地。后来李渊立国后称唐，渊源即在于此。周天子封唐这件事有些离奇，透过这件事，可以看到权力与制约权力的力量在相互产生作用。权力可以作为游戏的主角，但要遵循游戏规则。游戏一旦开始，就要受到规则的制约，这就是周人的"公器"观。

晋祠原名晋王祠，是后人为纪念唐叔虞而建。经历代修复，如今成为古典园林式游览胜地。其建筑风格、规模、布局均可见出古人的匠心。那天，我们一行人步入其中，深为其典雅端方、古朴厚重叹服，自觉地整理衣履，放慢脚步。园中时有凉气袭来，那是经千年岁月积淀而成的一种古风。

太原是一个谜，它在历史长河中走得太远，蒙上了层层历史尘垢。我能稍稍揭开它的过去，却无法准确感知它的现在。太原人以及太原精神到底是什么，我还所知甚少。

沉睡的汉墓群

离开太原向北行，下一个目的地是雁门关。雁门关位于雁门山中。雁门山又称勾注山，是太原的西北屏障。雁门关是兵家必争之地，直到明朝都是。向南跨过雁门关，太原就呈现在眼前。就地理形胜而言，雁门关的重要性远大于号称"天下第一关"的山海关。清人顾祖禹在他的《读史方舆纪要》中对此有所阐发。

雁门关承担着阻隔内外，防范北夷来犯的重任，其特殊性在汉初就显现出来。当时，雁门关外属匈奴右地，是农耕文化与游牧文化的过渡地带。战国时期诸侯混战，无暇他顾，给了匈奴繁衍生息的机会。至秦汉，匈奴已成为顽敌，虎视汉地，垂涎于汉人的富庶。秦沿黄河建四十四县，又将战国时秦、赵、燕三国的长城连起来，全为着防御匈奴入侵。西汉初，高祖忙着剪除异姓王，无力对付匈奴，仅有的一次战争也以失败告终。不得已，只好采用娄敬的计策，以和亲的办法笼络匈奴。这种办法似乎效果有限，高祖崩，吕后专权，匈奴单于致书汉朝，对吕后十分无礼，称自己无妇，吕后新寡，"愿以所有，易其所无"。吕后暴怒，然也无可奈何，汉朝当时实在拔不出身来对付匈奴。

文、景二帝对匈奴继续沿用安抚之策，羁縻而已，无法遏止匈奴侵逼。文帝时，匈奴大举进攻上郡、云中郡、代郡，烽火逼近长安，文帝不得不设细柳、棘门、霸上三军防守。直到武帝时，这种情况才有了根本改观。文、景二帝用黄老之术治国，与民休息，国力得到极大恢复，至武帝时才有财力发动战争。七国之乱后，诸侯国的矛盾基本解决，朝廷已无后顾之忧，有余裕解决边境问题了。加之数十年受匈奴所欺，军民上下憋着一股劲儿，士气高涨，一批军将也相继成熟，有信心打赢战争。

武帝曾多次对匈奴大规模用师，除马邑之战失算，无功而返，其他战役均取得了大小不等的战绩。大将军卫青、骠骑将军霍去病最后乘胜追击，将匈奴直逼到漠外，汉朝百余年再无外患。在汉军历次出师的路线图上，云中、代郡、雁门、上谷、定襄、北地、朔方等郡名经常出现，是汉朝的重要边塞。其中，雁门关尤其重要，雁门关在，则天下无虞。所幸此关少有失守。

如今，雁门关已不复见往日的雄武，虽历经修葺，规模还在，但随着公路的拓宽，失去了两山夹一关的险要之势。这里的一砖一瓦都是新的，寻古也难。拾级而上，触目所及都是仿古而无古意的建筑，令人稍感失望。关塞内有一条溪流潺湲，水草倒也茂盛，似能稍慰人心。

雁门关下，树立了十数幅古今名人图画，都与雁门关有关，装饰精美，高大壮观，这是景区内唯一的与史实有关的实物；却太粗线条了，很难激发人的情感，更无法让人联想到烽火硝烟的战争。北方很多景区大率如此，有文物而无文化。有关雁门关的史实太多太多，若稍加钩沉，足够游客拾级而上时浏览，可惜这些东西只能在博物馆里见到。

出了雁门关继续西行，来到朔州，这里才是我此行的目的。朔州地区古称马邑，汉初经常在这里用兵。高祖封韩王信于太原以北，都城就是马邑。高祖最初的打算是让韩王信替他守关，孰料韩王信根本靠不住。匈奴大举围攻，韩王信抵御不了，竟自投降。随着匈奴攻破雁门关，直指太原指日可待。高祖亲率大兵出击，主要目的仍是平叛。时值冬天，又下起了大雪，汉军没有充分准备，许多士兵都冻伤了，甚至冻掉了手指、脚趾。匈奴不是想象中那么愚笨，他们很狡诈。见汉军浩荡而来，他们佯败以避其锋芒，北遁大同——那时叫平城。高祖不知是计，挥师深入，钻进匈奴设好的伏击圈，在白登一地被匈奴四十万大军围困，史称"白登之围"。

汉武帝初用兵，第一站也是马邑，史称"马邑之战"。此次汉军出动兵力三十万，事先埋伏在马邑，打算诱匈奴入围。匈奴单于率十万人至此，发现牛羊遍地而不见人烟，警觉起来。后抓住一个汉官，才得知实情，引军逃窜。此役虽未交火，却与匈奴撕破了面皮，从此汉胡不两立。

雁门关外就是朔州市，夹在两山之间，一条河川，平畴千里，塞外桃源一般，一看就是昔日的绿洲。与充满现代气息的雁门关相比，这里更具原始风貌。我们沿着不宽的车道前行，拐来拐去，几乎要迷失方向。正在迟疑中，忽然发现路边现出一片古墓。古墓规制不高，但数量极多,一座连着一座,不知有多少,围在一圈铁丝栏内。停下车,我们爬上一处高坡,向围栏内望去,顿时惊呆了。这些古墓被荒草包围着,微风吹过,似乎在瑟瑟发抖。看到这一景象,我们都默不作声,神情立时肃穆起来。

这么大规模的古墓群,怎么从没听人提过?带着疑惑,我们四处张望,然后开车继续前行。大约走了半小时路程,绕了一大圈,才找到一个入口。这是一个高大的仿古代军门的牌楼,用青石砌就,上写"广武"两字。我猛然想到,史书中经常提到的广武城,是否就是此地?可那个广武城应该在洛阳附近,难道有两个广武?后来查资料得知,古代称广武城的有好几处,朔州的称北广武,洛阳的称南广武。广武之义约为光武,光大威武之义。楚汉交战时有一个将军叫李左车,其封号为广武君。战争年代,经常会出现一些热词。

穿过牌楼进去,里面是一处极大的广场。迎面筑有一台,塑立着汉武帝雕像,两边各站一大将。如果猜测不错的话,他们应该是卫青、霍去病,披甲佩剑,威风凛凛。广场两边塑立着汉初一批著名人物的雕像,包括张良、韩信、萧何等,左文右武,神态端然。广场尽头建有一座小楼,似乎原为纪念馆之设。从外面望进去,空空如也,看来废弃已久。玻璃窗被人为破坏,玻璃碴落了一地。

小楼后面,就是被围起的古墓了。广场的陈设提醒我们这里是汉墓群。查资料得知,这里确是汉墓群。不仅西汉,东汉的阵亡将士也埋在这里,总计有一千五百余座墓。两汉四百余年,雁门关下到底埋葬了多少将士,已不得而知。古墓群中未发现一块墓碑,每座墓的上方都立有一石,如公路边的里程碑大小,上面只有一个表示序列的数字。埋在这里的,无疑都是低级将士,低级到连名字都不值得留下来。卫青、霍去病等尊贵大将死后陪葬茂陵,留在这里的他们的部从却连尸体都不能运回,真是"一将功成万骨枯"!

两千多年来,广武城汉墓群如一座座丰碑一样矗立,在风声鸟鸣中诉说着曾经的刀光剑影。站在一座墓前,我被一种情绪控制,深切感受到那种具有强烈穿透力的悲壮,它刺痛了我的心。旷野中,一座座青冢呈队列状展开，经岁月侵蚀，已经变成一个个小土包，周围长满了野草。蓬蒿草莱在风中簌簌摇曳。几只乌鸦在墓群间低飞，更增添了孤凄的景象。它们不时发出令人惊怖的叫声，在死寂的旷野中显得十分刺耳。周围杳无人烟，它们是汉墓群仅有的守护者了。这里一片静寂，耳边只有风声、鸦鸣声。我鼻息紧张，虽然是青天白日，仍感到一丝恐惧。

唐人李华曾作《吊古战场文》，文曰："浩浩乎，平沙无垠，敻不见人。河水萦带，群山纠纷。黯兮惨悴，风悲日曛。蓬断草枯，凛若霜晨。鸟飞不下，兽挺亡群。亭长告余曰：'此古战场也。尝覆三军。往往鬼哭，天阴则闻。'伤心哉！秦欤？汉欤？将近代欤？"这个汉墓群一如李华笔下的古战场，触目所及，令人黯然神伤。

从汉墓群回望雁门山，似乎很遥远。青山白雾笼罩下，雁门关隐约可见。两千多年来，它一直守护着这片山川，悲悯地垂怜脚下的汉墓。

离开广武城后，我很长时间未能从这种情绪中摆脱出来。直到今天，每想到那片汉墓群，就会产生一种异样的感触。从没有一个地方使我产生如此真切的历史感。汉墓群的沧桑与悲凉，是任何一个帝王墓都无法比拟的。那天，我拍了很多照片。

我一直牵挂着那个汉墓群，返程后，多次给人看那些照片，讲述我当时的真切感受。很遗憾，许多人对此没有多少兴趣，这真令人失望。他们体会不到我的感受，体会不到我身临其境的那种悲凉感。我只好叹息一声，如我离开汉墓群回头一望时那样叹息。

此后，我写了几首诗表达内心的感受，择其中两首分享如下：

（一）

雁门关外草森森，广武城中冢累累。
忠骨一抔没蒿里，西风烈烈扯汉旗。
将军征战关山外，有死无归出河西。
十里营盘布旧阵，衔枚卧待前骠骑。

（二）

一山分水出，四塞横朔漠。形势掌肩右，三分天下握。
桐叶封唐邑，孤城陉西绝。昔有赵襄子，危楼援甲戈。
汉高驱蛮貊，白登坐困厄。从此烟尘起，烽火耀山河。
幽云响金鼓，斥候连击柝。铁骑横阵前，三军变颜色。
大将受王命，弯弓射鸣镝。兵民齐装束，誓不降丑狸。
城头旗猎猎，北风晚来急。宁做汉家鬼，抛洒忠臣灰。
将军激战死，拔剑笑夷狄。积尸陈京观，封土冢累累。
君不见雁门关外雪，俱是死士白练收拾起。

这份特殊的历史情怀，别人是无法想象的。

大同的底色

自朔州东行一百四十多公里，来到恒山，登悬空寺，一览道家圣地。因非兴趣所在，下山后，匆匆赶往大同。

大同与我的心理距离很远，我总感到它遥远而陌生。车行所至，一派异域风光。走过一个个拥有奇特地名的城镇，就来到了大同市区。

大同古称平城，汉高祖"白登之围"时这么叫，一直到魏晋时未改。战国时这里属赵地，也有说属魏地的，这个官司不好打。大同真正显名乃因北魏。北魏最初建都盛乐（今内蒙古和林格尔），后迁都于此，至拓跋宏又迁都洛阳。自拓跋氏始，大同历为北魏帝都、辽金陪都、明清重镇，是历代兵家必争之地，有所谓"北方锁钥"之称。晋文公时，大臣子犯就骄傲地自称晋国拥有"表里河山"，这个"表"指的就是大同。

今天的大同号称"中国煤都"，很难找出它更多的历史遗迹。古都的命运大抵如是：四海晏安，它们如卧龙盘踞，显不出什么；一旦天下有事，它们就会变成飞龙，腾空而起。

可惜大同也因"中国煤都"污了自身形象，曾是全国最脏乱的城市之一。以前听人说：大同的城市、河水甚至连人都是黑的，污染很严重。有一利必有一害，利之大其害必烈，世事无不如此。

此次进入大同，却发现它焕然一新。与太原一样，这里的城市容貌发生了巨大变化，这需要怎样的恒心与毅力！城市整洁了，街巷宽阔了，人也变得洋气十足。市中心的四牌楼是大同的地标性建筑，这里车辆川流不息。周边布满现代商业，显得十分华贵，与朴拙的四牌楼相映成趣。两种文化元素如此妥帖地融合在一起，让人啧啧称叹。

原以为大同除云冈石窟外别无他物，待参观完法华寺、华严寺，暗自羞愧于自己的浅陋。二寺华盖高屋，宝相庄严，歌呗之声不绝于耳。步入寺内，历阶而上，如登梵天世界。入殿面佛，顿觉五内清凉，通身舒泰。

自汉明帝时佛学东渐，至魏晋南北朝发展极盛。北朝拓跋氏、南朝梁武帝最是崇佛，大建佛寺，大规模造佛。自北而南，大同、洛阳、南京等地，遍立佛寺，华夏域内几为佛国，其盛为后代所不及。时人杨衒之著有《洛阳伽蓝记》，记录了当时的盛况。他是亲历者，见证了洛阳的盛衰。魏晋南北朝是思想大碰撞时期，胡与汉、儒释道、东西南北各种文化交汇融合，呈现出绚烂多姿的一面。道教、佛教冲击着儒家思想，同时也为它注入了新的活力。虽处乱世，文化却呈现出勃勃生机。这个时期的佛教造像生动可爱，书法、绘画艺术登峰造极。仅以书法而言，北朝以魏碑为代表，书艺雄浑端方；南朝以"二王"为代表，书艺飘逸高迈。文化艺术之花竞相开放，南北无不曲尽其妙。由是而言，乱世恰为孕育新的文化形态提供了土壤。

最值得关注的是佛学的昌明。佛学东渐之后，吸引了不同种族，一时间，与儒、道鼎立。古代社会有这么一种特殊现象：大一统易导致保守僵化，而分裂恰能激发新思想出来。战国如此，南北朝如此，近代社会更如此。

与莲台广布相应，南北朝时期，出现了一大批佛门高僧，如番僧佛图澄、鸠摩罗什，汉僧释道安、法显等，高僧云集，《高僧传》《魏书·释老志》对这方面情况做了翔实的记载。一方面，经学典籍大量译介，僧寺之间广泛交流，求学问道之风盛行；另一方面，对于从西域传来的佛教思想，本土僧人全面吸收，再选择性消化，并与儒、道二家思想杂糅，最终以新的面目出现，中华文化再次表现出兼容并蓄的柔性生命力。很难想象，没有这个时期的大量开拓性工作，唐代佛学能达到彼时的高度。佛教传入中国，相当程度上也对汉文化进行了一番改造。宋明理学的产生与流布，与佛教密不可分。理学家体认"性""理"，采用的是佛教"觉悟"的方法。释教是一种世界观，它在认识论方面具有开辟性贡献，改变了士人传统的思维模式。受译经影响而产生的变文，对唐代文学形成了极大的冲击。自古以来承袭的经传式文体被白话叙述式改造，表达方式呈现出多样化趋势。除此，音乐、雕刻、绘画等传统艺术在技法上与外来文化嫁接，衍生出不同流派、不同风格。

流连于云冈石窟，仰观诸洞佛像，一种宗教崇高感油然而生。云冈石窟始建于北魏文成帝和平初年（460年），经献文帝拓跋弘，至孝明帝拓跋诩正光五年（524年），历经六十余年才完工。费时如此之久，工程如此之巨大，令人浩叹。几代人如愚公移山般投身此事，实非易事。

佛教的兴盛，为大同涂抹了一层神秘的文化底色。

拓跋氏出自鲜卑族。在辽东的白山黑水间有两座山，一座是乌桓山，一座是鲜卑山。生于乌桓山的游牧民族称为乌桓族，生于鲜卑山的称为鲜卑族。自汉人驱逐匈奴于绝漠，阴山内外无主，乌桓族于东汉末兴盛，遂举族迁移，填补了匈奴留下的空白。乌桓衰，鲜卑族继起，统治了蒙古草原。拓跋氏最初都于盛乐，盛乐是一个极具原始宗教意义的圣地。随着五胡相继入主中原，拓跋氏也率草原铁骑南下。他们的第一站就是大同，这里原是汉人的边陲重镇。文化苍白的拓跋氏，最初表现出一种原始崇拜。与匈奴人用金人祭天一样，他们用铸金人的方式表达对上天的敬畏。一经接触佛教，拓跋氏如旱地逢甘霖一般，马上陷入一种集体无意识状态，表现为狂热的宗教崇拜。他们表达宗教热忱的方式就是造佛像，越大越好，越大越能表现其虔诚。

云冈石窟、龙门石窟就是在这种情况下建成的。

拓跋氏治国，用了一大批汉人，如崔浩、高允、李彪、李冲、寇谦之等。这些人以儒、道治国，用汉文化对拓跋氏进行思想启蒙。如此下来，拓跋贵族兼受儒、释、道三家思想影响。思想多元化并没有给予拓跋氏以鲜活的生命力，相反，这个民族迅速发展后在一定程度上丧失了原始的血气与活力。拓跋宏时，北魏因渴慕汉文化而南迁洛阳，迁都之后的第一件大事却是开凿龙门石窟。他们纠缠于几种文化之间，如何平衡文化间的冲突成为这个民族的精神负担。北魏一朝尽管有一百多年历史，但北魏人始终无法解决原始崇拜与儒、释、道三者的矛盾。没有多少文化底蕴，缺少足够的消化能力，只能导致思想混乱。一个从草原走出来的游牧民族，进入农耕文明，要管理这么大的一个国家，的确是一件难事。这个存活时间如此之长、富有理想的民族，在突破了许多自身局限，即将到达理想彼岸时，却奇迹般退出了历史舞台，令人嗟叹。

灾难需要拯救。五胡十六国中，前赵刘曜、后赵石勒、后秦姚兴、北凉沮渠蒙逊、前秦苻坚，包括北魏主，如此之多的割据大王对佛教都抱有浓厚兴趣，也是此时代的一大奇观。

已经进入十月，天气仍很炎热。漫步于规模宏大的云冈石窟，不一会儿就汗涔涔的。好在洞窟里十分凉爽，待在里面不愿出来。福泽广被，也算是受到了菩萨的佑护。我对佛经以及佛本生故事很是陌生，对雕刻、绘画更是不通。虽然也在认真观赏，却始终没有体味到其中的妙处。但清楚一点：持心是关键。慈悲是众佛的自在像，一心向善是成佛的正因。佛教如是，一切宗教无不如是。历史上的所谓邪教之说，只是教派之间的内讧。怂恿人作恶的是妄人，他们利用宗教，自有其见不得人的野心。

出大同北行，进入内蒙古大草原，风光与内地截然不同。不出大同不知其形势之要，出了大同才明白古人称其为"锁钥"的含义。明英宗土木之变，号称五十万的大军随从英宗出征，在河北怀来土木堡被瓦剌人围困，明军伤亡过半，英宗被俘。消息传回，京师震动。以兵部尚书于谦为首的诸大臣以国家不能无主为由，拥立英宗之弟郕王监国，是为代宗皇帝。瓦剌主也先挟持英宗进攻北京，于谦等率疲敝之师抵御，挽救危城于一旦。也先出师败北，遂改变主意，带着英宗迭寇宁夏、庆阳、朔州、大同诸边。若攻城失败，则邀以重利。各边看到英宗在也先军中，都不知所措。

时大同守将郭登，面对数倍于己军的来敌，以八百骑冲入敌营，击溃数千瓦剌军。后来，也先奉英宗至城下，声称送驾，郭登具朝服以候，伏兵城内。也先觉之，悻悻然带着英宗退还。之后，也先不得已送英宗回家，也因为在诸边关没有讨得便宜。英宗过大同时，曾派人质问郭登："朕与登有姻，何拒朕若是？"郭登坦然回答："臣奉命守城，不知其他。"忠贞不贰，真乃国家干臣！

北魏迁都洛阳而北方六镇乱，北方六镇乱而北魏衰。如同人体一样，心脏衰竭必先达四体，四体坏反过来加重心脏负担，表里交攻而人无救矣。英宗时期，明朝开始走下坡路。经土木之变，国势受到很大挫伤，幸有于谦、郭登等骨鲠之臣撑持，才免于亡国。观边镇而知国势。大同恰是一张晴雨表，它的安危存亡与国运干系极大，这恐怕也是它的政治底色所在。

站在内蒙古大草原，回望巍巍大同，心中鼓荡起一股壮烈情怀，不由吟诵道："大漠西陲地，云边起孤烟。牛羊高挂角，杨柳开清泉。将军初卸甲，心寄燕然山。昨夜西风起，声声鼓角连。"

卷二

《左传》的语体风格

《左传》中，凡周王与诸侯发布命令，文字都很讲究，属于一种官方文书。

僖公十二年（前648年），齐桓公使管仲平戎于王，王以上卿之礼飨管仲，管仲辞，王曰："舅氏，余嘉乃勋，应乃懿德。谓督不忘，往践乃职，无逆朕命！"

这话显然是通过管仲下达给齐桓公的文书，属正式的诏命一类。

僖公二十八年（前632年），周王策命晋文公为侯伯（即霸主，诸侯之长），曰："王谓叔父，敬服王命，以绥四国，纠逖王慝。"

《左传》称此为策书。

晋文公三辞后从命，曰："重耳敢再拜稽首，奉扬天子之丕显休命。"这句话也属公文。

上述诏、诰、策、命之类文章体式，与《尚书》中《康诰》《梓材》《召诰》《洛诰》大体不异。可知《尚书》诸篇起码有一部分是不妄的。即使伪书部分，作者也尽可能仿照古文，或许有仿照《左传》的也非不可能。

昭公二十三年（前519年），王子朝作乱，二十六年（前516年）晋国起师逐之，王子朝奔楚，告诸侯书曰："……今王室乱，单旗、刘狄剥乱天下，壹行不若，……帅群不吊之人，以行乱于王室。侵欲无厌，规求无度，贯渎鬼神，慢弃刑法，倍奸齐盟，傲很威仪，矫诬先王。晋为不道，是摄是赞，思肆其罔极。兹不榖震荡播越，窜在荆蛮，未有攸底。若我一二兄弟甥舅，奖顺天法，无助狡猾，以从先王之命，毋速天罚，赦图不榖，则所愿也。敢尽布其腹心，及先王之经，而诸侯实深图之。"

这段文字很具感染力，且辞气平允，名为讨罪而无怨毒之辞，遍告诸侯不失上下之礼，实属怨而不怒之类。无怪周大夫闵马父虽称其"文辞以行礼也""文辞何为"，也不得不赞许其文辞之美。

春秋时期，诸侯盟会，使节朝聘，小国赴大国，大国赴小国，各有风致。朝聘享宴之际，行酒结欢，借诗言志，杯觞之间，自有一番贵族气度。

季札聘鲁国，观周乐，闻《周南》《召南》，曰："美哉！始基之矣，犹未也。然勤而不怨矣。"

为之歌《邶》《鄘》《卫》，曰："美哉，渊乎！忧而不困者也。……"

为之歌《王》，曰："美哉！思而不惧，其周之东乎？"

为之歌《郑》，曰："美哉！其细已甚，民弗堪也，是其先亡乎！"

为之歌《齐》，曰："美哉，泱泱乎！大风也哉！表东海者，其大公乎！国未可量也。"

……

诸如此类，《左传》中记载了大量以诗为对的情景，季札聘鲁就是一例，春秋时期风气如此。《文心雕龙·才略》论及此，曰："及乎春秋大夫，则修辞聘会，磊落如琅玕之圃，焜耀似缛锦之肆。蔿敖择楚国之令典，随会讲晋国之礼法，赵衰以文胜从飨，国侨以修辞捍郑，子太叔美秀而文，公孙挥'善于辞令'：皆文名之标者也。"总括了当时的情况。确乎文质彬彬，后人难及。

齐景公派晏婴出使晋国，表示愿与晋联姻，以公室女做晋侯继室。晏婴对晋人说："寡君使婴曰：'寡人愿事君，朝夕不倦，将奉质币，以无失时，则国家多难，是以不获。不腆先君之适（嫡）以备内宫，焜耀寡人之望，则又无禄，早世殒命，寡人失望。君若不忘先君之好，惠顾齐国，辱收寡人，徼福于大公（太公）、丁公，照临敝邑，镇抚其社稷，则犹有先君之适及遗姑姊妹若而人。君若不弃敝邑，而辱使董振择之，以备嫔嫱，寡人之望也。'"

晋人使叔向答晏婴之辞，曰："寡君之愿也。寡君不能独任其社稷之事，未有伉俪，在缞绖之中，是以未敢请。君有辱命，惠莫大焉。若惠顾敝邑，抚有晋国，赐之内主，其唯寡君，举群臣实受其贶，其自唐叔以下实宠嘉之。"

这是典型的国书往来，春秋时期的外交辞令大率如此。只是齐侯扯得有些远，从先君嫡女讲起，又拉出姜太公为话头，反复表白齐国的诚意。叔向也奉迎其辞，因言答对，拉出晋国首位君主唐叔为证，表示举国感谢之意。

观其用语，格外讲究，这大概就是当时的"雅言"吧。

《左传》记载战争，对战争场面描述简单，而把大量笔墨用在战前、战后上，极注意表现交战双方的心理活动。交战双方正义所在，气运盛衰，国力如何，都通过各自将帅的议论、举止事先表现出来。往往战事未开，胜败已在不言中。《左传》因为重在表达《春秋》义法，故而把焦点放在正义、礼仪之处。这样，即使是血淋淋的场面，也被淡化甚至美化了。

晋、楚城濮之战，楚国围宋，宋告急于晋，晋文公亲自率军打楚国之围。楚王命主帅子玉退兵，说："无从晋师。晋侯在外十九年矣，而果得晋国。险阻艰难，备尝之矣；民之情伪，尽知之矣。天假之年，而除其害。天之所置，岂可废乎？……"

子玉不听劝阻，仍坚持要战，说："非敢必有功也，愿以间执谗慝之口。"

楚王怒，少与之兵，听其自战。

而晋师这边，始与子玉接触就退避三舍，这是兑现晋文公当初对楚王的承诺。晋人子犯对此有一番评论："师直为壮，曲为老，岂在久乎？微楚之惠不及此，退三舍辟之，所以报也。背惠食言，以亢其仇，我曲楚直。其众素饱，不可谓老。我退而楚还，我将何求？若其不还，君退臣犯，曲在彼矣。"

两相比较，孰胜孰负已在预料中。这一战楚军大败，子玉自杀。

即使下战书也很讲究辞令，体现了战前胜之以文，战中胜之以武的时风。晋、齐鞌之战，齐侯使请战，曰："子以君师，辱于敝邑，不腆敝赋，诘朝请见。"晋人对曰："晋与鲁、卫，兄弟也，来告曰：'大国朝夕释憾于敝邑之地。'寡君不忍，使群臣请于大国，无令舆师淹于君地。能进不能退，君无所辱命。"齐侯答曰："大夫之许，寡人之愿也；若其不许，亦将见也。"观其书辞，似乎不是下战书，而是在客客气气地礼让。

这一战，晋军获胜，下军司马韩厥率人包围了齐侯。见到齐侯，韩厥"再拜稽首"，且"奉觞加璧以进"，恭敬地说道："寡君使群臣为鲁、卫请，曰：'无令舆师陷入君地。'下臣不幸，属当戎行，无所逃隐。且惧奔辟，而忝两君。臣辱戎士，敢告不敏，摄官承乏。"看韩厥这一套做派，似乎面对的竟不是敌方战俘，自己也不是战胜方。他小心礼敬的样子，仿佛是在齐国朝堂上行朝聘礼一般。

晋国两次致秦国书，郑子产两次致晋国书，《左传》都全文载录。其中吕相那封《绝秦书》，写得尤其好。书中历数自秦穆公起至秦桓公，凡四位秦君负晋、乱晋的事实，娓娓道来，如对簿籍。书中无一句怨毒诅咒之语，却数尽秦人不义之实。如，讨秦穆公之罪，曰："无禄，文公即世，穆为不吊，蔑死我君，寡我襄公，迭我殽地，奸绝我好，伐我保城，殄灭我费滑，散离我兄弟，挠乱我同盟，倾覆我国家。我襄公未忘君之旧勋，而惧社稷之陨，是以有殽之师。"讨康公之罪，曰："康公，我之自出，又欲阙翦我公室，倾覆我社稷，帅我蟊贼，以来荡摇我边疆，我是以有令狐之役。"提到秦桓公，曰："及君之嗣也，我君景公引领西望，曰：'庶抚我乎！'君亦不惠称盟，利吾有狄难,入我河县,焚我箕、郜,芟夷我农功,虔刘我边垂,我是以有辅氏之聚。"

《绝秦书》最后说:"君若惠顾诸侯,矜哀寡人,而赐之盟,则寡人之愿也。其承宁诸侯以退,岂敢徼乱?君若不施大惠,寡人不佞,其不能以诸侯退矣。敢尽布之执事,俾执事实图利之。"

怨不及乱,怨不及怒,是该书的基本格调,正体现了"怨而不怒"的基本遵循。反观后代的讨罪檄文,如陈琳的《为袁绍檄豫州文》、骆宾王的《讨武曌檄》,极尽怨毒之辞,以诅咒、谩骂为事,虽然痛快,却稍失风人之旨。

《左传》温文尔雅的语言范式,体现了春秋时期的贵族风尚。这种风尚来源于较高的文化修养,其风流蕴藉,正是受了《诗》《书》的涵养,所以才表现得格外高妙。唐人、明人的古文运动,都在这类经典中寻找源泉,不是没有原因的。

"游于艺"新解

《论语》："志于道，据于德，依于仁，游于艺。""游"字用得最好！古今有慧眼者，有断识者，有绝学者，均在"游"字上有颖悟。游则怡如，游则不滞。学问一事，清人称治艺，科举称制艺，皆如墨程，非弄绝一门不可，此俗儒、腐儒也。唯"游"者有佚气，有超拔绝识，而不囿于成见。

学如此，处世也如此。"游于世"则不黏滞于世，而有雄强豪迈之风；"游于事"则能小天下，不为事所碍，而能料事，智者、愚者之分界在于此。孔子善游者，庄子善游者也。释教游僧，俱有道之僧。战国游士，后代游学，俱有卓识者也。

宋明人讲格物致知。"致"字出《大学》，用得死板，故理学家、心学家俱有板腐气。日琢月磨，枉自消费大半生功夫，学成，已成枯木人矣。

人不可有游心，忽东忽西，忽南忽北；用志不可游移，轻薄如浮萍。

游是一种大智慧，非饱学、饱经世事不能也。游则超脱，游则不拘于规矩，视事蔑如也，故有运事于掌的自信。

我，非官非民，非仕非学，日游于其间，徜徉而自得者也，故吾重游。

朱熹于此条也极重视，《四书集注》曰："游者，玩物适情之谓。艺，则礼乐之文，射、御、书、数之法，皆至理所寓，而日用之不可阙者也。朝夕游焉，以博其义理之趣，则应务有馀，而心亦无所放矣。……游艺，则小物不遗而动息有养。学者于此，有以不失其先后之序、轻重之伦焉，则本末兼该，内外交养，日用之间，无少间隙，而涵泳从容，忽不自知其入于圣贤之域矣。"

他注意到了这个"游"字，说得倒也不少，却干巴巴的，不生动。盖理学家言，动以孔子言入其理道，故显生硬。唯其"涵泳从容"四字略得真神，不似以方凿入圆枘之不符。

"游"字一字，让人体认到庄子"野马也，尘埃也，生物之以息相吹也"那种吹万的态势。顺物之势，齐物之情，故能出乎其内而入乎其外。

庖丁解牛，技至至境，"以神遇而不以目视，官知止而神欲行。依乎天理，批大郤，导大窾，因其固然"，以其技熟，用刀如神，游刃有余。"今臣之刀十九年矣，所解数千牛矣，而刀刃若新发于硎。彼节者有间而刀刃者无厚，以无厚入有间，恢恢乎其于游刃必有余地矣。"所以游刃者，以其解数千牛之故。无解数千牛之功，不可谓以无厚入有间。故游于艺者乃精于艺，不精不敢言游。

游是一种大境界，且是方法论。治国如烹小鲜固然好，但见事则乱，进退失据，如热锅蚂蚁，不唯不能"游于艺"，抑且不能游刃有余。

由"道可道"说起

《老子》首章曰:"道可道,非常道;名可名,非常名。无,名天地之始;有,名万物之母。故常无,欲以观其妙;常有,欲以观其徼。此两者,同出而异名,同谓之玄,玄之又玄,众妙之门。"

此段老子思想总目,已超出认知之外,而观本体坐化之妙。

而《易》"仰以观于天文,俯以察于地理","知周乎万物,而道济天下","旁行而不流","一阴一阳之谓道","显诸仁,藏诸用","神以知来,知以藏往","开物成务"。探究天人之际则曰:"是故《易》有太极,是生两仪。两仪生四象,四象生八卦。""法象莫大乎天地,变通莫大乎四时,悬象著明莫大乎日月。"

儒家之天人观无异于道家,道家于有中看到了无,儒家于天道中看到了变。

而释家言空,归有于无、于空,持论与儒家有异曲同工之妙。

如此大道理,今人何不究心,而委任自己流于世俗?略推究,其故有四:一、世俗喧嚣;二、所谓的思想喧嚣;三、牵于物质;四、放任心智。

道家瞩目于无,故脱达,澹荡冲漠,虚寂心怀。儒家瞩目于变,故积极参与担当、济世,此点与大乘佛教度己度人的精神会通。

今人废本体而不思虑,以无用故,此与绝圣弃智根本不同。熊十力《新唯识论》曰:"吾人生活内容,莫非习气。"又自注云:"吾人存中形外者,几无往而非习,此可反躬自明者。"此句话,不异棒喝。生于是、习于是而不察,苟活于我何有?人既习于安生乐命,不自醒抑且不欲醒者何故?

人与天地相感,则精气充沛,旁行而不流。

佛家说执有两种:一俱生,二分别。破分别法执,方证生法执见。有这样一双慧眼,正同以生法执见觑破存世妄执,直与圆融本体相接。此间乐,未足与外人道也。

《孟子》章句之章句

一

梅贻琦有言:"所谓大学者,非谓有大楼之谓也,有大师之谓也。"即化用《孟子》"所谓故国者,非谓有乔木之谓也,有世臣之谓也"。

《孟子》刻画齐宣王最为生动。宣王一则曰:"寡人有疾,寡人好货。"再则曰:"寡人有疾,寡人好色。"至于"四境之内不治","王顾左右而言他"。盖《孟子》一书,不重在王而重在孟子之说,故于梁惠王、齐宣王处辄省笔。唯其省笔有致,刻画人物才出神。文章最忌话把说满,故应借鉴其省笔之法。

二

滕文公问曰:"滕,小国也,间于齐楚,事齐乎?事楚乎?"孟子对曰:"是谋非吾所能及也。无已,则有一焉:凿斯池也,筑斯城也,与民守之,效死而民弗去,则是可为也。"

《左传》载,僖公四年(前 656 年),齐桓公伐楚,楚使屈完对曰："君若以德绥诸侯，谁敢不服？君若以力，楚国方城以为城，汉水以为池，虽众，无所用之。"

则孟子"凿斯池也，筑斯城也"，文取《左传》。

三

齐宣王问曰："齐桓、晋文之事可得闻乎？"孟子对曰："仲尼之徒，无道桓文之事者，是以后世无传焉，臣未之闻也。无以，则王乎？"

《春秋》述齐桓、晋文事，孔子删削。孟子为曾子徒孙，能无闻乎？《论语》屡言齐桓、管仲，孟子能无闻乎？孟子反对霸道，主张王道，故对齐宣王之问讳言之。"无以，则王乎？"献以王道。

又，孟子曰："王者之迹熄而诗亡，诗亡然后《春秋》作。晋之《乘》，楚之《梼杌》，鲁之《春秋》，一也。其事则齐桓、晋文，其文则史，孔子曰：'其义则丘窃取之矣。'"齐桓、晋文之事，仲尼之徒虽无道，孟子实与闻。

四

孟子言必称井田之制，后世多有疑者。滕文公问"为国"，孟子又提起井田事，故滕文公"使毕战问井地"。滕文公身为诸侯国国君，尚不明井田制为何物，遑论后世。井田制恐只是孟子对理想国的设计，今人不必为此言之纷纷。

孟子说："圣王不作，诸侯放恣，处士横议，杨朱、墨翟之言盈天下。天下之言，不归杨则归墨。杨氏为我，是无君也；墨氏兼爱，是无父也。无父无君，是禽兽也。"

又言："吾为此惧，闲先圣之道，距杨墨，放淫辞，邪说者不得作。"

孟子不仅拒杨墨，而且拒农家，"有为神农之言者许行"；拒纵横家，"景春曰：'公孙衍、张仪，岂不诚大丈夫哉！一怒而诸侯惧，安居而天下熄"。对非孔子之徒者一概排摈。"我亦欲正人心，息邪说，距诐行，放淫辞，以承三圣者，岂好辩哉？予不得已也。能言距杨墨者，圣人之徒也。"

真孔子功臣！

五

匡章曰："陈仲子岂不诚廉士哉！……"

孟子曰："于齐国之士，吾必以仲子为巨擘焉。虽然，仲子恶能廉？充仲子之操，则蚓而后可者也。"

陈仲子居人之室，食人之粟，其兄禄万钟，仲子以为不义而不食。

匡章认为陈仲子乃方正之人，孟子认为不然，何以如此？

"今有仁心仁闻，而民不被其泽，不可法于后世者，不行先王之道也。"

故孟子不认同陈仲子。

《淮南子·氾论训》："季襄、陈仲子立节抗行，不入洿君之朝，不食乱世之食，遂饿而死。"陈仲子节行有如伯夷、叔齐，孟子是入世派，故不认可隐逸者所为。

六

《孟子·离娄章句上》中有几段对话：

淳于髡曰："男女授受不亲，礼与？"

孟子曰："礼也。"

曰："嫂溺，则援之以手乎？"

曰："嫂溺不援，是豺狼也。男女授受不亲，礼也；嫂溺援之以手者，权也。"

曰："今天下溺矣！夫子之不援，何也？"

曰:"天下溺,援之以道;嫂溺,援之以手。子欲手援天下乎?"这几段对话极精彩。

史迁将淳于髡列入滑稽之类,人遂以滑稽视之,而不知其胸怀天下,以天下自任。境界如此之高,非东方朔诸人可比。

韩非的术

很多事本不神秘,是人有意把它搞神秘了,即如申不害、韩非的术。

"术"这一概念由战国时人申不害发明。他的这个术是权术,非是后来方士所言的术数。术数是阴阳五行说之滥觞,把邹子对世界本体论的认识用到了人身上。术数是虚的,权术是实的,可以直接拿来用。

申不害著《申子》,书已亡佚,其观点散见于诸子书中。《吕氏春秋》记载了一段话,可代表这一派的观点。"申不害……曰:'何以知其聋?以其耳之聪也。何以知其盲?以其目之明也。何以知其狂?以其言之当也。故曰:去听无以闻则聪,去视无以见则明,去智无以知则公。去三者不任则治,三者任则乱。'以此言耳目心智之不足恃也。耳目心智,其所以知识甚阙,其所以闻见甚浅。以浅阙博居天下,安殊俗,治万民,其说固不行。"

这是说人君不能依赖耳目心智为聪明,不见不闻、不用心智才是聪明。因为耳目心智有局限,不足恃,竟至弃而不用,这与倒洗澡水连水盆一起扔掉无异。

申不害此说,是由老子的"绝圣弃智"而来,将其具体而使其偏至了。如何解决耳目心智去除后的缺失呢?申氏发明了术。对此,《韩非子·外储说右上》做了进一步阐释。

"申子曰：'上明见，人备之；其不明见，人惑之。其知见，人惑之；不知见，人匿之。其无欲见，人司之；其有欲见，人饵之。故曰：吾无从知之，惟无为可以规之。'一曰：申子曰：'慎而言也，人且知女；慎而行也，人且随女。而有知见也，人且匿女；而无知见也，人且意女。女有知也，人且臧女；女无知也，人且行女。故曰：惟无为可以规之。'"

这些都是教人君如何以术御下的。他要人君伪装起来，示人以惑，忽隐忽现，令人捉摸不定。臣子迷惑了，人君却心明眼快，玩起游戏来得心应手。

申、韩本一家，都在术上做文章。申子之说是简明本，直截了当，不像搞权谋的样子；韩非却把老子扯进来，其权术思想笼罩在"无为"的烟雾中。

韩非的思想，总括起来不过法、术、势而已，三者相互为用。法依势立，势因术行，在这三者之中，术是年段，故居于中心，一部《韩非子》，重要的是谈术而不是谈法。韩非是一个君主本位主义者，同样也是以君主为本体的愚民政策倡导者。在他眼里，法是绝对的，不需要考虑对象的存在，而对象必须依赖法存在，故他要实现的是一个尊卑等级森严的社会。他又是一个具有浓厚实用主义色彩的人，明言不要相信臣子。虽然也赞成商鞅赏罚并举的措施，但落脚点还是在严刑重罚。法的地位确定之后，自然少不了术来帮忙，以达到立势的效应。两个帮手。术不外乎小诡计、小权谋，以及告奸这些把戏；势则不同，乃君主所以为君主、臣子所以为臣子的一种身份认同，也即体认感。韩非认为这是最佳的治理状态。术与势结合，营造出一种独尊、神秘的氛围。这种办法塑造出了别样的秦始皇，赵高真是善学者，又用同样的办法教会了秦二世——父子二人深受其害而不自知。

韩非的法、术之道大行于秦。直到秦始皇统一天下，我们尚看不到他是如何玩弄权术的，但用起法来却是横行无阻。其君临天下之后，才显露出一点术、势的踪影，也不外乎把自己与臣民悬隔开来，一示神秘，二示高贵。

《史记·秦始皇本纪》载，方士卢生教始皇："人主所居而人臣知之，则害于神。……愿上所居宫毋令人知，然后不死之药殆可得也。"始皇称是，遂无人知其行之所在。他住咸阳宫，巍峨高耸，适可以体验君临天下的快感。

一次，始皇看到丞相车骑众，排场大，随即面露不悦。有人想讨好丞相，即刻告知丞相要注意，丞相当即减省车骑。始皇第二次看到丞相时，发现了这一变化，大怒，下令追查，并把当时在场的宫人全部杀死。

始皇之所以这样做，是不愿别人猜到他的心思，他要把自己藏起来，让人莫测其高深。

这是他用术之一端。

让皇帝高自贵重本是韩非的主张，方士之流拾其唾余，法家思想影响之深，可以概见。

赵高也学会了这一套。秦二世刚即位，他就开导道："今陛下富于春秋，初即位，奈何与公卿廷决事？事即有误，示群臣短也。天子称朕，固不闻声。"

此话虽然与韩非之说大致相当，用心却完全不同。韩非是给秦始皇出主意，教办法，赵高却是要控制秦二世。秦始皇是英主，秦二世是庸才。英主用术更增其莫测之深，庸才用术适使社稷与权杖轻移。这是韩非当初未曾逆料到的——他只见其利，不见其害。

胡亥倒也听话，学他父亲深居不出。在赵高的精心安排下，他身边一个大臣也没有，连身为丞相的李斯想见他一面都很难。于是，胡亥每天能见到的面孔只有一个，听任这个人决事。接下来，眼看着此人指鹿为马也莫可奈何。

这下我们看出，术也有它的两面性，皇帝可用以御下臣，下臣也可用以控制皇帝，关键在谁执牛耳。

秦始皇时，赵高任中车府令，管理符玺，符节、印信都归他管。汉时已无此职，猜测它是临时职务，皇帝出行时才设，事毕即撤。赵高与胡亥的关系非同一般，曾为胡亥老师，教过他律令。赵高对韩非的理论谙熟于胸，故用起这一套十分手熟。因为与胡亥特殊的师生关系，加之在立胡亥为帝一事中居功至伟，赵高后被任命为郎中令。《汉书·百官公卿表》载："郎中令，秦官，掌宫殿掖门户。"其属于内朝官，九卿之一，负责宫廷护卫事宜，汉武帝时更名为光禄勋。赵高把持宫禁，李斯等自然被排除在门墙之外。

对赵高其人的认识，有助于我们了解为什么胡亥对他言听计从。

时天下已乱，秦二世深居不出，让赵高空手夺刀，位重权显。右丞相冯去疾、左丞相李斯、将军冯劫实在看不惯，集体进宫谏止。二世根本不承认自己有错："凡所为贵有天下者，得肆意极欲，主重明法，下不敢为非，以制御海内矣。夫虞、夏之主，贵为天子，亲处穷苦之实，以徇百姓，尚何于法？朕尊万乘，毋其实，吾欲造千乘之驾、万乘之属，充吾号名。"他认为用法完全可以治国，不须天子亲劳，而自己虽称万乘之尊，徒有其名而无其实，他要使其落到实处。看来，胡亥仍认为法无所不能，他实在中毒太深！最后，胡亥说："今朕即位二年之间，群盗并起，君不能禁，又欲罢先帝之所为，是上毋以报先帝，次不为朕尽忠力，何以在位？"把一切都归罪于他们三人，下令将三人下狱。右丞相冯去疾、将军冯劫不受其辱，当即自杀。李斯甘愿被囚，尚存一丝侥幸。

回头再剖析韩非的法术势思想。他讲："今申不害言术，而公孙鞅为法。术者，因任而授官，循名而责实，操杀生之柄，课群臣之能者也，此人主之所执也。法者，宪令著于官府，刑罚必于民心，赏存乎慎法，而罚加乎奸令者也。此臣之所师也。君无术则弊于上，臣无法则乱于下，此不可一无，皆帝王之具也。"

法与术的关系在于，人主用术，人臣用法。人主用术以御臣下，人臣用法以制国人。人主与人臣各执一事，则无虞于治，这是韩非的治国良方。显然，赵高是倒持阿柄。

韩非又说："公孙鞅之治秦也，设告相坐而责其实，连什伍而同其罪，赏厚而信，刑重而必。是以其民用力劳而不休，逐敌危而不却，故其国富而兵强；然而无术以知奸，则以其富强也，资人臣而已矣。"他说商鞅之短是"无术以知奸"，倒也说对了，赵高就是一个活生生的例子。

因此，他指出申不害、商鞅"申子未尽于法也""二子之于法术皆未尽善也"。他是推崇申、商的，然而对他们也有不满，认为他们的法术都未尽善。

在用法一面，韩非更趋向于酷，这与商鞅奖励耕战的出发点不同。商鞅的出发点在于富国强兵，韩非却是为了固君权。他用申不害之术，以阴谋御下，委实不太光明。而将二者结合，就不是如何用法，而是如何玩法了。故秦用商鞅之法而兴，用韩非之法而弊，于此见出韩非好奇弄险的性格缺陷。

秦孝公用商鞅，放手让他去干，纵得罪太子也在所不顾。太子继位，搜捕商鞅。他四处逃亡，无人敢收留，都说这是他规定的，收留无证件的人要被连坐。商鞅于穷途之际，喟然叹曰："嗟乎，为法之敝一至此哉！"对他所行之法的严酷已有所悔悟。而韩非至死也不觉悟，他是宁死也不回头，真忍人也！

李斯与韩非是同学，都是荀子的弟子。荀子主张王道，也承认霸道，提出礼法的概念，以法来维护礼。在荀子这里，法只不过是手段，尊礼才是目的。韩非、李斯却把手段一变而为目的，这就走到了尽头。

术不是帝王的专享，同学之间也能用。李斯玩术，陷死韩非；赵高玩术，又陷死李斯——他们都牺牲于自己推崇的术中！

术是运用之妙存乎一心的东西，并且见不得阳光。继秦之后，汉用黄老之道，用王霸之道，却无人明言用术，这一套被人遗弃了。

关于用术的必要性，韩非进一步指出："武王死，昭襄王即位，穰侯越韩、魏而东攻齐，五年而秦不益一尺之地，乃成其陶邑之封；应侯攻韩八年，成其汝南之封。……故战胜则大臣尊，益地则私封立，主无术以知奸也。商君虽十饰其法，人臣反用其资。故乘强秦之资，数十年而不至于帝王者，法不勤饰于官，主无术于上之患也。"

这里又见到荀子的性恶论了，韩非是将人都归为奸的。防奸必用术，这样才能使法得到很好的贯彻。抗奸臣固然重要，除了用术，是不是还有别的办法？韩非的回答是否定的，他认为术可以解决有关御臣不力的一切问题。他就这样把秦国引上了一条不归路。

韩非提到的穰侯，名魏冉，是武王夫人、昭襄王母宣太后之弟，后做了秦相。应侯名范雎，魏人。他到秦国时，穰侯正得势，太后母家为贵重王室。他因此上书求见昭王，欲专王权，削臣威。昭王与语，大喜，封范雎为相。观应侯所为，和韩非一样，也是为了固王权，却被韩非归为穰侯一类，大加排挞。

韩非又讲道："商君教秦孝公以连什五，设告坐之过，燔诗书而明法令，塞私门之请而遂公家之劳，禁游宦之民而显耕战之士。孝公行之，主以尊安，国以富强。……"

关于商鞅"燔诗书"一事，不见于史书。果真如韩非所说，那么最先主张此事的就不是秦始皇、李斯，而是秦孝公、商鞅了。韩非是赞同商鞅行法的，不仅赞同，且认为不够，包括那个"燔诗书"也符合他极尽严酷之事的性格。李斯虽与他是政敌，思想却是相通的，后来怂恿秦始皇焚书坑儒者固然是李斯，祸首却是韩非。

除了"燔诗书"，韩非还主张"禁游宦之民"。他忘了自己当初也是"游宦之民"。

诸事简

汉刘邦得天下，靠的是什么？诸事简。

刘邦为人豪率，家里有没有饭吃他不管，只由着性子领人来家，张口要吃的。一来二去的，他嫂子烦了，锅里有饭也推说没有。

乡里吕姓大户过寿，刘邦一文不名，却对执事萧何说："贺钱万。"吕公不以为怪，反认定他是干大事的，直把他请入上座，后来还把女儿嫁给他。

刘邦不安分守己，所结交者也都是鸡鸣狗盗、江湖侠客。司马迁说他"不事生产"，这事分怎么看，刘邦如果"事生产"，最多不过成为吕公那样的富户，成不了帝王。据《史记》记载，刘邦最初是一自耕农，土地却拴不住他，他喜欢到处游逛。负责耕种的，是吕氏与她的儿子——后来的孝惠帝刘盈。一次，一个相者从田间经过，看了她母子二人的面相，十分惊叹，认定吕氏贵不可及。之所以贵不可及，乃因为她的儿子。相者离开后，刘邦才不知从哪儿溜达回来。可见，种田这件事与他无干。

又有人说，后汉光武帝勤于稼穑，却也龙御天下，这又如何？我只好回答：将相本无种。"无种"固然正确，还要看有没有那命。

反暴秦的浪潮很快在各地涌起，首倡其事的是陈胜、吴广。他们身为戍卒，误期，按律当斩，身逢绝地斩木揭竿而起。刘邦也有同样的境遇，他押着戍卒，因天雨误期，按律也当斩，故而也反了。由此可见秦律确实严苛。

刘邦起事后，并没有立什么丰功伟绩，却也被封为侯。这是因为他起事早，在诸路义军中，得风气之先，算得上一号。项羽此时急于笼络人心，故刘邦轻而易举成其好事。还有一个原因，可能是他和项氏立的楚怀王拉上了关系，也可能因同是楚人之故，楚怀王对他格外青睐。由于怀王不满项氏的专横，采取了"分势"的办法，培植刘邦对付项羽。大概项羽太过强梁，楚怀王心有余悸，故出征章邯时，任卿子冠军宋义为上将，项羽为副，故意压他一头。

其时，章邯打败项梁军后，渡河北击赵。怀王给宋义、项羽的任务是出兵救赵。而给刘邦的任务只有一个：向西略地入关。分派完任务，他与诸将定约：先入定关中者王之。这个不平等约定本已招致项羽不满，而宋义遭遇章邯后，只是坚守深沟壁垒，坐等秦军疲敝。宋义这么做，不仅仅是出于用兵老成，恐怕也是出自怀王的意思，为刘邦夺取咸阳赢得时间。当然，这只是猜测。

项羽怒斩宋义，降伏章邯，虽然完胜，却迟滞了直扑函谷关的进程。刘邦取路入关，未遇大敌就得到了咸阳。待他把咸阳宫抢劫一空，项羽这才飞马赶到。项羽飞书报怀王，自己与刘邦先后取得咸阳，怀王回信仅两个字："如约。"这封信使项羽对怀王生了杀心。

司马迁美化刘邦，说他"籍吏民，封府库"，一钱不取，唯萧何拿走了天下图籍。而项羽杀秦王子婴，火烧咸阳宫，尽收货宝妇女，干尽了坏事。

这话骗不了人。刘邦进阿房宫，眼花缭乱，心驰神迷，躺在宫女怀里几天不出来，他能不爱金银财宝？！

实际上，入咸阳肥了刘邦。鸿门宴上，刘邦送项羽玉璧，送亚父范增玉斗，这些东西自然出自秦宫。以后，刘邦任用陈平，给了他四千金，用以贿赂项羽部下，估计也是那次得的浮财。四千金不是小数，据后人考证，那不是铜，不是铁，实实在在是黄金，不过一斤略等于今六两。刘邦先入咸阳，收获不仅是被封汉王。他腰揣秦朝府库，即使到了汉中，这笔钱也够他招兵买马。

在咸阳，刘邦做了一件帝王之事，下令除去繁苛的秦律，代以法三章："杀人者死，伤人及盗抵罪。"此令一出，秦人如释重负，争持牛羊酒食飨军士。这件事是刘邦摇身一变的关键，他看到了法令简易的神奇效果，似乎还揣摩到了一点治理天下的秘诀。自信使他的雄心膨胀，从这时开始，他有了做天下主的野心。

做人率简，法令简易，二者出自一辙，即刘邦的个性使然。率简的人自由，能给自己留下足够大的空间；整饬的人只会照章办事，甘受清规戒律约束。刘邦的后代没有一个像他，原因在此。

他用人也如此，与陈平、韩信一席话谈完，马上重用。郦食其、陆贾、叔孙通一计献上，即使不恭，也被揽于帐下。这一点，项羽做不到，诸路豪杰也少有人能做到。

话题由此说开。

刘邦因法令简易得人心，进而得天下，这时情况发生了变化。萧何以为三章法已不足，故而借鉴秦律——就是他从阿房宫取出的那些图籍——定了一个《九章律》，《汉律》才变得繁复起来。我们看到，一个前进的历史进程又在发生微妙的变化。不仅如此，汉虽然推翻了秦，却无能力重构一套自己的治国纲领，故一切沿用秦制，包括郡县制、官制、爵位、礼法等。秦人幽魂不散，寄予汉人实现了自己的治国理想。

唯一算得上改变的就是封同姓王这件事。这事是从周朝开始的，牧野之战武王打败商纣王，建立周朝，随即大封姬姓、姜姓诸侯，以期江山永固。秦朝借鉴周亡教训，尤其是诸侯纷争的教训，建立了以郡县制为基础的中央集权制，既不封同姓王，更不封异姓王，认为这样就可以安枕无忧了。孰知虽然没有诸侯之虑，但国家一旦有事，又缺少屏障。依赖郡县也成问题，那些郡县的资料，几乎在史料中看不到。汉朝立国，借鉴秦亡的教训，大封同姓王、异姓王。这些同姓王、异姓王相继又成了朝廷的隐忧，一直到汉武帝时才彻底解决。

历史在种种反复、重复中循环，诚所谓"秦人不暇自哀，而后人哀之；后人哀之而不鉴之，亦使后人而复哀后人也"。

秦用申不害、韩非之法治国，起初法并不严密，率简易行。秦孝公时，商鞅为使人明晓法之便利，用一根木头悬赏。这件事一方面表明政府的公信力，另一方面鼓励人们立功受赏，法意借此在人们中传播开来。只是秦始皇统一天下后，这件事才变得复杂起来。为了让被消灭的诸侯国心死，秦始皇费尽心机，想了很多办法，其中包括密织法网。这样做非但没有起到钳制人心的作用，相反，法愈密而人愈有逃心，挣脱法的束缚成了社会的普遍共识。

自萧何《九章律》出，汉法也变得严苛起来。秦何以亡而汉何以不亡？乃因汉有一种修正机制。汉朝君臣极重视秦亡的教训，每出现天怨人怒的信号，马上更张，唯恐不及。

文帝、景帝遵黄老，主张与民休息，其中一项内容就是减法去刑。文帝时，太仓令淳于意有罪被逮，其最小的女儿缇萦上书要求代父受刑。文帝被触动，意识到民不堪重刑，下诏书去肉刑。这件事十分典型，司马迁颇费笔墨，其中意义自不可小觑。

宽缓治民的思想贯穿西汉始终，汉人一直保持对秦亡的警惕。

王莽改制失败，原因固然很多，重要的一条也是法条繁芜，朝令夕改。不说别的，仅钱布一项就达二十八品，生生把经济搞乱了。他一切依周制，连诏令都模仿《尚书》，以书生意气治国，食古不化，焉能不败！

汉律繁杂，绝类章句之学，非专门人才不能通。故汉代有一奇怪现象，掌律令的官员很多都是世袭的。此前，我们知道的巫史祝卜有世袭传统，很少见廷尉有世袭的，但汉朝就如此。张汤的父亲在县里主管律令，后来张汤做了廷尉，他的儿子张安世也是。于定国的父亲治法，父亲死后，他子承父志，先后做过狱史、郡决曹、廷尉史，一直做到廷尉，可以说一生从事法律工作。

不只掌刑律的世代承袭，刑法本身也因繁杂而互相抵触，这就给执法者提供了可乘之机。《汉书》中说，许多官员对上唯皇帝眼色行事，对下枉法用事，而且合于己的从其宽，不合于己的从其重。法律成了他们手里肆意挥舞的工具。

王夫之说，法有限而事无限，故法令旁出而无穷。纵使法令如此之密，有些事也超出法条之外。故汉朝官员不得不引经据典，用《春秋》定案——法令已经不够应付。

人常说，由俭入奢易，由奢入俭难。律令也如此，汉朝诸帝都在努力修正汉律，可谁也无法使它变得简单易行。

凡事简则易行，繁则难遵；宽则路广，逼则道狭。在这方面，应该学学汉高祖刘邦。

对　手

做事业意味着竞争，竞争势必遇到对手。讨厌的是，对手不由自己挑，所以周瑜才有"既生瑜，何生亮"之叹。

项羽碰见刘邦算他倒霉，两人还未交手胜负已定。

项羽是世家子弟，自小学兵书，战阵韬略懂得不少，而且骁勇善战，每次都冲在最前面。事功也历历可数：扶立楚怀王，杀卿子冠军宋义，收降秦章邯二十万大军，分封各路诸侯，推翻秦的统治，等等。差一点儿就大功告成，可惜功亏一篑。因分封不公项羽受到普遍指责，他的事业走了下坡路。有了正式名分为何还不满意？因为大家与他一起起事，也都窥视他手中的权力。但这都不要紧，各路诸侯翻不起大浪，要命的是他碰上了刘邦这个死缠烂打的主儿。

刘邦是一个流氓无产者，没有多少文化。年轻时混吃混喝，恰如街头小混混儿。他好交朋友，喜欢拍胸脯说大话。他身无分文，贺礼却大得惊人，"贺钱万！"浪荡子都有一个特点：具备"斗鸡""斗狗"的能耐，不流尽最后一滴血决不言败。用时兴的话说，就是意志力强。这种人现在还能在街头见到，尽管不经打，却不认输，一旦吃了亏，三天两头找到门上，声称打不死不算完，再打一次还来。这种人，你怎么办？！

刘邦对付项羽，摆的就是这个肉头阵。刘邦天生有一个能耐：自己打不了仗,却会使唤人,会使唤韩信、樊哙之流。他在论功行赏时,说萧何是"功人",诸将是"功狗",这很大程度上是在说自己。他一生所长就在于会"功人",哄得人家给他出力卖命。

刘邦还有一个特点——狡黠,这是小私有者的专能。他擅长找对方的毛病,会钻空子,谁和项羽不对付,他就马上从中笼络,想尽办法把人拉过来。楚汉大战四年,最后置项羽于死地的都是项羽的原部从,比如韩信、英布、彭越,俱被刘邦拉拢,成了项羽的对头。从这点来讲,项羽不是败于刘邦,而是败在自己人手里,要知道刘邦汉王的身份也是他封的。与刘邦相比,项羽可谓一个正人、一个君子,不会用权谋,不懂离间计、金钱计、美人计,大概从心底也看不上。项羽自始至终都对刘邦表现出不屑,他心不明眼却亮,对刘邦这些计策不会不懂,偏偏自己用不了。抛开世俗的立场,两相比较,项羽的形象似乎要单纯一些。而刘邦就显得猥琐,善做偷鸡摸狗、乘人之危的事,无怪后人为项羽抱屈。

楚汉之争,打了一仗又一仗,除过垓下之战,每次均是项羽得胜。史书上说刘邦是屡战屡败,但没有完,他还有个屡败屡战。刚大败,一口气喘过来,又找上门。就这样没完没了,着实让项羽招架不住。项羽被蒙在鼓里的是,每次上场,刘邦看似没有准备好,实际却做足了功课。重新复出的他,队伍里又增加了一些陌生面孔。这些人,项羽应该很熟悉。这样,刘邦每失败一次,就涅槃一次,羽翼丰满一次。项羽只顾往前冲,搴旗斩将,却没发现队伍里少了人,而这些人都站到了对方的阵地上。几年下来,刘邦把项羽的骨血抽空了,底细摸透了;项羽却对人家知之甚少,或者竟可以说根本摸不着边儿。

经过四年多的拉锯,项羽终于失败了,他不是被打败的,而是被拖垮的。刘邦这个街头小混混儿,浪荡子,无赖,靠死缠烂打活活整死了一头猛兽。归结起来,项羽的不幸是他遇到了刘邦。根本不配做对手的人成了对手,只怪他命运不济。刘邦遭际时会,没有天下大乱就没有他的出头之日,乱世仿佛为他而设。项羽学的是"万人敌",他的对手应该是章邯之类——贵族对贵族,正规军对正规军,强对强，硬对硬，这还可以。和刘邦相遇是他命运的诡异之处。在刘邦面前，他显得有些稚嫩，这在鸿门宴一局已经表现出来，那是他第一次被刘邦玩于股掌而不自知。

刘备与他的先祖刘邦有些像，善于团结人。他虽出身于氓隶之间，却带了不少贵族习气。他周围汇聚了一批堪为人杰、师表的模范人物，但也都带有先天的缺陷。关羽、张飞只见英雄气而不见豪杰气，诸葛亮只见君子气而不见纵横家气。性格偏执的人，都有脆弱的一面。如果刘备身上有几分乃祖的狡黠及死缠烂打的劲头，孰胜孰败还很难逆料。

继承了刘邦狡黠之气的却是曹操——治世能臣，乱世枭雄。治世，曹操不过是一个能吏，做一个李鸿章，终不过位为三公，纡朱拖紫而已，庆幸的是他遇到了乱世。乱世有乱世的规律，乱世需要乱世的英雄，这英雄显然不是刘备之流。刘备能做治世的正臣，甚或一不小心做了皇帝，也极可能是个好皇帝。但乱世他对付不了，找不到"卖点"。黄老、申韩之学强调的是与时推移，时势变，道也变，刘备不懂，也不会变。他的能力御下可以，御天下还不够，他不是这块儿料。合适的人还得是曹操，"生当作人杰，死亦为鬼雄"。

要说曹操的本事尚在刘邦之上，刘邦的对手只是项羽，而曹操的对手遍地皆是，必须一个一个收拾掉，这件事到他死后还没完。

曹操还有一个特点——豪气。这特点直接项羽，不过他的豪气略带一些狭邪之气。豪气正，狭邪气诡。大将军何进谋诛宦官，何太后不同意。何进想了一个糟糕的主意，召董卓进京胁迫太后。曹操闻言，很不屑地说：诛宦官，用一狱吏足矣，何必大事更张，非取败不可！足见他的眼光和处事风格。曹操有一句著名的话："设使国家无有孤，不知当几人称帝，几人称王。"自负中透出流氓气。曹操有政治眼光自不待说，有胸怀天下之心自不待说，还唯其有此种狭邪之气支撑，才能胜出。

面对曹操，最悲哀的莫过于袁绍，曹操是袁绍的克星。袁绍家世赫赫，父祖积为四世三公，门弟子遍天下。袁绍身为司隶校尉，主纠劾，位高权重。董卓之乱初，对董卓威胁最大的就是袁绍。董卓身边的人也说："袁氏树恩四世，门生故吏徧于天下，若收豪杰以聚徒众，英雄因之而起，则山东非公之有也。"董卓废弘农王，立献帝。山东十郡起兵救乱，公推袁绍为盟主——这个盟主也非袁绍不行。这时的曹操尚不为人知，只是诸路大军里一奋武将军。袁绍领导的这场貌似声势浩大的讨伐行动最终流产，这个兆头很不好，足见他不具备这样的能力，能不配位。讨伐行动失败，拉开了天下大乱的序幕，却给曹操提供了机会。

一开始，袁绍尽得风气之先，他"横大河之北，合四州之地，收英雄之士，拥百万之众"，气势何其了得！待河北尽归袁绍，诸雄多被诛锄，袁绍很不幸，遇到了与他争锋的曹操。

袁绍与曹操正面交锋，始于汉献帝都许。关于这件事的前前后后，史书记载十分详尽。需要说明的是，"挟天子以令诸侯"这样的政治举措，并不是曹操的发明。袁绍智囊团里的谋士沮授、审配、田丰诸人早就看到了这步棋，劝袁绍及早拥护献帝至邺，袁绍却犹疑不定。他有自己的心事，那就是企图取而代之。他未免有些心急，这件事远不是那么简单，需要徐图之，做好各样铺垫文章。眼光短浅而又心浮气躁，这是袁绍的致命处。

一脸暮气的袁公子，相比横空出世的曹操，悬殊太大，不是同一个重量级的选手。官渡之战，袁绍以十万之众，被曹操区区两万人击败，算得上军事史上的奇迹。关于这场战事，史书中也已经说得很多。这里着重强调的是：官渡之战几乎就是前次讨伐董卓行动的重演。那次是无功而返，这次是以惨败收场。自此袁绍一蹶不振，最终赍恨而死。袁绍身上公子哥式的脆弱，乃至弱不禁风，注定了他不能成就大事。他缺乏刘邦式的柔韧——经得挫折，耐得打击。此战中，袁绍屡次拒绝谋士的建议，刚愎自用。而曹操每有举动都听从部下谏言，故事无一失。人言曹操能化外度人，这一点，很像刘邦。

曹操不是正人君子。起事之初，因缺乏粮饷，于军中特设发丘中郎将、摸金校尉二职，大发死人财。这些人专司掘坟盗墓，其行径并不比董卓军、黄巾军高尚多少。从某种程度上说，也属于流寇习气。

曹操是一个多面人，身上有正有邪。有时正气占上风，有时邪气占上风；有时胸怀磊落，有时心胸狭窄；有时大义凛然，有时暴戾凶悍；有时委任多端，有时雄猜疑忌。如此反复多变，让人莫测。袁绍与这样的人斗，也太凶险。

项羽与刘邦，刘备、袁绍与曹操，都不是合适的对手。怎奈鬼使神差，他们被放在一个时代，捉对来打。项羽总结自己失败的原因是"时不我与"，非也，是他没碰到合适的对手。

人生也有这种无奈：常常会遇到不对等的对手，失败往往不是因为自己不行，而是因为把对手找错了。

善于表演的阿斗

人皆说阿斗暗弱，我却在他的懵懂处看到了明哲保身的大智慧。

刘禅被曹魏大将邓艾俘获，押送洛阳。魏帝总算善待，没有杀他，封作安乐县公。一次，大将军司马昭请他吃饭，出于礼仪，专门安排了礼乐助兴。席间，乐工奏弹起蜀乐，汉人听到后都感怆而悲戚，唯有刘禅谈笑自若，无动于衷。司马昭叹息道："人之无情，乃可至于是乎！虽使诸葛亮在，不能辅之久全，而况姜维邪？"他对刘禅的表现很不屑。后来司马昭问他："颇思蜀否？"刘禅回答："此间乐，不思蜀。"旧臣郤正提醒他，如果以后有人再这样问，应该哭着告诉对方：先人坟墓，无日不思。以后司马昭果然又问及这个问题，刘禅依言回答。司马昭感觉诧异：这怎么像郤正说的话？刘禅老实承认，"诚如尊命"，惹得魏人大笑。

始终觉得刘禅在演戏。按照他此前为蜀主时的表现，绝不至于如此痴骏。作为平庸之主，其父刘备早就看到了，对此很不放心。所以在交代后事的时候，告诉诸葛亮能辅则辅之，不能则代之。刘禅做后主，不能说好，也算不上太坏，起码比吴主孙皓要强很多——他不滥杀大臣。诸葛亮主政期间，他一力任之，大事小事都听相父的。诸葛亮六出祁山，每次都失败而回，他也没有过多指责。诸葛亮自贬爵位，他还屡屡相劝，不久又恢复了相位。诸葛亮去世前，推荐了一批内外大臣，他也都一一任用，谨遵遗命。之后，姜维继承了诸葛亮遗志，屡出雍、凉挑战魏军。虽仍旧没有显著的功绩，但刘禅也并不怀疑，任由他出征在外，行讨伐之事。

后人评价蜀中无大将，其实何止军中无将，亦且无诸葛亮那样的谋臣。这一点比不上吴，孙皓起码还有陆凯、陆抗，以及东吴世代为臣的世家子弟，这些世家官族一直是东吴的干城。当飞将军邓艾带领晋军兵临城下时，姜维受困投降。刘禅召集群臣会议，大臣们意见不一。有的说弃城南逃，有的说投靠吴主，没有一个主张守土、守节。光禄大夫谯周是当时少有的重臣，他主张降晋，认为以蜀现今之势，不降晋则降吴，蜀与吴"等为称臣，为小孰与为大！再辱之耻何与一辱"。说汉与吴迟早要被晋吞并，与其投吴受二辱，不如受晋一辱。这样，刘禅只好率群臣，"面缚舆榇诣军门"。

既然已经降人，面子就不很重要了。刘禅为了活命，只好装傻。他是一个享乐主义者，做后主时穷奢极欲，典型的富二代做派。现在享乐不成，保命就成了当务之急。况且司马昭那个问题也实在难回答，思蜀能怎么样？不思蜀又能怎么样？寄人篱下，身为臣虏，又能有什么选择？"此间乐，不思蜀"是最明智的回答，至少可以让魏人放下心来。刘禅在说这句话时，心情定然不轻松，却现出一脸憨态，可以说是一个表演天才。

吴主孙皓与刘禅一样，都是会享受的主。吴主后宫千员，犹不知足。下令大臣中二千石以上的官员，家有女儿的不得私自出嫁，年至十五六岁送入宫中挑选，选中的送入后宫，没有选中的才许出嫁。他又喜欢犬，除了捕猎出游以外，更爱吃犬肉。他命令大臣们岁时贡献，致使国内犬价飞涨，一只竟值缣数十匹。

刘禅平庸，却不怎么酷虐。而孙皓更像一个大魔头，他的酷虐少有人及。他不喜欢别人看自己，朝会时大臣们都得低着头。后来陆凯劝说道："夫君臣无不相识之道，若率有不虞，不知所赴。"孙皓为自身安全计，这才允许大臣抬头看他。他不喜欢别人顶撞自己，谁不顺着他来，就在殿中将其扑杀。一次，他看不惯一个大臣"体气高亮"

"行止自若"，便命令左右侍卫斩杀了这个大臣，并且把他的头砍下，抛到深山峡谷，任由虎狼食之，还让侍从们在一旁观看。孙皓有一个爱妾，也学他的样儿，派人至城中劫夺百姓财物。负责管理集市的中郎将陈声，本为孙皓的幸臣，听说这事后，依律处死了抢夺财物者。他以为凭自己与吴主的私情，应该受到赞赏。谁料孙皓听了爱妾哭诉，立即把陈声"烧锯断头"。

孙皓喜欢喝酒，每次喝酒，都派宦官们监督，酒后汇总情况。凡有过失者，大者刑戮，小者记录在案。他的刑罚不是一刀了事，而是或剥人面，或凿人眼，花样繁多。当时，晋人张华、杜预、羊祜等坚请武帝伐吴，他们都出于一个基本考虑：现在的吴主残虐无道，民心离散，如不趁此时伐吴，以后如果出来一个明君，结局就很难说了。

与刘禅一样，在晋军三路大军的围攻下，孙皓众叛亲离，也"面缚舆榇，诣军门降"，被封为归命侯。晋武帝在京师洛阳召见孙皓，谈话间，他指着孙皓的座位说："朕设此座以待卿久矣。"孙皓不甘，反唇相讥："臣于南方，亦设此座以待陛下。"这倒符合他一贯强横的性格。司空贾充在一边问道："闻君在南方凿人目，剥人面皮，此何等刑也？"孙皓针锋相对道："人臣有弑其君及奸回不忠者，则加此刑耳。"这话也算硬朗，不失体面。贾充是晋的第一大功臣，魏帝高贵乡公曹髦讨伐司马昭时，他指挥人杀了魏帝。晋代魏，念及他的功劳，拜其为司空。孙皓话里有话，贾充自然能听懂。

刘禅善于表演，果然收到了好报，魏人赐给他食邑万户，绢万匹，奴婢百人，子孙封侯者五十余人。在洛阳期间，刘禅果然乐不思蜀。鉴于孙皓的顽冥不化，晋帝仅赐田三十顷，岁给谷五千斛，钱五十万，绢五百匹，绵五百斤，太子拜中郎，诸子为王者拜郎中。他的待遇与刘禅的待遇相差甚远。

人总是有性格上的差异，刘禅逆来顺受，装糊涂，孙皓做不到，他气性太强。故而到洛阳后，孙皓仅活了一年，刘禅于九年后才死去。

"此陛下家事"

　　武则天初为唐太宗后宫才人。一次，身为晋王的李治入侍李世民，与武则天在宫中偶遇。大概是天作之合，两人一见之际，眉目传情，私相推许。太宗崩，晋王以太子继位。时武则天削发入感业寺为尼，李治于父亲忌日赴寺中上香，又一次巧遇武氏，两人冥冥中有缘。这又一次的猝然相见，触动了彼此的心思，两人相对而泣，李治打定了迎娶武则天进宫的念头。时，王皇后、萧淑妃争宠，正闹得不可开交。王皇后听说武才人事后，欲引武氏为援，共同对付萧淑妃，故极力赞成，私下打发人到感业寺劝武氏蓄发。

　　武氏初入宫，多方屈身善事皇后。皇后悦，数称其美于上，武氏被高宗封为昭仪。身份一变，武昭仪露出了本来面目。她施出各种手段，多方倾陷皇后、淑妃，二人相继被打入冷宫。原来想借武氏排挤淑妃的王皇后后悔不跌，这才知道自己把事情想简单了。为了扳倒皇后，武氏下了杀心，亲手扼死襁褓中的女儿，诬告皇后。高宗素来懦弱，没有主见，听了武氏的一面之词，遂起废后之意。

　　谁知此议一出，就遭到国舅长孙无忌、宰相褚遂良的反对。他们言辞激烈，坚持不同意废后。二人是太宗临终托付的顾命大臣，他们一出面，此事只好搁置。

　　高宗并没有死心。一次，适值开府仪同三司、同中书门下李勣入见，高宗提起此事，试探性地问道：我欲立武昭仪为皇后，大臣们都反对，这事如何处？李勣知道帝意已决，反对也无用，顺水推舟道："此陛下家事，无须问外人。"

李勣原名徐懋功，是《隋唐演义》里的重要人物，一座瓦岗寨使他出了名。隋末，他从义军翟让反隋。翟让死，从李密。密死，投唐。高宗封他为莱国公，赐姓李。姓李之后，他索性连名字也改了。此人一生经历丰富，多次死中得活，故而学会了游戏于政坛的本领。他的生活准则是，为了自身安危，轻易不踏险地。同意立武氏为后也是他老谋深算的一招，这一招为他安度晚年起了关键作用。后来长孙无忌、褚遂良都被驱逐出朝廷，长孙无忌为此竟送了命，李勣暗自庆幸。

李勣之后，又出现一个"明智"的大臣——许敬宗。他在《新唐书》中被列为第一奸臣，在武后朝干了不少坏事。此人不但同意立武后，而且找出了一堆理由，以固帝意。他说：田舍翁多收十斛麦，都要换妻，何况天子，这事不应由朝臣妄议。良心犹有不安的高宗听了此话，马上打消顾虑，立下诏书："王皇后、萧淑妃谋行鸩毒，废为庶人。"

王皇后、萧淑妃被废后，幽囚于别院，与人世隔绝。高宗尚有不忍之心，偶尔想起她们，还去看过。二人被幽闭宫禁，见高宗后呼天抢地，苦苦哀求。高宗动了怜悯之心，答应适当时候接她们回宫。武后听闻，大动肝火，赐二人各一百杖，并断去手足，投入酒瓮。汉时，吕后就是这样对待戚夫人的，称之为"人彘"。武后如此处理二人，仍不解恨，愤愤道：让二妃骨醉。二妃经不起折磨，不久死去。萧淑妃性烈，临死前咒骂道：愿他生我为猫，阿武为鼠，生生扼其喉。果然，武则天竟多次见到变为厉鬼的二妃，吓得胆战心惊。故武则天终朝多在洛阳，不敢居长安宫中。

唐玄宗为临淄王时，有宠妃三人：赵妃、皇甫德仪、刘才人。她们各为玄宗生一子，名瑛、瑶、琚。睿宗让位于玄宗，立王妃为后。

因王皇后无子，立赵妃所生李瑛为太子。玄宗即位后最宠幸武惠妃，与她也生一子，名瑁。武惠妃受到专宠，其他宫妃自然被冷落。

武惠妃得宠，引起王皇后不满，私下多有怨言。玄宗一不做二不休，断然将她废掉。因有诸多事端发生，赵妃等只好隐忍不言，寂寞守孤灯。

废掉王皇后后，不知为什么，玄宗并未立武惠妃为后，虽然待其一如皇后。武惠妃犯了很多糊涂女人都会犯的病——王皇后被废后，她的第一个念头是废故太子，立亲生儿子。她多次趁侍寝时向玄宗吹风，玄宗因此心动，却苦于找不出太子的错。

恰在这时，出了一件意想不到的事。太子与皇子瑶、琚私下聚宴，推杯换盏之余，对各自母亲的失宠语露不平。没想到这些酒后话被武惠妃的人偷听到了，麻烦因此出现。本来，仅凭几句怨言还不足以废掉太子，但经过武惠妃一加工，就变成了另外一回事。她向玄宗告发，称太子阴谋结党，将不利于自己，也威胁朝廷。经历过武则天一朝的李隆基对结党一事高度警惕。他曾深受武氏、韦氏、太平公主、上官婉儿一伙迫害，一听太子结党就神经过敏。玄宗找来宰相张九龄，告诉他废太子事。张九龄一听就反对，他说太子是国家根本，根本动摇则天下不安，而且太子罪不至于被废，希望皇帝慎重考虑。为说服玄宗打消念头，他反复引汉武帝、隋文帝废立太子事为鉴，恳劝皇帝警惕萧墙之乱。

看到张相说不通，玄宗又找来时为副相的李林甫。《左传》里常将不屑一提的人称作"彼己氏"，李林甫就是，他在史书中以"口蜜腹剑"出名。当时官拜礼部尚书，同中书门下三品。史书称他："性阴密，忍诛杀，不见喜怒。面柔令，初若可亲，既涉阴深阻，卒不可得也。公卿不由其门而进，必背罪徙；附离者，虽小人且为引重。"（《新唐书》卷二百二十三上《奸臣传》）他为人极其奸险。同许敬宗一样，他也被列入奸党一流。

听玄宗说明底里，因有其他人在场，李林甫当面不敢附议，只是劝慰了皇上几句。他此时初为相，资望犹浅，还得谨慎些。过后，他私下特意对宦官们说："天子家事，外人何与邪？"宦官心领神会，把他的态度带回宫里。他这样做也是事先策划好的，公开场合说出来会招致朝臣指目，走宦官路线是一条捷径。

在李林甫看来，尊天子就要顺其意，天子想干什么是天子的事，臣下当以力助之，犯不着干涉。他认为，指斥天子之过是最大的不忠。这是李林甫与张九龄的根本区别，在张九龄眼里，天下安危大于天子，李林甫眼里只有天子没有天下。

李林甫早就想取张九龄而代之，苦于没有机会，废太子一事恰好使他有机可乘。经过密谋，李林甫施展开了一套连环计。他发动所有体己力量，侦察张九龄一举一动，搜罗证据，构陷中伤，使玄宗冷落，进而罢免了张九龄。接着，他又施出最后一击，称张九龄与太子过从甚密，一句话惹得玄宗大怒，张九龄被迫离开了朝廷。

等到李林甫顺利做了首辅，他把矛头又对准太子，证据仍是武惠妃说的那一套，不过罪名放大了，称太子与鄂王瑶、光王琚阴有密谋。

一件事引出这么多麻烦，使得玄宗顾虑重重。当他再一次就太子之事征求李林甫意见时，李林甫不再遮掩，快然说道："此陛下家事，非臣等所宜豫。"

玄宗也真是昏聩，听信李林甫一言，马上废掉太子及鄂王瑶、光王琚，继而又将三子赐死。

武惠妃的儿子李瑁也未得立为太子，因为还存在另一个竞争对手——杨贵妃。这个杨贵妃不是大家熟知的那位杨玉环，此时她还尚未步入历史舞台。杨贵妃也生有一子，而且比李瑁年长。立谁为太子玄宗拿不定主意。大臣们说，立子应立长，故而武惠妃的如意算盘落空。武惠妃四十岁就死掉了，她如不死，可能没有杨玉环什么事。

李林甫为相十九年。十九是一个奇怪的数字，晋文公出亡、唐僧取经都是十九年，这一数字总有那么几分神秘。古代历法将十九作为闰法终数。《汉书·律历志》："闰法十九，因为章岁。合天地终数，得闰法。"套用历法，李林甫为相十九年，也算是恶贯满盈了。十九年里，李林甫把大唐破坏得不轻。他算计了不少人，包括自己的亲属。凡与他有碍，或不在一条线上的，不是贬斥、流放，就是杖杀。玄宗时期是唐代由盛转衰的关键，安史之乱是其标志。造成这一结果固然有很多原因，但可以肯定的是，杨国忠兄妹与李林甫交互为乱，使情况变得更糟。

面对天子的疑虑，一句"此陛下家事"，毋宁为天子率性找到了托词。这句话的艺术性在于，表面上没有观点，把自己置身事外，实际上却是在怂恿。宋人胡仔论诗有"意在言外"一说，李勣、李林甫之流深谙其道。机会主义者总有高明之处。"此陛下家事"，非巨奸大猾说不出。

到底谁干净

　　柳湘莲说，宁国府里除了门口一对石狮子是干净的。言下之意，再没有干净的了。也确实，正如焦大所说，宁国府里"每日家偷狗戏鸡，爬灰的爬灰，养小叔子的养小叔子"，不争气的人多，连奴才都看不过眼。

　　《红楼梦》该怎么看？鲁迅说，一部《红楼梦》，"经学家看见《易》，道学家看见淫，才子看见缠绵，革命家看见排满，流言家看见宫闱秘事"。《红楼梦》是一个万花筒，想什么有什么，想怎么看就能怎么看。也因为《红楼梦》的万象杂陈，故而历来有不同的解释。打一个不像样子的比方，诸如屠宰，有杀猪杀头的，有刺心的，有腰斩的，屠宰场则施之以电刑。《红楼梦》也如此惨，颇遭人肢解。有砍头的，有腰斩的，有宫刑，有斧锯之刑，不一而足。

　　焦大看见了什么？他看见了淫欲。按鲁迅的分类，他可以归为道学家。道学家用理为这个世界定标准，属形而上的境界。形而上的道学家怎么会对形而下的万恶之首的淫感兴趣？可能他认为这东西最脏。尽管很脏，君王们却趋之若鹜，甚而至于亡国。道学家想到淫，惹起他的亡国之恨来了。淫与祸水是国人把亡国与女人联系的最直接的推脱。自然，女人是弱者，她们辩解不得。

　　然而，俗话说，缺什么想什么。鲁迅作过一篇叫《肥皂》的小说，四铭先生在路上看见一个年轻的女丐，心想这个女人如用肥皂"咯支咯支遍身洗一洗，好得很"，故而他回家时给太太买了一块用来"咯支咯支"洗的肥皂。

当然，道学家不纯然都是四铭先生，焦大也不是道学家，他是一个家奴，仿佛一直是单身。

荣、宁二府里诲淫诲盗的事不少，要说脏，脏得够可以的，无怪乎惹得"批评家"焦大不高兴。他虽然爱喝酒、骂人、撒泼，却似乎从没沾过女人，这不知要比贾珍、贾琏之类好多少！

也有个别不脏的，贾宝玉、林黛玉不脏。贾宝玉除了有一次与花袭人"初试云雨情"外，再没有和别的女人有过苟且之事。除此，他曾在秦可卿的床上做了个春梦，因而遗精。贾宝玉的性事不外乎这些。要知道，他是一个情窦初开的少年，身边尽有国色天香。贾宝玉面对一群金陵裙钗，不乱，不偷鸡摸狗，不纵情声色，也确实够难得的了。这缘于什么？大概家教、家风是一个原因。要知道，贾政的那些板子可没有白抡。

关于色的问题，宋玉的《登徒子好色赋》里议论道：登徒子娶了一丑女，他连丑女都不舍，难道不好色？依这样的逻辑，贾宝玉也难辞好色之咎。从情而论，就"情""色"二字辨之，贾宝玉还是偏重于情；要说他的色，寓于情之中。

宋玉当然是诡辩。依正常的理解，贾宝玉不能称为色。他不是坐怀不乱的人，却也能守礼而行。他对林黛玉是真感情，对晴雯是，对宝钗是。依一个公子哥的身份，这也算难能可贵了。

世事就怕打个颠倒，换言之，如果把自恃"干净"的焦大请进大观园，做贾宝玉那样的主子，你猜猜会发生什么事？想到这个问题时，我浑身都起鸡皮疙瘩。"批评家"焦大很可能干的事：他连一个丫鬟也不会饶过……那时候，恐怕贾府门前的那对石狮子也不会干净了。自有暴乱以来，这种事常见。现在，我耳边还响起阿Q说过的那句名言：和尚睡得，我也睡得。

"及时雨"宋公明

宋江其人，身材矮短，面黑，其貌不扬。论品级比不过禁军头领林冲，论地望比不得柴进，论智略比不过吴用，论武力比不得鲁智深——无论哪方面，他似乎都不是最优。

甚至连犯罪都不值一提。梁山好汉，被朝廷黥面刺字，发配从军者比比皆是，他们大多有傲人的事迹。林冲大闹野猪林，武松怒杀潘金莲，鲁智深拳打镇关西，杨志卖刀杀牛二，最差的鼓上蚤时迁也有偷鸡的本领——哪一个不是轰轰烈烈，惊天动地？！宋江唯一手刃的对象是阎婆惜，是他在外边偷偷摸摸养的小。他杀阎婆惜属于被逼无奈，杀的时候哆哆嗦嗦、战战兢兢。《水浒传》中，武松杀过嫂子，杨雄杀过妻子，都杀得干净利落，让人解恨，唯宋江显得窝囊，没有大丈夫气概。

屈指数来，宋江干的最有胆气的事约有三件：浔阳楼题反诗，夜打曾头市，三打祝家庄。题反诗属于酒后失态，事后宋江也很后悔，而后两件也是迫不得已。他初上梁山，被推坐第二把交椅，凭仗的就是那次通风报信，放跑了智取生辰纲的晁盖诸人。这功绩与火并王伦的林冲相比，显得太轻松了些。

梁山好汉却乐于让他做头领，起码表面上没有一个人反对。

究其实，梁山好汉之所以推服他，不是因为他是英雄，梁山不缺英雄，大家敬重他的仁义。

　　宋江仁义的形象源于他的两个绰号，一曰及时雨，一曰宋公明。一个人有一个绰号已经了得，宋江有两个。

　　宋江仗义疏财，扶危济困，这在《水浒传》塑造的社会氛围里很难得。柴进柴大官人、卢俊义卢大官人都家资巨富，也能乐善好施，但他们似乎很在乎自己所在的社会阶层，缺乏普惠性的善举。宋江没有这个架子，他表现得像一个泛爱主义者。"但有人来投奔他的，若高若低，无有不纳，便留在庄上馆谷，终日追陪，并无厌倦；若要起身，尽力资助，端的是挥霍，使金似土。人问他求钱物，亦不推脱。且好做方便，每每排难解纷，只是周全人性命。如常散施棺药饵，济人贫苦，周人之急，扶人之困。以此山东、河北闻名，都称他做及时雨，却把他比的作天上下的及时雨一般，能救万物。"不论是好赌博的唐牛儿、李逵，还是缺棺材钱的王公老汉，宋江都一体对待，时时周济。即如阎婆惜，也因为流落郓城县，母女无托，而被宋江收留，纳为外室。

　　《水浒传》描写的是宋徽宗时期的事。宋徽宗是一个太平天子，喜欢奇花异石，那个花石纲也是因他而起。与天子及其大臣的贪婪攫取相反，宋江视金钱如粪土，这就显得格外珍贵。天子和宋江的行为错位，造就了宋江这个民间天子。

　　宋公明的称号也如此，代表公平正义的朝廷出现了行政缺位，给了宋江一个大便宜。

　　《水浒传》众好汉从落发结草到啸聚梁山，大多命运历程相近，性格趣味相投。一旦身边出现这么一个完美的化身，推崇他就成为一种道德自觉。这样，《水浒传》的价值追求就上升了一个层次。推崇宋江意味着众好汉追求道德的自我完善，与此同时也超越了自身。于是，水泊梁山的忠义观在这个过程中也就有了三种解释：一种是众好汉之间的，一种是对头领宋江的，还有一种是通过宋江对朝廷的。《西游记》只有三个主角，还总是离心离德；《水浒传》一百单八将，一直同呼吸共命运，他们有着共同的价值追求。

一伙叱咤风云的好汉中兀地出现一个宋江,使单调的水浒人物丰满起来,故事变得更加丰富、生动。要不,一群草莽有什么看头?!

因阎婆惜一案,宋江被解往江州。一路上,凡听闻宋公明名号的,不论识与不识,无不纳头便拜,其征服人心如此。可以说,这一路,是他网罗英雄之路,也是他扬名之路;一路上的奇遇,让他抖尽了名闻天下的威风。

与乐善好施相应,宋江还有仁慈、宽厚大度的高风。梁山每捕得一名官军将领,宋江都降阶相迎,亲为除去绑绳,而且口称"罪过"。这一点十分了得,那些初被抓进梁山,站而不跪,誓死不降的,都在笑容可掬的宋江面前服软,自愿归顺。双鞭将呼延灼那么重视名节,霹雳火秦明性如烈火,都过不了宋江这一关。

宋江的仁慈和他的乐善好施一样,也具有普惠性。包括押解他的狱卒,看管他的牢头,都在他保护之列。仁慈是装不出来的,出自天性。

大约英俊漂亮的人多天性轻佻,外表平平者只好凭借道德立身。白衣秀士王伦风度飘逸,西门庆是美男子、阔少爷,阎婆惜、潘金莲、潘巧云都貌美如花。而身材短矮的黑宋江想要在乱世立足,只能学会春风化雨的本领。

《水浒传》的看点在前半部,笔意却在后半部。很多人,包括本人在内,受了英雄情结的局限,只喜欢看前半部,不愿看到英雄落魄的悲剧发生。说到底,大家都有一种完美主义的小资情调。宋江率众弟兄归顺朝廷,接受招安,是一条必由之路,也符合史实。至于他们最后惨酷的结局,也未始不是一种必然。表面上看,宋江把梁山领上了一条不归路,但他何尝不是在为大家寻找出路与归宿。凭情而论,梁山入伙的一批"贼配军",都隐隐有这个心思,他们是赞成宋江的忠义之举的。林冲被逼上梁山,自有其难言的苦衷,故而他始终处于痛苦煎熬中。一旦有机会回到过去,恢复他八十万禁军头领的身份,他绝不会错过。杨志、呼延灼、秦明诸人恐都有此愿望,柴大官人、卢大官人也与其心志相通。

这件事，只有无产者李逵们反对，"今日招安，明日招安，伤了弟兄们的心！"梁山好汉出身的差异性决定了他们在道路选择上的不同态度。大块吃肉，大碗喝酒，是李逵的最高理想，仅此而已。

　　宋时有一句民谚：欲得官，杀人放火受招安。这应该指南宋时的情形。梁山好汉希望招安，正如青楼女子希望从良一样，都在寻找自己的归宿。招安之后，眼看着昔日弟兄一个个被清除，林冲、杨志们无怨无悔。他们不恨宋江，也不恨皇帝，把仇记在了高太尉、梁中书之类奸臣身上。李逵们就不同，本不愿走这条路，一旦受挫，就大呼上当。相对于这些鲁莽人，宋江显得迂腐。他是何苦来哉！

　　对宋江诸人而言，忠孝节义是他们骨子里的秉持，重回昔日为之服务的朝廷对他们是极大的诱惑。故宋江坐上头把交椅之日始，就在悄悄谋划这件事，几乎所有行动都围绕这一目的进行。这一点，吴用看到了。在梁山众人里，吴用属于第三种人，聪睿冷静，眼光独到，却能藏而不露。

　　宋江被朝廷称作反贼，其实朝廷应该感谢他。他把江湖好汉招集在一起，又集中交给了朝廷。正如贪官们把贿赂收敛起来，等着被查抄一样。

　　宋江被公推上领袖地位，因为他是代表道德的一面旗帜；出于道义上的信赖，人们自愿追随他。"及时雨"宋公明，已经上升为一种理想模式。

　　出于对那个时代，那群人的理解，我深深体味到：一个干渴的社会，多么需要"及时雨"的浸润！一个没有公平保障的社会，多么需要宋公明这样的人！

给对方一个出路

孙子兵法云："上兵伐谋，其次伐交，其次伐兵，其下攻城。攻城之法为不得已。"

上兵伐谋，指不战而屈人之兵。不战固然很好，战事一开，也有一个"谋"的问题。曹操与袁绍官渡之战，孙权、刘备与曹操赤壁之战，前者都以兵少而取得胜利，这是因为谋在先，谋发挥了作用，是制胜法宝。

攻城也要谋在先。大兵压境，孤城危如累卵，然而久攻不下者，守城者有必死之心。设若三面围之，而故留一条出路，城内守兵看见一线希望，必溃围而出，此时伏兵于道，无有不得计者。故兵书曰：围敌勿周。

后汉末，将军朱儁与荆州刺史徐璆共击黄巾军。开始进行得很顺利，击溃其大军，并抓住了黄巾军的一个首领，斩于阵前。本来想震慑其他将领，谁知适得其反。黄巾军将领韩忠收集余众，占据宛城（今河南南阳），与官军对决。朱儁他们包围了宛城，多次进攻，连战不利。僵持中，一次，朱儁登上宛城外的一座土山，观察城内情况，猛然醒悟，回头对部下说："我明白了，此城之所以难攻，乃因外围重重，敌乞降不受，欲出不得，故拼死作战。万人一心，犹不可当，何况城内还有十万人，不如收兵撤围。韩忠一见围解，势必率兵出逃，出城则众心散，趁此击之，一举可破。"如他所料，撤掉围兵后，韩忠果然率兵出战。朱儁早已布军等候，一击之下，黄巾军马上四处奔逃。韩忠等看大势已去，遂率残余投降。

曹操打败袁尚，攻拔邺城之后，进围壶关。连连得胜，曹操被冲昏头脑，命诸将：此城攻破后，城内袁军皆坑杀。但壶关之役异常艰难，连攻数月都未拿下。主将曹仁来见曹操，对他说："但凡围城，必开一道以为敌逃生之路，现明公命令三军，务必杀尽守敌，故上下拼死力战，欲与城共存亡。今此城守固而粮多，攻城士卒颇有死伤，若长此下去，恐军心摇动。"他建议重新发布军令，赦守城军卒不死。曹操听从，不久壶关守军就献城投降。

两役取胜，体现了一个共同的道理，即在心理上迷惑敌人，使城内死士产生了求活的念头，一旦看到生路，原先的战斗力就不复存在。其中的奥秘在于，让对方有突围逃生的机会，也就为取胜创造了战机。相反，一旦置敌人于死地，虽是孤城，取胜也难。

刘宋时，北魏拓跋焘攻打盱眙城。连月未下，拓跋焘向守城大将臧质求酒——大概为了试探虚实，也可能向臧质示好。对于敌方伸来的橄榄枝，臧质一点儿不领情，竟给拓跋焘送去了一坛尿液。拓跋焘大怒，筑长围，运土石填沟壑，并断绝水陆两道，欲把盱眙困死。因城守坚固，他命人以钩车、冲车交替攻城。钩车、冲车杀伤力很大，臧质深以为忧，晚上悄悄派人出城，毁掉了钩车、冲车。拓跋焘大怒，命部队强攻，肉搏登城，坠而复升，多有伤亡。战斗三十余天，城外尸体堆积如山，几与城齐。城池久攻不下，魏军只好撤兵。守城士卒之所以浴血奋战，宁死不降，除了臧质善于守城外，军民一心是关键。史书载，魏人每攻城池，都大肆杀掠，所过郡县，赤地无余。春燕飞回，因旧巢被烧毁，不得不栖于树上。故军民抱着必死决心，同仇敌忾，士气旺盛。

一旦看不到出路，只能殊死战斗。困兽犹斗，何况还有城墙为屏障的守兵。人心也是城墙，希望渺茫，则城墙坚固难摧；而一旦解围，人心先散，城墙却成了逃生的障碍。

不止打仗如此，政治上也应有此种手段。置政敌于死地，只能落个鱼死网破；如给对方留一条出路，则其不但被感化，甚至还能为我所用。若像白起坑赵军、项羽坑章邯军那样，一味杀伐，从肉体上消灭对方，其结果不言而喻。

戴名世《忧庵集》

出于好奇，我近来对清学颇感兴趣，阅读了一批相关著作。如江藩的《汉学师承记》《宋学渊源记》，顾栋高的《春秋大事表》，方东树的《汉学商兑》，章学诚的《文史通义》，章太炎的《国故论衡》，梁启超的《中国近三百年学术史》，以及戴震、段玉裁等人的著作。对清初、乾嘉、道咸三个阶段汉学、宋学兴替的轮廓有了了解。

对此感兴趣是因了顾炎武、黄宗羲，顾氏《日知录》、黄氏《明夷待访录》给我留下极深印象。明亡，给清初诸老以惨烈教训，故起而怀疑王学，转求经世济民的实学。他们宗旨宏大，开了清代学问的新气象。如果按他们的路子走下去，清代学问的气派将不亚于两汉、宋明。只可惜清人不这么想，他们出于警惕、猜防，一味钳制文化，大兴文字狱，遏制了顾、黄诸人的努力。学者只好钻进故纸堆里，爬梳抉剔，气象愈来愈小。王国维总结清代学术，谓其有三变："国初之学大，乾嘉之学精，道咸以降之学新。"这个结论是准确的。

之后，感兴趣的还有胡适和顾颉刚及其古史辨派。顾颉刚因考证禹是一条虫曾受到鲁迅奚落。大禹是不是一条虫，鲁迅并不感兴趣，他批判的是顾颉刚的行为本身。因这一行为所代表的落后与腐朽，会给青年带来误导。这一学派在近代却产生了不小的风波，正如鲁迅所担心的那样，一批年轻学者受其影响，又钻进故纸堆里爬梳抉剔起来。同任何学派一样，这一学派也有他的来历。清人一直在做着疑古的事业，以精勤之力拨乱反正，我们今天读到的古书，大率都经过清人的辨伪。这么着就出现了一个极端的疑古人物，名叫崔述。他什么都疑，甚至连经书都疑。其《考信录》是集大成者，康有为、胡适、顾颉刚都受了他的影响。在清人辨伪风气影响下，一些人继续着前人的事业，中道而行，拾级而上，取得了不少成绩。郭沫若深受启发，在《十批判书》《中国古代社会研究》中都反复提到这一点。

这一派容易钻牛角，凡书都持疑的态度，使人莫衷一是。正如批评家说的：持疑一切，遂使天下无书可读。

学术是有渊源的，正如历史一样。寻根问宗是一件有意义的事，避免数典忘祖。却也因了吾生有涯，愈读书愈使人生畏心。几年来，我服苦役般在清人走过的路上重蹈，时有力不从心之叹。读书这件事仿佛人生的写照，不单有快乐，所谓快乐乃从痛苦中来，度越了痛苦的快乐方是真快乐。

近来，还学会了一门新手艺，用当当网购书，觉得大便利。年轻人喻之为剁手，我却乐此不疲。自学会此门技艺，送快递的就忙个不停。我之购物全部为书，许多心仪已久的书因此到手。因中华书局、上海古籍、商务等出版社出书是有计划的，要碰上一本需要的书恐得等个十年八年，到下个出版周期才有。书店自然是出版社的影子，要找一本十年前的书绝难。当当网就帮了这个忙，我所需要的，这里几乎都有。不管新旧，有就好。古书价格贵点儿，贵就贵点儿，买它要的是钱，又不要命。我在网上购到了崔述的《崔东壁先生遗书十九种》、俞正燮的《癸巳类稿》、钱谦益的《牧斋有学集》《牧斋初学集》、黄遵宪的《人境庐诗草》、王国维的《观堂集林》等，品相基本称意。

在这种情况下，不期然就碰到了《戴名世遗文集》（后简称《遗文集》），一种薄薄的大开本的小书。我一看到它就喜欢，用一周时间翻了个遍。

康乾时期是清朝的所谓盛世，也是最压抑的时期，著名的几大文字狱都在此时兴起。康熙开了个很不好的头。这在戴名世的《遗文集》中也有反映，他不无感慨地说："文字之忌讳，至今日为已极，亦亘古所未有也。"戴名世获罪乃因为《南山集》，这本书当时被毁，列为禁书。封为禁书，却禁止不了人们的好奇心。这本书虽遭火焚，但一直在民间流传。《南山集》我至今尚未读，据读过的人讲，很不错。当年梁启超读过后很佩服。在清朝史家中他最佩服章学诚，在他心目中，除了章学诚，接下来就是此人。"有清一代史家作者之林，吾所俯首，此两人而已。"

《忧庵集》是《遗文集》的主干，21世纪初据戴氏遗稿重新整理出版。内容多为随笔，是他客游之际，途中于车马、逆旅处所记随笔，间或也有部分追忆、感触之言。戴氏序言中说，他曾写了不少文字，散佚颇多，汇集起来，仅得200余条。遗稿能辨认的也不过174条，很可惜。

该书由史学家王树民领衔编校。他于戴氏是下了功夫的，修订了戴名世年谱，使我们对这位四百年前的文字狱案首有了诸多了解。

"论语"体自产生，至今殆有三变：一为佚史类，如《说苑》《世说新语》《唐语林》；一为语录类，如《二程遗书》《近思录》《朱子语录》；一为笔记体，如《困学纪闻》《容斋随笔》《日知录》。兹体备于宋人，晚近以来人多用。内容无所不及，有读书心得、人生感言、市井琐闻、乡里故旧等。篇幅可长可短、可大可小，尤为学人所喜。《忧庵集》殆属此类。

《忧庵集》内容繁芜，涉及面广。盖作者有所见、有所得、有所动心者辄记之，正对如我之类杂家的胃口。史家都推重他追记明末事、义军事，以为有史料价值。我却反之，偏喜他走笔山川、市井，记载风物人情的部分。

  街道之不治，莫甚于燕京。粪皆堆积道上，深且丈余。
  雨则泥淖没胫，泥淖皆粪也。晴则尘灰满面，尘灰皆粪也。
  满眼皆浊恶之物，满鼻皆污秽之气，人全身浸在粪秽中，饮食寝处其间，又何必笑蛣蜣之转丸，蝍蛆之甘带乎。即此一事，未见京师之可爱，而何以人多不忍舍之去也？

（五九）

东南妇女之装多效苏州，往往苏州厌而改装，而他处始行之。吾近见苏州妇女装束多效妓家，以贵学贱，不可言也，以良学淫，尤不可言也。

（六八）

鸡好食蜈蚣，见之未有得免者。余家畜十余只鸡，大仅逾拳，遇一蜈蚣，追而啄之，不伤，卒吞之。顷一再跳踯，而蜈蚣啮破鸡之嗉，穿之而出，复走，复追而食之。

（一一八）

为佣于人者，大抵皆游手惰窳，其中又有贪玩无厌足者，尤不可用也。往余居江宁，常养佣工，始至稍勤，后而怠懈，久则呼之不应，且欲他去也。是故此辈有"三珠"之号，其甫至也，不命之动而自动，为"滚盘珠"；继则命之动乃动，为"算盘珠"；后则虽督责之使动亦不动，为"定盘珠"矣。……

（一二四）

宁波山多田少，地瘠而民贫。贫家举女，至三四岁，或不能给衣食，辄有穷民以银数两买去为抚养之。至十五六岁，即配为夫妇，往往其夫至五六十，而其妻不满二十者。配不多年，其夫死，其妻转嫁他人，得金二三十为棺殓葬埋之费。其妻号曰"棺材银"。故其地嫠妇甚多，亦有守志不愿嫁者。街巷间往往有丈夫抱幼女于怀，不知者以为其女，其实"棺材银"也。吾友姚藻如为鄞县令，告余其事。

（一四五）

大凡类此，都生动少闻，开人耳目。北京昔日有如此污秽吗？"棺材银""三珠"之类非亲历不知，事之奇者有如此！

又如：

阳虎曰："为富不仁。"诚哉是言也。一富翁将死，其诸子及女婿数辈请问曰："大人徒手致金钱不赀，因有道乎？"富翁不答。顷之，屏去诸婿，密语其子曰："致富无他诀，吾授汝两言，记之勿忘，曰'不当取者取，当用者不用耳'。"

（一五六）

"不当取者取"，只是一个"贪"字；"当用者不用"，只是一个"吝"字。

又如：

数十年来，旗下之出外仕宦者，以侈靡相尚，其于嫁娶尤甚。余儿时，见一乡人自远归，为人言："一巡抚嫁其女，妆奁之盛，约近十万金，其他无论矣，即一溲溺之器，以螺甸为之。"螺甸者，漆器中之最重华美者也。一人答曰："凡物必取其相称，不相称不足言也。若以螺甸为溺器，则须以羊脂玉为臀，而以唵叭香为之粪，乃称耳。"闻者皆大笑。

（一七〇）

查《辞源》，"螺甸"又写作"螺钿"，义为：用螺壳、玳瑁等原料刻成的花鸟人物，镶嵌于漆器。以此物嫁女确然"侈靡"，无怪乡人出以刻薄之语。《诗经·国风》也属乡野之言，内容主要是"刺"。

不如此"刺"巡抚不解恨。

又有数条道官场、士林风气,刻画之深,使人掩卷而叹:

> 日照李学士,为人有才干,然忠厚朴诚,居家孝友,在当今士大夫中不可多得者。尝为余言:少贫困,为诸生,入场屋不第,辄悲愤不能自持。某年乡试,揭榜前一夕,自恐不登科,痛饮大醉,呕吐狼藉,欲借病酒以过此数日。忽闻报得隽,即起,宿酲尽解,往时宿酲,非数日不能解也。后入翰林为洗马,督学畿辅。督学为美官,颇恋之。及事毕入京,忽得衰疾,畏风,居密室中,簾栊重叠,群医毕集诊视,多相顾不敢决,医方药饵满案上。又畏闻人声,问疾者缓步行至榻前,或无一语问答即去。一日,见一司阍者立榻前良久,问之曰:"外间有何事?"曰:"内阁王公使人来贺。"曰:"何贺?"曰:"凌晨命下,我公复任督学三年。"即披衣起,召王使入劳,贺者踵至,迎送笑语,终日不辍。已,骑马至畅春苑谢恩,往返风雪中数十里不倦。家中宾客满座,日置酒高会,数日稍定。偶入密室中,见药裹盈几,始忆前病。因曰:"人心乐则无病,即病,忽有非常之喜,病即除,无所事于药饵也。"余笑曰:"世间病酒及寒疾者多矣,岂能皆得举人及督学为之药乎?自今《本草》、医书中当增一方矣。"
>
> (一三八)

此事活灵活现,极类《儒林外史》,惜《儒林外史》未收。像李学士其人,嗜官如命,得肥缺则喜,失则病不可医,尚属"忠厚朴诚,居家孝友,在当今士大夫中不可多得者"。其他可知也。

又言:

> 凡士大夫之卒,必有行状,其葬也,必有志铭。行状则他人代为,而其子出名;志铭亦他人代为,而以贵公出

名。据其状铭,则人人皆大贤君子也,其实未必然,十有二三之真者,则已仅矣。余至京师,闻西北诸公状铭,多凿空撰出,并无事实,余颇未信。久之,有以状铭属余者,但具官爵,生卒与子女多少而已。问其事实,曰:"唯君为之。"大约言居家则如此如此,居官则如彼如彼,务期铺叙繁多,逞意尽辞,无稍缺略,使览者好看而已。……

(一三九)

行状志铭之事,唐人多为之,韩愈称最。而其多受人金,谀辞满篇,以此人少之。至明清,此风鼓扇而起,钱谦益、戴震、段玉裁、全祖望皆为之,借此扬名,兼以谋食,想其中也不乏"谀辞"。

年号、官职之名,与兴亡废替的关系,率多演义,然其中也有可异者。如:

"正"字之义甚大,而前代年号多讳之。或曰,"正"字以"一止"为文。如齐文宣子殷字正道,叹曰:"吾儿其替乎!"后果不终。梁武帝改元天正,魏齐王芳改元正始,高贵乡公改元正元,俱不祥。金炀王有正隆、正元之号,金哀帝亡国之年亦曰正大;元顺帝终于至正;明正统有北狩之祸,正德有流贼之祸,且无继嗣。然则"正"字果不可用邪?吾以为诸人者正逢其乱之会,非"正"字之为历阶也。……

(四八)

东汉官属皆称为"曹",后天下篡于曹。明之六部司官皆称曰"清吏司",后继者为清。一字而为兴亡之谶,异哉!

(四九)

东汉篡于曹之事,典出于《三国志·蜀书》。西汉末,谶纬家言"代汉者当涂高"。时刘秀、隗嚣、公孙述鼎立,刘秀致书隗嚣,称其被"代汉者当涂高"所误。此言一直流传到东汉末,刘备自立为帝,蜀中一些学者怀疑刘备非受命之主。时,有人问学者周舒:"《春秋谶》曰'代汉者当涂高也',此何谓也?"周舒回答:"当涂高者,魏也。"此言一出,学者们纷纷私传。为此,儒者谯周曾问杜琼:"昔周征君以为当涂高者魏也,其义云何?"杜琼答道:"魏,阙名也,当涂而高,圣人取类而言耳。"回过头又问谯周:难道这有什么奇怪的吗?谯周老实回答不懂。杜琼解释道:"古者名官职不言曹,始自汉以来,名官尽言曹,吏言属曹,卒言侍曹,此殆天意也。"

谯周不亏蜀中后出的大学者,不但接受了这种观点,而且有所发挥,著论曰:"先主讳备,其训具也,后主讳禅,其训授也,如言刘已具矣,当授于人也。"以谶语解刘备、刘禅名,说先主为禅位于人做好了准备,后主具体实施。刘备立于蜀中,蜀中学者反归天命于曹魏,只能说刘备虽得蜀地,却未得蜀人之心。后来邓艾、钟会征蜀,谯周力劝刘禅出城投诚,就是受这种思想左右。

这些"异哉"之事,读书多自能发现,多属巧合,还不能视为规律。

戴氏是南人,对北人多有成见,屡言西北人"惰窳",盖以南人为勤苦。北人因"惰窳"而农不兴,粮不足,调南粮补给,戴氏每见此事殊不平。"余尝由水道自江宁往天津,见粮艘北行,衔尾而去,凡两千里不绝。呜呼!此东南民命也,东南之人何罪之有哉?西北之人习于惰窳,水利不兴,种植之法不讲,其忧在万世,而历代漫不为意,可不为痛哭流涕已乎!"又曰:"西北之人习于惰窳,皆谓其地不宜陂塘,不宜种植。殊不知禹之尽力于沟洫者,皆在西北,而树木繁茂亦莫盛于西北,三代之遗文可考也。失其法不讲,而遂归其咎于地,可乎?"

我是北人,每见其称北人"惰窳"则怫然不悦。然细思之,不为无理,我北人果"惰窳"乎?

笔记体文凡多讥讽,《忧庵集》中在在多有,其风采夺人处让人叹服:

北方多槐，而余寓舍门外有槐二株。春深矣，叶新生，经雨辄有虫生于叶上，啮其叶且尽，而槐气象自是衰飒，绝无生意矣。虫无所附丽，堕于地，为蝼蚁所制以死。自古蠹国之臣，适以自蠹，未见其计之得也。

(一二)

蛇之中有曰虺者，最毒，螫人多不可救。其色类土，江北人谓之土色蛇，以故人多不及防，而被害者多有。然蛇莫毒于虺，而虺之死亦最惨。群子在腹中，嘬其腹皆烂，宛转毙于地，而子从溃腹中出。此安禄山之所以生安庆绪，史思明之所以生史朝义，朱温之所以生朱友珪也。末世之天道不可尽凭，而亦有不爽者如此。

(五四)

江南某县有竹鼠，生于大竹之根上一二节中，仅啮一孔，大如豆以通气。鼠身匿竹节中，□□□行者横塞而尽食之，竹日悴而鼠日肥。人见竹悴也，知有鼠，乃破竹而取之。入汤镬，肥美之甚，土人以为佳味。是物也，明时多有之。寺人千百为群，盗帑受赃，穴于皇城之内，人不敢问。国日瘠而家日富，以致祸乱，盗贼至，悉为所有。有天下者无使国有竹鼠，孰敢来侮乎？

(一六三)

此类文字辛辣，却也痛快淋漓。读之，足可警世。

观戴氏遗文，质实有味，不愧清初一大文章家。然也可见出他为人狷介、性格偏狭的一面。戴氏自视甚高，时人多不入其法眼，故贬斥较多。他关于南人、北人之论，关于佣人，都不免有偏见。待人当存雅量，论世当有通识，这些戴氏都有欠缺。文字狱加其身，固然清帝之罪不可脱，但也有他个人性格上的原因。

　　戴氏是桐城人。明清之际，桐城自成一派，文脉绵延百年有余。一直到近代，还有人骂"桐城谬种"，说明遗续很深。自戴氏一案起，桐城派不振。乾嘉之后，皖人遂一头扎进故纸堆中，专事训诂名物，文章家就少见了。

　　现在，硕士论文、博士论文以及专家撰写文章，动辄数万言、数十万言，率多"碎义逃难"之类，殊难卒读。建议他们多看看明清小品、随笔之类文章，稍可荡涤文风，让人能读下去。

《阅微草堂笔记》五则

法有十说

纪昀《阅微草堂笔记》言讼事颇有趣，录如下：

有数书生赴乡试，长夏溽暑，趁月夜行。倦投一废祠之前，就阶小憩，或睡或醒。一生闻祠后有人声，疑为守瓜枣者，又疑为盗，屏息细听。一人曰："先生何来？"一人曰："顷与邻家争地界，讼于社公。先生老于幕府者，请揣其胜负。"一人笑曰："先生真书痴耶！夫胜负乌有常也？此事可使后讼者胜，诘先讼者曰：'彼不讼而尔讼，是尔兴戎侵彼也。'可使先讼者胜，诘后讼者曰：'彼讼而尔不讼，是尔先侵彼，知理曲也。'可使后至者胜，诘先至者曰：尔乘其未来，早占之也。'可使先至者胜，诘后至者曰：'久定之界，尔忽翻旧局，是尔无故生衅也。'可使富者胜，诘贫者曰：'尔贫无赖，欲使为讼赂尔也。'可使贫者胜，诘富者曰：'尔为富不仁，兼并不已，欲以财势压孤茕也。'可使强者胜,诘弱者曰:'人情抑强而扶弱,尔欲以肤受之诉耸听也。'可使弱者胜,诘强者曰:'天下有强凌弱,无弱凌强。彼非真枉,不敢冒险撄尔锋也。'可以使两胜,曰:'无券无证,纠结安穷?中分以息讼,亦可以已也。'可以使两败,曰:'人有阡陌,鬼宁有疆畔?一棺之外,皆人所有,非尔辈所有,让为闲田可也。'以是种种胜负,乌有常乎?"一人曰:"然则究竟当何如?"一人曰:"是十说者,各有词可执,又各有词以解,纷纭反覆,终古不能已也。城隍社公不可知,若夫冥吏鬼卒,则长拥两美庄矣。"语讫遂寂。此真老于幕府之言也。

故事颇耐人寻味,纪昀所指,明眼人一看就明白。

幕府本指衙署,这里显然说的是幕僚一类,具体办事的。

两鬼争界,胜负有十种可能,此道之深,不明就里的人听了会惊出一身汗。纪昀讳言之,而归罪幕府,其情可原。自来讼事,操持于长吏之手,而幕府虽老于文案,也不过上下其事者。有长吏精明,把持两端;有长吏昏聩,幕府趁其便者;有长吏老于世故,支应幕府寻长就短者。如此种种,不可计数。然自古狱事黑暗,却是常事,清乾隆、嘉庆时如此,明万历、天启时也如此,想汉、唐、宋、元无不如此。汉时刀笔吏,明时绍兴师爷,率是此种。许慎解说文字,言汉时:"廷尉说律,至以字断法,苛人受钱,苛之字,至句也,若此者甚众。"以字断法,也就是以字玩法。张汤断狱,辄猜汉武帝意,以意为之,应出者入之,应入者出之。自古玩法之吏,罔不以法为一己之私器,轻重权衡,左刺右劈,击断无常。法遂沦为玩法之具,沦为股肱之间物矣。

四救先生

《阅微草堂笔记》记官场秘诀,起名为"四救先生",其处事规则确乎开人心智。其文如下：

> 宋清远先生言：昔在王坦斋先生学幕时，一友言梦游至冥司，见衣冠数十人累累入；冥王诘责良久，又累累出，各有愧恨之色。偶见一吏，似相识，而不记姓名，试揖之，亦相答。因问："此并何人，作此形状？"吏笑曰："君亦居幕府，其中岂无一故交耶？"曰："仆但两次佐学幕，未入有司署也。"吏曰："然则真不知矣。此所谓四救先生者也。"问："四救何义？"曰："佐幕者有相传口诀，曰救生不救死，救官不救民，救大不救小，救旧不救新。救生不救死者，死者已死，断无可救；生者尚生，又杀以抵命，是多死一人也，故宁委屈以出之。而死者衔冤与否，则非所计也。救官不救民者，上控之案，使冤得申，则官之祸福不可测；使不得申，即反坐不过军流耳。而官之枉断与否，则非所计也。救大不救小者，罪归上官，则权位重者谴愈重，且牵累必多；罪归微官，则责任轻者罚可轻，且归结较易。而小官之当罪与否，则非所计也。救旧不救新者，旧官已去，有所未了，羁留之恐不能偿；新官方来，有所委卸，强抑之尚可以办。其新官之能堪与否，则非所计也。是皆以君子之心，行忠厚长者之事，非有所求取巧为舞文，亦非有所恩仇私相报复。然人情百态，事变万端，原不能执一而论。苟坚持此例，则矫枉过直，顾此失彼，未造福而反造孽，本弭事而反酿事，亦往往有之。今日所鞫，即以此贻祸者。"问："其果报何如乎？"曰："种瓜得瓜，种豆得豆。夙业牵缠，因缘终凑。未来生中，不过亦遇四救先生，列诸四不救而已矣。"俯仰之间，霍然忽醒，莫明其入梦之故，岂神明或假之以告人欤？

纪昀记此"四救先生"，道尽官府中人衷肠。初看似乎也极尽情理，谓之官箴可也。虽曰洞达人情，老于世故，不免被视为猾吏。自来中国事情，人不畏法中之法，只畏法外之法。游戏律法，而以情断法，看似无关大碍，实有关世道人心。看似用心也善，实在败坏风气。官场之道不一，陈规陋习充陈，上下相沿，积久又成痼疾，迁延以率，断难根除。

纪昀把清朝官廨本来面目总结出来给我们看，虽然曲尽其理，却让人惊悚不已。

古人曰："一命而偻，再命而伛，三命而俯，循墙而走，亦莫取余侮。馆于是，粥于是，以馆余口。"此种老成持守之人越来越少了。

盗与奸

《阅微草堂笔记》载一奸盗之事，其事如下：

> 某大姓为盗劫，悬赏格购捕。半岁余，悉就执，亦俱引伏。而大姓恨盗甚，以多金赂狱卒，百计苦之：至足不蹑地，胁不到席，束缚不使如厕，裈中蛆虫蠕蠕嘬股髀，惟不绝饮食，使勿速死而已。盗恨大姓甚，私计强劫得财，律不分首从斩；轮奸妇女，律亦不分首从斩。二罪从一科断，均归一斩，万无加至磔裂理。乃于庭鞫时，自供遍污其妇女。官虽不据以录供，而众口坚执，众耳所闻，迄不能灭此语。……人言籍籍，已无从而辨此疑，遂大为门户玷，悔已无及。

遭盗劫，官论罪，获死亦已至矣。而大姓不依不饶，买通狱吏酷刑折磨，知其非驯良之人。日常鱼肉乡里，于此可见一斑。盗犯罪，论罪自有法，既治之，而又不使速死，酷而虐，虐而毒，是大姓之恶有过于诸盗，此不劫谁劫，此不受污谁受污！冤报过当而吏不能纠，是吏也垂涎大姓财货乎？

盗既收伏，是引颈就戮者也，更受此地狱之苦。带枷之人，无以为诉,出此遍污妇女之策,盗亦黠矣,定彼良谋。大姓得现世报,自讨之也。

纪昀论曰:"'仲尼不为已甚',岂仅防矫枉过直哉,圣人之所虑远也。老子曰:'民不畏死,奈何以死畏之!'夫民未尝不畏死,至知必死乃不畏。至不畏死,则无事不可为矣。"说得很精到。

宦形与宦情

《阅微草堂笔记》又记:

> 济南朱子青与一狐友,但闻声而不见形。亦时预文酒之会,词辩纵横,莫能屈也。有请见其形者。狐曰:"欲见吾真形耶?真形安可使君见;欲见吾幻形耶?是形既幻,与不见同,又何必见。"众固请示,狐曰:"君等意中,觉吾形何似?"一人曰:"当庞眉皓首。"应声即现一老人形。又一人曰:"当仙风道骨。"应声即现一道士形。又一人曰:"当星冠羽衣。"应声即现一仙官形。又一人曰:"当貌如童颜。"应声即现一婴儿形。又一人戏曰:"庄子言,姑射神人,绰约若处子。君亦当如是。"即应声现一美人形。又一人曰:"应声而变,是皆幻耳。究欲一睹真形。"狐曰:"天下之大,孰肯以真形示人者,而欲我独示真形乎?"大笑而去。

此狐善变,变老人,变道士,变仙官,变婴儿,变美人,唯其不现真形。要之,老人、道士、仙官、婴儿、美人皆其真形。士子文酒之会,狐乃助兴者,知狐善变可矣,妙味其能可也,而纠缠不已,非见真形不解,殊失士子风度、文酒风情。狐之真形乃狐,此不待问而知,见一狐则惬意乎!

而狐曰:"天下之大,孰肯以真形示人者,而欲我独示真形乎?"

此真拍案叫绝之响！我以为此话非出自狐，乃纪昀心声。纪昀盖多见人之幻形，少见人之真形，故有此记。幻者宦也，宦场人多变，这才是纪昀的心里话。

君不死，我奈何

纪昀《阅微草堂笔记》又载一故事：

> 某公在明为谏官，尝扶乩问寿数。仙判某年某月某日当死。计期不远，恒悒悒。届期乃无恙。后入本朝，至九列。适同僚家扶乩，前仙又降。某公叩以所判无验。又判曰："君不死，我奈何？"某公俯仰沉思，忽命驾去。盖所判正甲申三月十九日也。

这个小故事有耐人寻味的讽刺意义，让人忍俊不禁，却又笑不起来。毕竟事牵亡国，事牵忠节，这个话题就很沉重。《阅微草堂笔记》里记有大量扶乩事，唯此乩仙无板腐气，一句"君不死，我奈何？"正可骂那些亡国之余的新贵。

《明史》载："（甲申年三月）丁未，昧爽，内城陷，（崇祯）帝崩于万岁山。"这一天正是三月十九日。

某公在明为谏官，职司纠弹。甲申年（1644年），未思何以救国，先虑及一己寿数。崇祯自缢煤山，不随之尽忠赴死以报国，腆然进入新朝，居然位列九卿。不但不死，活得还很好。可惜他的忠义心还不如一个江湖术士，虽然位尊人显，照样让人瞧不起。

"某公俯仰沉思，忽命驾去。"此人尚知人间有羞耻事！

陈寅恪的红豆因缘

一

自唐人王维写出"红豆生南国,春来发几枝。劝君多采撷,此物最相思"以来,红豆就成了相思豆,红豆树也成了相思树。我是北人,未见过此物,打开电脑查了一下,对它约略有了些印象,但也仅止于印象而已。

王维是隐逸派,只看到红豆引人相思的一面,"红豆不堪看,满眼相思泪"。他作此诗时正躲在蓝田山里,享受石上清流、松间清风、鸟叫清音,人生的沧桑与悲欢触及不到他。至于做"安史"的伪官那是后来的事,故而时下还轻松自在。

陈寅恪对红豆另有一番寄思。

陈寅恪在述及《柳如是别传》缘起时,提到了他的一首红豆诗:

> 东山葱岭意悠悠,谁访甘陵第一流。
> 送客筵前花中酒,迎春湖上柳同舟。
> 纵回杨爱千金笑,终剩归庄万古愁。
> 灰劫昆明红豆在,相思廿载待今酬。

提及该诗的来历，他讲道："昔岁旅居昆明，偶购得常熟白茆港钱氏故园中红豆一粒，因有笺释钱柳因缘诗之意，迄今二十年，始克属草。适发旧箧，此豆尚存，遂赋一诗咏之，并以略见笺释之旨趣及所论之范围云尔。"

陈寅恪当初在昆明偶尔购得的钱氏故园的一粒红豆，似乎冥冥中变为一种信物，成为他笺释钱柳因缘的证见，勾起了他著述的冲动。他在西南联大时期，正与钱柳明亡时期暗合，均属故园"灰劫"。他所寄托的已不是钱柳因缘那么简单，而是有自己处于山河凭陵，新亭对泣的身世之慨。

陈寅恪的这份心事，一直到二十年后才得了结，其中又有什么机缘呢？

《柳如是别传》序里未注明作诗年份，查陈寅恪诗集这一年为1955年。与鼎革之际的一般学人相同，此老也习惯以旧历纪年，这一年是乙未年。再一查，竟吓一跳，陈寅恪诗集中，有关钱谦益及钱柳的诗作达十余首，时间跨度有十年，1954至1964年。陈寅恪的诗作并不多，这些诗格外显眼，其中必有因。

《乙未阳历元旦诗意有未尽复赋一律》："高楼冥想独徘徊，歌哭无端纸一堆。天壤久销奇女气，江关谁省暮年哀。残编点滴残山泪，绝命从容绝代才。留得秋潭仙侣曲，人间遗恨总难裁。"

对钱柳二人，他更欣赏柳如是的才气与节气。

《戏题余秋室绘河东君初访半野堂小影》："……好影育长终脉脉，兴亡遗恨向谁谈。"

触动他的是"兴亡遗恨"。

一年后，又作《前题余秋室绘河东君访半野堂小影诗意有未尽更赋二律》，有："天壤茫茫原负汝，海桑渺渺更愁人。衰残敢议千秋事，胜咏崔徽画里真。"

他似乎对钱柳事有说不完的话，尤其对柳如是。

在《柳如是别传》末尾，陈寅恪特作一首《稿竟说偈》："刺刺不休，沾沾自喜。忽庄忽谐，亦文亦史。述事言情，悯生悲死。繁琐冗长,见笑君子。失明膑足,尚未聋哑。得成此书,乃天所假。卧榻沉思,然脂暝写。痛哭古人,留赠来者。"

这篇偈子作于 1964 年,正是《柳如是别传》杀青之际。

偈子这种文体本出于佛经,高僧们多用来作禅林妙语。陈寅恪借此说明他写这本书的主旨,偈子写得也"忽庄忽谐,亦文亦史。"

同年夏月,值钱柳逝世三百年,陈寅恪又仿此体另作了一篇《稿竟说偈》,亲书于书斋金明馆。与前文相比,这篇偈子已面目全非。

> 奇女气销,三百载下。孰发幽光,陈最良也。嗟陈教授,越教越哑。丽香群闹,皋比决舍。无事转忙,然脂暝写。成册万言,如瓶水泻。怒骂嬉笑,亦俚亦雅。非旧非新,童牛角马。刻意伤春,贮泪盈把。痛哭古人,留赠来者。

陈寅恪念念不忘的仍然是奇女,他真乃柳如是的"解人"!在这篇偈子里,陈寅恪少见地自负起来,称自己是发柳女"幽光"之"最良"者。

"痛哭古人,留赠来者",两篇偈子俱见,这是关键的话头,不可轻看了。

陈氏作诗,总的情调是伤感、凄凉、悲世,别具诗家肝肠,加上他作为史家的精锐,使《柳如是别传》多情而沉郁。也可以说,诗家的情怀,史家的眼光,让他找到了抒发自己的极好题材。《柳如是别传》如此,《论再生缘》也如此。钱氏故园那粒三百年前的红豆,牵惹得陈氏二十年欲罢不能。柳如是、陈端生之类李清照式的才女、奇女,照亮了陈寅恪那颗孤寂的心。

陈寅恪特别喜欢"次东坡韵"。苏东坡一生屡屡被谪,动辄得咎,失意潦倒,吟啸山水。他是把苏东坡当作自己的写照。彼时,陈氏在岭南大学授书,盖约也有这种被谪感,他之"次东坡韵"正有一番失意的寄托。

除了钱柳因缘及陈端生,陈氏尤喜《桃花扇》一剧。《桃花扇》故事也正是钱柳故事的翻版,主人侯方域与钱谦益同时,都是明末清初鼎革时代中人。由此可以推见陈氏此时的心绪，以及他迈入新时代的惶惑不安。读历史的人往往易于把自己置身于历史情境中，在此情境下生出一番别样的历史情绪，或虚幻，或迷离，伤情之余生出"刻意伤春，贮泪盈把"。也在所必然。陈氏为人敏感而脆弱，这也是一般知识分子的常态。他的悲情思想浓厚，故而往往将其寄托于历史上同命运之人，自怜自叹，以慰平生。

二

钱谦益是明末清初人，字受之，号牧斋，晚号蒙叟、东涧老人，学者称虞山先生。明末为东林党领袖之一，官至礼部侍郎。崇祯亡，马士英、阮大铖在南京拥立福王，是为弘光帝，钱谦益为吏部尚书。清顺治二年（1645年），清兵逼近南京，钱谦益率诸大臣开城迎降，清廷任其为礼部右侍郎。后因事入狱，出狱后，与反清势力联络抗清。失败后，郁郁而卒，时年八十二。乾隆后探知其反清事，诏书钱谦益应列《贰臣传乙》。

钱氏品节在当时已被人唾弃，而一生艳遇乃与柳如是结合。崇祯十四年（1641年），钱谦益五十九岁，迎娶年仅二十三岁的名妓柳如是，招致士人非议。钱谦益故为柳如是建"绛云楼""红豆馆"，金屋藏娇，读书论诗。《东山诗集》《红豆诗》率皆二人赓和之作。

按陈寅恪考证，柳如是，号河东君，本名杨爱，改姓柳。因慕辛弃疾"我见青山多妩媚，料青山见我应如是"，又自号如是。柳如是虽出身勾栏，却殊有才情，别具风致，更兼奇女子的节烈。明亡，柳如是与钱谦益相约一起投水殉国，钱谦益却以水冷为由退回，柳如是"奋身欲沉池水中"，也被他拉住。钱谦益自来怯懦，不具这份气节。后来，钱谦益入狱，柳如是只身赴京，百计搭救，显示了她一向果敢决绝的做派。钱谦益卒后，钱家人为争财产计，伙同逼迫柳如是，她投缳自尽，终于为钱氏献出了生命。

钱谦益一生著述宏富，学问优赡，故一般人虽排斥他的人品，也不得不称服他的学问、才气。时人邹式金在《牧斋有学集序》中评道："或有以字句过求先生者，世祖尝曰：明臣而不思明者，即非忠臣。大哉王言，圣朝不以文字锢人久矣。学者览先生之文，即当谅先生之志。纵或訾先生之人，不能不服先生之文。吾所谓不朽者立言耳，他何知焉。"一片曲为掩过之辞，至于文章，说的却是实情。

钱谦益一生所作，诗应推为第一，文章依我看也属平平。我极服他的案牍，心仪那份雅致。他喜欢卖弄学问，以满腹经纶吓人，故用典多，奇字、冷字多，很难畅读，却正可以借来训练功力。我曾花费二月余时，才读完他的书信。他的诗却极好，尤与柳如是唱和部分，绮靡秾艳，小资情调浓厚，体现了江左风习。陈寅恪特别喜欢他的一首"埋没英雄芳草地，耗磨岁序夕阳天。洞房清夜秋灯里，共简庄周说剑篇"。我倒不喜欢，它太直白，略如舞台上的情景剧。

朝代更替，易引人产生身世之感，何况像陈寅恪这样的宿儒。一粒红豆，引发了钱柳因缘；又因红豆，引发了陈氏重演钱柳因缘的冲动。这是红豆的孽债，还是钱柳的孽债？

三

晚年的陈寅恪，沉郁顿挫，在受到冲击后，心情更加郁愤。下面几首诗略见他的情绪状态：

> 红云碧海映重楼，初度盲翁六七秋。
> 织素心情还置酒，然脂功状可封侯。
> 平生所学供埋骨，晚岁为诗欠砍头。
> 幸得梅花同一笑，炎方已是八年留。
> ——《丙申六十七岁初度晓莹置酒为寿赋此酬谢》

> 折腰为米究如何，折断牛腰米未多。
> 还是北窗高卧好，枕边吹送楚狂歌。
> ——《失题》

灯节寒风欲雨天，凌波憔悴尚余妍。
山河来去移春槛，身世存亡下濑船。
自信此生无几日，未知今夕是何年。
罗浮梦破东坡老，那有梅花作上元。

——《癸卯元夕作用东坡韵》

寒夕无文谶，闲居有病身。
废残天所命，迂阔世同嗔。
飘忽魂何往，迷离梦未真。
酒茶今并禁，药物更相亲。

——《寒夕》

伤感、孤寂、失意、落寞贯穿诗歌，虽时而有"晚岁为诗欠砍头"的悲壮，然呼号之余，唯剩的是无奈。钱柳因缘正当填补落寞，也可寄意托怀，他十年不辍地做了下去，这部著作有他太多的心事。

奇怪的是，这位"教授的教授"一生著述并不丰厚，与他的盛名不相称。而这并不丰厚的著作大半却是在他并不得意的解放后写的，"悲愤出诗人"，解语陈寅恪恐也合适。

四

从《元白诗证笺稿》到《论再生缘》《柳如是别传》，陈寅恪在学风上依然走着"以诗证史"的路子。但已经不再言及"开元天宝间事"，而把眼光投向了历史转折关头熬煎中的"士阶层"，这是他涉世日深的必然。前者是大雅之堂，后者是乡野小筑；前者是庙堂正音，后者是小曲别调。传主身份也有了极大跨越，由缙绅中人落到勾栏市井。我们的史学大家终于从发黄的历史经卷中走了出来，深切关注如他一样的历史人物的命运与悲情。

有一本《陈寅恪的最后二十年》，我读了几遍，写得很好。后来又读到《南渡北归》，犹有未慊。又上追到康有为、梁启超、章太炎、王国维、胡适等，对于陈寅恪以及他的同时代人有了些许了解。那一代人很耐读，值得反复读。

提到陈寅恪，不能不提王国维。那位自沉于昆明湖的饱学大师，他在遗书中写道："五十之年，只欠一死。经此世变，义无再辱。"一个旧时代的学人，殉身于自己钟情的文化，除此一道，再无别路。这是逃避还是义举，非经历过不能理解。

"只欠一死，义无再辱"，这类话很耳熟。王国维前三百年，有一批人正和他一样，表达此类决绝的态度。他们是顾炎武、黄宗羲、孙夏峰、李中孚、王夫之诸人。明亡，清廷多方罗织士人，首先把目光投向顾炎武、黄宗羲等硕儒。对此，顾炎武的回答是："刀绳具在，无速我死"，"七十老翁何所求，正欠一死。若必相逼，则以身殉之矣"。黄宗羲回答道："身遭国变，期于速朽。"李中孚更其激烈，道："绝粒六日，至拔刀自刺。"这些人宁死也不愿与清廷合作，以殊死的态度表明气节。

王国维之死，自然无人逼他，完全是一种自命意识下的自觉行为。故陈寅恪在王国维碑记上有句："独立之精神，自由之思想。"虽不能注解观堂老人死因，却把他的人文精神提炼了出来。这两句话当然不只属于王国维一人，普遍适用于陈寅恪、王国维这一批同时代学人，他们有自己的执持与操守。"李杜文章在，光焰万丈长。"王氏、陈氏的著作体现了他们的品格要素。借钱柳因缘，陈氏说着自己的心里话，他不厌其烦地"以诗证史"，因为这里有他自己的人格路程。王国维之死是陈寅恪心里挥之不去的影子，"只欠一死"的孤傲活生生地支撑起他的后半生。一个拒绝时代的人，只好把才情托付给柳如是、陈端生了。

无独有偶，王国维也作过四首《红豆词》：

（一）
南国秋深可奈何，手持红豆几摩挲。
累累本是无情物，谁把闲愁付与他。

（二）
门外青骢郭外舟，人生无奈是离愁。
不辞苦向东风祝，到处人间做石尤。

（三）
别浦盈盈水又波，冯栏渺渺思如何。
纵教踏破江南种，只恐春来茁更多。

（四）
匀圆万颗争相似，暗数千回不厌痴。
留取他年银烛下，年来细与话相思。

  一粒小小的红豆，凭惹起这么多情思。"累累本是无情物，谁把闲愁付与他。"恐非，"累累本是多情物，总把闲愁付与他"才是。

国民性与饮食之道

国民性绝非饮食可左右，而饮食可影响国民。周人好甜品，酒是甜酒；好羹，煮羹用鼎，故其性软。楚人好辛酸，"和酸若苦，陈吴羹些"，"厉而不爽些"，"大苦醎酸，辛甘行些"（屈原《招魂》），故其性烈——"楚虽三户，亡秦必楚"。吴越人喜食鲙，故轻佼。胡人食乳酪、牛羊肉，故轻老幼。

今之儿女好食西洋餐、东洋餐，其性好转移，无定力，亦由是也。盖食面包、牛油，性易软懦虚浮，好发大语，遇坎坷辄不振。好食比萨、通心粉者，日行近于嬉皮士。好食寿司者性黏滞。好食生鱼片者，不知忌讳，妄言妄行。等等。

昔人苏曼殊语人曰："吾在沪见各国面包远不及法兰西人所制者，惟牛肉、牛乳，劝君不宜多食。不观近日少年之人，多喜牛肉、牛乳，故其情性类牛，不可不惧也。吾发明一事，以中华腐乳涂面包，又何让外洋痴司牛油哉！"曼殊本日人血统，游遍日、法、印度，此言也见其见识，其忧世之心见于语端。非如我之终生未离故土，木偶、泥像之人。又言："吾国多一出洋学生，则多一通番卖国之人。"虽愤激之语，也有所指也。

梁实秋有一本专谈吃的书叫《雅舍谈吃》，一段时期成为网红书。但凡读了几本书的人都爱它，它写出了味道。关于中西饮食，他在一篇《吃在美国》的文章中称:"我生平最怕谈中西文化,也怕听别人谈,因为涉及范围太广,一己所知有限,除非真正学贯中西,妄加比较必定失之谫陋。……以吃一端而论,即不妨比较一番,但是谈何容易!……我年轻时候曾大胆论断,以为我们中国的烹饪一道的确优于西洋,如今我不再敢这样地过于自信。而且我们大多数人民的饮食,从营养学上看颇有问题,平均收入百分之四十用在吃上,这表示我们是够穷的,还谈得到什么饮馔之道?讲究调和鼎鼐的人,又花费太多的功夫和精力。民以食为天,已经够惨,若是说以食立国,则宁有是理?"

梁先生后半生寄居美国,故而有这些闪烁其词的话。他对曾经的中国饮食念念不忘,故而有是书;却又以为未必优于西洋,用这么多功夫和财力很不值当,以此证明中国是够穷的。穷固然穷,却丝毫未影响他的胃口,谈起费了那么多功夫和财力的小吃仍然津津有味,吃完又不敢自信优于西洋。是梁先生心太高了,还是他看世界的眼光变了?苏曼殊的话未必全对,仅就梁先生一人,我觉得有些靠谱。

《雅舍谈吃》这本书,前半部谈记忆中的味道、南北食色,后三分之一谈异域食旅。因了梁先生这段议论,书的后三分之一我匆匆掠过,觉得不值。到美国后,大吃西洋餐,梁先生坐飞机回美国时不忘夹带豆腐乳,这可是费了大功夫的。然而他不介意,还是夹带了去。梁先生的思想和胃口是分离的,思想上倾向于西洋,却不忘饱口腹之欲。

鲁迅当年骂这个人,我以为没有骂错。

谈吃谈出味道,谈得形神备至的书当推李渔的《闲情偶寄》。这本书里也谈吃,吃得风神备至,吃得啧啧有味,吃出了文化,吃出了品味。盖中国文化,以为万物皆上天所赠,化天地之灵气,收四时之精华。人对万物应持敬的态度,既不能滥用、浪费,更不能饕餮。祭祀用三牲,用五谷,用珍鲜,都是出自这个心理。李渔会吃,善享用,而且能体味庖俎之长。因为他把文化作为调味品,渗透进食品中,故而吃起来津津有味。他的吃体现了一种贵族气度、名士风范,是一种雍容华贵的吃。因为在他笔下，牛、羊、豚、雉、鱼、笋、蟹都活泛起来，呈现另一种丰富而有韵味的生活。我是读了《闲情偶寄》才知道了吃的境界，才在吃中领悟到一种人生态度。

相较于《雅舍谈吃》，《闲情偶寄》高明许多，可惜现代人少有懂吃的。

《十批判书》

一

现在不大有人提郭沫若了，对他抱着另一种态度。尽管一些人不见得读过他多少书，也宁愿保持一种别样的态度，以示不屑。中国自古有书禁，也有言禁，对郭氏仿佛就如此，颇失忠恕。有些人因学问，有些人因学品，反正都以远其人为高，这种历史纠结下的固执不知从何而来。我曾看过徐某人的书，他对郭氏极尽挞伐，已经远离和而不同、怨而不怒的轨道。观点如何且不说，这种态度我首先不赞成，有违中庸，稍失学问家的风范。诗论有和达雅之说，学问界此种风气早已不古。

最近在一个朋友的旧书店，发现一本1947年上海群益出版社的《十批判书》，惊喜之余借回，不十天就读罄。这书已经发黄，个别字斑驳不清，校对也成问题，读起来有些费力。纸页糟朽，翻页时动辄掉纸屑，不得不加着小心，生怕会揉碎。读完兴味未减，又反复对照，试图把它全部消化掉。

名为《十批判书》，当然也就有十篇文章。主要针对诸子研究，包括古代研究的自我批判、孔墨的批判、儒家八派的批判、稷下黄老学派的批判、庄子的批判、荀子的批判、名辩思潮的批判、前期法家的批判、韩非子的批判、吕不韦与秦王政的批判等。其中，《古代研究的自我批判》是获罪于时贤及后人的一篇，里面主要观点与郭氏古代史研究的主要结论是通贯的。郭氏在后记中说，他是用唯物论的方法、人民的观点来著此书的。对秦汉前的历史，他自称有了新的发扬：一是肯定了井田制；二是认为工业与农业的蜕变有平行的现象，工商业者在春秋中叶还是官奴，此后才逐渐成了都市的有产者；三是考定了《考工记》的年代和国别，认为它是春秋年间齐国的官书；四是详细追溯了市民阶层的分化，这是奠定后来的封建政权的基础。四点中尤以一、四点为要，而最后一点大概就是他划分奴隶社会、封建社会的依据吧，也最为人不服。

关于这个问题，似乎也不纯粹是历史见识，而掺入了包括社会因素、政治因素与主观认识在内的复杂成分，且不去触碰它。唯其关于奴隶社会、封建社会分界说，以及奴隶与民的概念，有值得商榷的地方。今天批评郭氏的人并没有设身处地为他着想。现在大家有一个通识，有周一代封建诸侯，已经属于封建社会了，这是从社会架构的角度出发。郭氏却是从历史社会的角度，以阶层分析的观念看待此问题，因而出现了仿佛罔顾史实的判断，不必过多地责怪他。但凡学问都无法超越现实，谁又能完全置身局外呢？

郭氏另一个被人诘责的口实是他的观点经常具有不确定性，这一点他自己也承认。在1954年出版的《中国古代社会研究》的"新版引言"中，他亲口说："就拿我自己来说吧，二十多年来我自己的看法已经改变了好几次，差不多常常是今日之我在和昨日之我作斗争。"这样自我斗争的结果是常常把以前的观点轻易推翻。如《十批判书》中关于奴隶制、封建制分界线的结论，在《中国古代社会研究》一书中又简单否决。其引言又说道："但从今天所有的材料看来，殷代已进入奴隶社会是不成问题的。这已明确地改正了本书中的一个大错误——认殷代为原始公社制的末期。其次，我在《奴隶制时代》中，已把奴隶制的下限定在春秋与战国之交,这也是比较可靠的。这又明确地改正了本书中的另一个大错误——只认西周为奴隶社会。"仅一部书的观点已前后不一,更遑论其他。

他这样变来变去,不断否定自己,虽然表现出认识上的进步,但从另一方面来说,也缺乏科学家严谨的态度,无怪很多人不喜欢他。今天看来,这和他的诗人气质有绝大关系,倒不一定完全由政治环境决定。我的观点是,他不适合做学问。

我重点想说,除却《古代研究的自我批判》这一篇外,其他九篇应该都言之有据,或者基本上立论是有着落的。我不是郭氏研究者,也没能通读他的著作,仅就此九篇而言,我得到的收获比从时下许多思想家、哲学家、史论家的著述中要多。他对典籍的熟悉程度、看问题的切要、推证之绵密,都是今天学者应该学习的。

特别引起我注意的,还是他的文采。郭氏不愧是文字学家,他的勾绘能力、推演技巧、语言的流畅生动,尤使我折服。他是把学问当文章来做的,看起来特别过瘾。比较当下的一些学问家,文字干涩,语词枯竭,不经读,不耐读。至少在这一点要学郭氏,看看大学问家是什么底蕴。

《十批判书》中,我最喜欢的是评孔子、庄子、韩非子以及名家的部分,这些地方分析精到、理解充分,很能说服人。

关于孔子的礼,郭氏讲道:

> 他要人们除掉一切自私自利的心机,而养成为大众献身的牺牲精神。视听言动都要合乎礼(就是"复礼",复者返也)。礼是什么?是一个时代里面所有的维持社会生活的各种规律,这是每个人应该遵守的东西。各个人要在这些规律之下,不放纵自己去侵犯众人,更进宁是牺牲自己以增进众人的幸福。要这样社会才能够保持安宁而且进展。要想自己站得稳吧,也要让大家站得稳;要想自己成功吧,先要让大家成功。这是相当高度的人道主义,要想办到这样

的确不大容易,所以说"为之难"。

这就把孔子礼的精神明白晓畅地讲了出来,使人有所把握,而不只是抠字眼。

关于"仁",郭氏逐层拨开孔子精神内核,而喻以至简之理:

> 但是仁是有等次的,说得太难了,谁也不肯做,故教人以"能近取譬"。或者叫人去和仁人一道慢慢地濡染,这就叫作"亲仁",也就是所谓"里仁为美"。人对于自己的父母谁都会爱的,对于自己的儿女也谁都会爱的。但这不够,不能就说是仁,还得逐渐推广起去,要"老吾老以及人之老,幼吾幼以及人之幼"。假使推广到"薄施于民而能济众",你是确确实实有东西给民众而把他们救了,那可以说是仁的极致,他便称之为"圣"了。他认为尧舜便是比较接近于这种理想的人格。

这样浅近地讲"仁",任谁都会接受。这番道理,新思想痕迹很重,延安时期的郭氏,讲仁之为仁,讲尧舜,显然有所指。

《庄子的批判》是《十批判书》中讲得最好的一篇。他一反其他文章据实论证的理路,夹杂了大量他对庄子的感受,而又呈现出诗人的气质。的确,庄子是不好讲的。郭象、向秀之徒,徒使庄子玄远不可捉摸。哲学家讲呢,容易把他讲死,失去神采。郭氏此种模糊论式的诠释倒也不失为一途。唯其把握精到,语言恣肆汪洋,无法凭借,适对了《庄子》一书的胃口。

关于道与黄老学派的关系及其本质思想,郭氏这样解释:

> 黄老学派的宇宙观是全部被承受了的。宇宙万物认为只是一些迹相,而演造这些迹相的有一个超越感官,不为时间和空间所范围的本体。这个本体名字叫"道"。道变成无限的东西,无时不在,无处不在,蚁蝼里面有它,稊稗

里面有它，瓦甓里面有它，屎溺里面有它，要说有神吧，神是从它生出来的。要说有鬼吧，鬼是从它生出来的。它生出天地，生出帝王，生出一切的理则。它自己又是从什么地方生出来的呢，它是自己把自己生出来的。

看到这最后一句时，我扑哧一下笑了。这一段话涵盖了多方面的内容，有多个出处。他却把它们罗列在一起，看来，庄子的"道"已化在了他心里。

讲到庄子"道"的观念，郭氏这样描述：

> 在他看来，人生就生出意义出来了。人生的苦恼，烦杂，无聊，乃至生死的境地，都得到解脱。把一切差别相都打破，和宇宙万物成为一通，说我是牛也就是牛，说我是马也就是马，说我是神明也就是神明，说我是屎尿也就是屎尿。道就是我，因而也就什么都是我。道是无穷无际，不生不灭的，因而我也就是无穷无际不生不灭的。未死之前已有我，既死之后也有我。你说我死了吗？我并没有死。火也烧不死我，水也淹不死我。我化成灰，我还是在我化成为飞虫的腿，老鼠的肝脏，我还是在。这样的我是多么的自由呀，多么的长寿呀，多么的伟大呀。你说彭祖八百岁，那是太可怜了。你说"楚之南有冥灵者以五百岁为春，五百岁为秋，上古有大椿者以八千岁为春，八千岁为秋"，那都太可怜了。那种有数之数，何如我这无数之数？一切差别相都是我的相，一切差别相都撤弃，管你细梗也好，房柱也好，癞病患者也好，美貌的西子也好，什么奇形怪相的东西，一切都混而为一。一切都是"道"，一切都是我。这就叫着"天地与我并生，而万物与我为一"。

牛马、神明、屎尿、飞虫、老鼠、螟蛉、大椿、彭祖、西子，这些形形色色的人和物，《庄子》里面都有，郭氏却把来一总，表达一种境界，委实绝妙，也省了不少笔墨。这一段话神采飞扬，正是《庄子》的本来面目。值得注意的是，他用了佛家"相"的概念来解道家的诸世象，放在这里尤见机心。

继而郭氏又解道：

> 把这种"道"学会了的人，就是"有道之士"，也就是"真正的人"（真人）。这种"真正的人"在大宗师里面描写得很尽致。据说这种人，不欺负人少，不以成功自雄，不作谋虑，过了时机不失悔，得到时机不忘形，爬上高处他会不怕，掉进水去不会打湿，落下火坑不觉得热。据说这种人睡了是不做梦的，醒来是不忧愁的，吃东西随便，呼吸来得很深，他不像凡人一样用咽喉呼息，而是用脚后跟呼息。据说这种人也不贪生，也不怕死，活也无所谓，死也无所谓，随随便便地来，随随便便地去，自己的老家没有忘记，自己的归宿也不追求，接到呢也好，丢掉呢也就算了。据说这就是心没有离开本体，凡事都听其自然。这样的人，心是有主宰的，容貌是清癯的，额头很恢宏的，冷清清的像秋天一样，暖洋洋的像春天一样，一喜一怒合乎春夏秋冬。对于任何事物都适宜，谁也不知道他的底蕴。据说这种人，样子很巍峨而不至于崩溃，性情很客气而又不那么自卑，挺立特行有棱角而不搞暴，天空海阔像瓠落而不浮夸，茫茫然像很高兴，颓唐着又像不得已，像活水停蓄一样和蔼可亲，像岛屿蓊郁一样气宇安定。像很宽大，又像很高傲，像很好说话，又像什么话都不想说……

"真正的人"就是这样超迈。每读《庄子》，都会让我想到《离骚》与《九歌》，惊叹于庄子的奇思妙想。他是如何想象出"真正的人"是用脚后跟呼吸的？又根据什么说他的形象是清癯的？在我心目中，"真正的人"就应该这样脱俗、超迈。郭氏展开诗人的想象，用流畅的笔触，把"真正的人"一气呵成，他描绘得真好。郭氏的天纵之才使人着迷，他是否在写自己？

庄子的形象及其道的意境在郭氏笔下活了，当看到"真正的人""是用脚后跟呼吸"时，我又一次会心地笑了。

《庄子的批判》这篇文章，将郭沫若的诗人气质及其个性的特质酣畅淋漓地呈现出来。很可惜，这样漂亮的文字只此一见。

郭沫若自述他在十三四岁时，"最先接近的是庄子，起初是喜欢他那汪洋恣肆的文章，后来渐渐为他的形而上的思想所陶醉。这嗜好支配了我一个相当长远的时期，我在二十年前曾经讴歌过泛神论的思想，事实上是从这儿滥觞出来的"。对郭沫若而言，庄子的形象已经融化在心，所以他才能那样自如地表达。

他对墨子也极喜欢，写出来却很平面，只见学者气而不见诗人气，或许是受了墨子质朴思想的感染吧。

二

散发着哲理光芒的解读几乎随处可见。名辩家关于"坚白石"有这样一些见解：

"无坚得白，其举也二；无白得坚，其举也二。"

"视不得其所坚而得其所白者，无坚也。拊不得其所白而得其所坚，得其坚也，无白也。"

"得其白，得其坚，见与不见离。不见离，一一不相盈，故离。离也者，藏也。"

"有自藏也，非藏而藏也。"

"于石一也，坚白二也，而在于石，故有知焉，有不知焉；有见焉，有不见焉。故知与不知相与离，见与不见相与藏。"

名家的这些理辩，以前是看了都要眼晕的，所谓"俗惑于辩"，郭氏把它们都打理得明明白白。

……所谓"坚白石二"，坚是由触角得到的认识，白是由视角得到的认识，故坚与白析而为二。认识了坚的时候，白是离开了。认识了白的时候，坚是离开了。离开了也并不是说离开了石头，而是藏在了石头里面。藏了也并不是谁把它藏了，而是自己藏了。故"坚白石"是坚石与白石，而坚石是坚与石，白石是白与石，故始终是二。

不费太多口舌，就把那一堆概念纠缠解开了。

接着，他又如此这般地解"白狗黑""孤驹未尝有母""黄马骊牛三"等论断：

"白狗黑"当与"白马非马"为类。白马非马，白马亦非白。故白狗非狗，白狗亦非白。白狗非白，故可云"白狗黑"。"犬可以为羊"、"狗非犬"，应该都是这同一公式的漫衍。

"孤驹未尝有母"，孤驹非驹。驹有母，非驹则无母。故"孤驹未尝有母"。

"黄马骊牛三"，黄骊色一，牛马二，一而二，故三。或牛马一，黄骊色二，一而二，故三。

我以前费尽脑汁也无法参透这些稀奇古怪的名目，每每皱着眉头把它们轻轻放过。郭氏此解不仅还原了名家推理的规律，也让读者领略到另一种思维逻辑，原来很生涩的概念因而变得有趣。他不只授人以鱼，而且授人以筌。

名家一派有什么现实意义呢？郭氏进而说道：

准公孙龙子现存的余说而言，所有一些诡辞都可以演绎为两种相反的社会意义。例如"白马非马"可演绎为"暴君非君"或"暴君非人"，依前者则杀暴君非杀君，遂富有革命性，依后者则杀暴人非杀人，遂成为暴政的口实……

这就把名家的家底揭穿了。当下有几个先生能解释得如此深而浅，浅而深？

郭氏对韩非子的批判极其尖刻，毫不掩饰对此人的厌恶。骂人至骨这话用在《韩非子的批判》一文上是合适的。韩非的主张总不过法、术、势三字。术学的是申不害，势学的是慎到，法源于商鞅、荀子，却又对其进行了改造，很极端，近乎苛、酷。他的创新在于势。法与术结合，加上巧妙运用，自然生出一个势，变成一种绝对的力量。

郭氏这样评价韩非子：

> 他是把一切的人看成坏蛋的，所谓"君人南面之术"的另一种秘诀，也就是要把一切的人看成坏蛋。所以一切的人都不可信，"人主之患在于信人，信人则制于人"。臣下无骨肉之亲固不足信，就是有骨肉之亲的自己的妻室儿女父老兄弟也同样的不可信，因为这些都是"奸劫弑臣"的媒介，而其本身也可能成为"奸劫弑臣"。

> 虽然这也是常识，却亏他想得周到，也说得剔透。韩非子的本领本来就在这些地方见长，他能够以极普通的常识为根据，而道出人之所不能道，不敢道，不屑道。所以他的文章，你拿到手里只感觉到他的犀利，真是其锋不可当，大有无可如何，只有投降之势了。然而他的这项利器是很容易折断的。

> 凡人皆有"我"，为人君者欲利用人之"我"以为己之"我"服务，人又谁能够泯灭他的己之"我"呢？这儿自不免有冲突。一面自然要提防人专为其己之我，另一面也不能不使它有所满足，于是刑赏之道便要费些苦心了。人是贪生怕死的，好利恶害的，人主便应该根据这种情欲，立出刑赏之道，那样使人人在某种范围之内得以满足其己之"我"，而同时又不得不为我之"我"服务。

好了，就抄到这里，免得人骂我"文誊公"。

上述几段，可以看出郭氏对韩非的极端态度。《十批判书》中，其他批判都属于讲评性质，有褒有贬，唯到韩非这里，只有否定，只有唾弃，可以见出那一代知识分子对专制的憎恶，对民主自由的渴盼。

不仅对韩非子，郭沫若对整个历史文化都表现出了一种批判的态度。他在1929年《中国古代社会研究》自序中称：胡适们对历史是整理，而自己一派是批判。整理的目标是"实事求是"，批判的精神是要在实事求是中求其所以是；前者是知其然，后者是知其所以然。批判的同时是清算，针对国学整理，他甚至自负地说："清算中国的社会，这是前人的能力所未做到的工夫"，"清算中国的社会，这也不是外人的能力所容易办到的"。谁可以办到呢？马克思主义！"本书的性质可以说恩格斯《家庭、私有制和国家的起源》的续篇。"这是1929年郭沫若的思想，那时他已经如此激进与张扬了，是一个诗人加"主义"的新派学人。

自清末整理国故，郭氏还局限于纯粹的文化范畴。俟康梁出来，一直到胡适们，受了西学的影响，针对积贫积弱的现实，致力于改革积弊，倡明新思想，改革旧观念，从而刷新政治。不期然而然，遇到了旧文化这只拦路虎，他们由此展开了对根基牢固的旧文化、旧思想进行改造的文化运动。而1929年接受了马列思想的郭沫若，认为胡适们还不彻底，新时期的革命家，又展开了对胡适们批判的批判。在批判的同时不免有些极端，他此时又表现出革命家加学问家的另一面。

要对郭氏及其上一代学者的思想历程一一罗举，不是一篇小文章能够做到的。很多学者在这方面已经做了大量纂述，这是近代乃至当代学术史上极有趣的现象，值得我们这些后学高度注意。

三

鲁迅的革命精神，体现于"礼教吃人"等。然此思想并非始于鲁迅一人，那时的思想界，凡进步人士无不做如是想。即如郭沫若、周作人都抱着同样的观念。"于是乎道家思想直可以说垄断了二千年来的中国学术界；墨家店早被吞并了，孔家店仅存了一个招牌。礼教固然吃人，运用或纵使礼以教吃人的所谓道术，事实上才是一个更加神通广大的嗜血大魔王呀。"（《稷下黄老学派的批判》）

鲁迅与左联有过龃龉，不愿做遵命文学。假如他不这样，或者未过早过世，可能就是第二个郭沫若。

郭氏在讲到庄子流变为道家的南华真人，后学一变为卢生、侯生、徐福等时，感慨道："大凡一种思想，一失掉了它有反抗性而转形为御用品的时候，都是要起这样的质变的。在这样的时候，原有的思想愈是超然，堕落的情形便显得愈见澈底。高尚其志的一些假哲学家，其实倒不如卢生侯生之流率性成为骗子的，倒反而本色些了。"（《庄子的批判》）这段话愈读愈觉有味。说这话的时候，郭氏仍可证明自己是一个知识者。至于他后来变成什么样子，恐怕已经由不得他自己了。

《知堂书话》

我是喜欢做文章的。但随着读书和涉猎的日进，渐渐讨厌起自己的文章，斤斧气、八股气太重。好的文章来去自如，不知起讫，兴然而来，兴尽而去，娓娓如论家常。而我的文章太整齐、讲规矩、重章法，是着意做成的盆景，最多只是一好看的病梅，缺乏天然之趣，少了浑厚与朴拙。不仅我，现今的书画家也多这种匠气，他们的字画，美则美矣，然不耐看，不经看，看几次就厌。

文章如诗，应具天成之妙，不露痕迹，不见机心，婉转自如，耐人咀嚼，读了使人不忍释卷。这点体会一直存在心里，那天与老师谈作文之道，对今人的时文颇不以为然，还是仰慕民国的那帮旧班底。我们谈了鲁迅、林语堂、梁实秋，谈到胡适、梁启超、章太炎。谈及火候恰到，公推周作人的文章好。

周作人的文章大学时看过几篇，那时读不出他的好来，总觉得沉闷，未及卒读就扔到一边。后来购得他的两本文选，仍然领会不到妙处。去年见到岳麓书社出的一套《知堂书话》，钟叔河编订，五卷本，很精致地装为一函。初到手时，还拿不定主意，会不会仍像以前那样，心里吃不准，怕读了几页就耐不住性子。可谁知读了几页就放不下了，坐卧不离手，三数月悉数读罄。

能读进周君的著作，而且领会到他的妙处，这在我已经喜出望外。周作人说他最喜欢说实话的文章,我就说说实话。读文章能读到这一步,时有会心,这和积累有关,也和年龄有关,年轻人断断不会感受到。没有一定的学识与功力,想与周氏对话很难。所幸这两个条件我目前初具,仅此一点足够人沾沾自喜了。

周作人朴学修养很深,这是他做文章的功底。能将最难解释的学术问题、极难会通的思想简明介绍,也是源于朴学的底子。读他的文章能读出静气来。他读了很多书,把自己喜欢的书、特别的观点,不厌其烦地介绍给读者,应该是他很惬意的事。这些书触动了他的心思,他在介绍时,也在和这些书进行对话。把自己的领悟、主张同时加进去,那书和他就发生了更深一层的关系,意思更丰富了。

读完《知堂书话》,很惊奇他读书的广博。一个人一生这么不停地读书,必须有些静气。静气是修炼出来的,长久吐纳才能臻此境地。苦雨斋主人是把读书作为终生的事功,一个落寞的人通过读书而有了光华。

知堂主人的第二气是雅气。这是和俗气相决绝的书斋气,是贯穿他文章的纯至之气。学者有被称为硕儒的,有被称为通儒的,周作人堪配纯儒名号,他的修养学识已非常醇厚。

第三气是正气。我所言正气不涉及人格,也和他晚节无关,这里仅指他持论之正。知堂读书只读切实有用的书,他介绍的无一是古圣贤之作、诸子之作或才子之作。他比较讨厌韩柳、苏黄一类,大概因为他们身上名士气太重。他关于切实有用的标准很简单,就是提倡说实话,不说鬼话。只要著作人说实话,他就喜欢。不止于此,实话更要实说,不许耍花样。因为有着一双眼睛在盯,那些说话虚与委蛇,以及看似有理的假话都被他一一择出来,予以澄清。基于这一标准,知堂主人把他认为合式的书介绍给人。哪怕名不见经传,只要有一点可取之处,也要言不烦地推介出来,我们才不会被那些貌似巍巍大端的作品所误。凭这一点,其功德至伟。古今书籍如恒河沙数,在荒滩上披沙拣金,常常使人乱了手脚,必须有一个选择的方向、标准。这一点,知堂主人告诉了读者。

周作人最推崇王充、李卓吾、俞正燮，因为他们说实话，思想卓异，能言人所见而不敢言、不善言的，这里也见出他的秉持。他不以人废言，不以言废人，待人、论文都平允持正。惭愧得紧！三人中仅李卓吾的书还读过，王充的《论衡》读了一半就放下了，《癸巳类稿》更无从谈起，一直摆在书架受冷落。

　　我是读了《知堂书话》之类书才切实领悟到作文妙境的，他与鲁迅的辣、梁实秋的趣、胡适的质、林语堂的文，各领风骚，相映成趣。周作人的妙处却是一个蕴藉，要知蕴藉之妙，需在陶潜、杜甫、王国维等人身上去找。叶嘉莹整理出版过恩师顾随先生的讲课笔记，读过之后，领悟到"感会"二字。读梁启超的文章，领悟到"会通"二字。各人家法固自不同，需要慢慢体悟，才能粗有所得。要使文章不着痕迹而风流蕴藉，怕还得走周作人一路。

　　感谢《知堂书话》，替读者着想，介绍了那么多好书。我这几年颇好笔记类书，尤其明清人所作。但书海浩瀚，如没有人费心指导，则丛脞之际，很难一一披览。周氏反复提及的《越缦堂日记》《广阳杂记》《人境庐诗草》之类，是我下面要搜寻而品读的。

　　文章之道既是技艺，也非技艺，贵在超乎技艺而至于游刃。得庖丁解牛之道，方可以有间入无间。蕴藉之境正在于看似无间而有间，既有形又无形，既有厚又无厚。达此境界一要足够的阅历，一要足够的学力。周作人尚不敢说运用纯熟，但他确乎已呈现出荦荦大端。我们难以达到他的境地，但可学他的方法。这其实是笨伯的办法，还是拼命读书才是。

　　张岱讲过一个笑话，说有人刻了一本《文选纂注》，一士子诘问道："既云《文选》，何故有诗？"此人答："昭明太子所集，与仆何与？"又问："昭明太子安在？"答曰："已死。"曰："既死，不必究也。"此人接曰："便不死，亦难究。"问何故？答曰："他读的书多。"读的书多，就可以这样欺人，真真可气。但也没有办法，读书多本就胜人一等。

　　明人王肯堂评价唐寅、周臣画作的高下，说："二人稍落一笔，则妍丑立见。"又问周臣何以不如唐寅?王回答:周臣"但少伯虎胸中数千卷书耳"。

不仅作文,所有事情都从读书中来,任何法门都职乎此,没有捷径可言。

我这里只谈周作人的文章,至于他后来失节与否,那是史家的事。就道德文章而言,我为他感到很惋惜。

一代有一代的学问

一

一代有一代的事功,一代有一代的学问,非可以勉强。吾读《日知录》,反复其事,于此深有感触。

顾亭林为清初一大学问家,《日知录》是其一生最重要的著作,也是他学问中最得意的精粹。他在致友人书中,对该书极满意,称:"君子之为学,以明道也,以救世也。徒以诗文而已,所谓'雕虫篆刻',亦何益哉!某自五十以后,笃志经史,其于音学深有所得。今为《五书》以续三百篇以来久绝之传,而别著《日知录》上篇经术,中篇治道,下篇博闻共三十余卷。有王者起,将以见诸行事,以跻斯世于治古之隆,而未敢为今人道也。"表明他对该书寄托至深。又说:"有王者起,得以酌取焉,其亦可以毕区区之愿矣。"

同样的思想在黄宗羲身上也有体现,他在《明夷待访录》自序中说:"冬十月,雨窗削笔,喟然而叹曰:昔王冕仿《周礼》著书一卷,自谓'吾未即死,持此以遇明主,伊、吕事业不难致也',终不得少试以死。冕之书未得见,其可致治与否,固未可知。然乱运未终,亦何能为'大壮'之交!吾虽老矣,如箕子之见访,或庶几焉。岂因

'夷之初旦，明而未融'，遂秘其言也！"

顾、黄二人学问、人品兼称，在清初号为闻人。明亡，他们都以遗臣自处，誓不与清人合作。顾亭林后半生游历北方，名为访学，实为避世。黄宗羲老年作生圹，读书其间，以示与尘世绝缘。二人行迹不同，抱朴守一，是他们人格高尚处。

对顾、黄之类学人，梁启超在《中国近三百年学术史》中分析道："这些学者虽生长在阳明学派空气之下，因为时势突变，他们的思想也像蚕蛾一般，经蜕化而得一新生命。他们对于明朝之亡，认为是学者社会的大耻辱大罪责，于是抛弃明心见性的空谈，专讲经世致用的实务。他们不是为学问而做学问，是为政治而做学问。他们许多人都是把半生涯送在悲惨困苦的政治活动中，所做学问，原想用来做新政治建设的准备，到政治完全绝望，不得已才做学者生活。他们里头，因政治活动而死去的人很多，剩下生存的也断断不肯和满洲人合作，宁可把梦想的'经世致用之学'依旧托诸空言，但求改变学风以收将来的效果。黄梨洲、顾亭林、王船山、朱舜水，便是这时候代表人物。他们的学风，都在这种环境中间发生出来。"这一段话，剖析得很到位，也很准确，是有关顾、黄诸人的知己之谈。

后来学者不具这种抱负和气节。清学开创级人物阎若璩，字百诗。六十八岁时，康熙南巡，有人荐他，康熙下诏召见，他却没有赶上，因此很懊丧。当时雍正尚在潜邸，颇收罗名士，闻名请他入京。他以垂暮之年冒病前往，不久便卒于京。此时顾、黄精神已经不再。

辅明君致治，成伊吕事业，恐怕是顾、黄这些明朝遗老的共同心事。后人称道顾氏开清一代考据、音韵之学，黄氏《宋儒学案》《明儒学案》开中国真正的学术史，那是把他们看轻了。虽然顾氏做过音韵研究，但在他眼里那不过"小道耳"，他何尝志止于此？他抱负更大，志趣更广，眼界更高，非小学所能局限。他的后学潘耒真知他："有通儒之学，有俗儒之学。学者，所以明体适用也。综贯百家，上下千载，详考其得失之故，而断之于心，笔之于书，朝章国典，民风土俗，元元本本，无不洞悉。其术足以匡时，其言足以救世，是谓通儒之学。若夫雕琢辞章，缀辑故实，或高谈而不根，或剿说而无当，浅深不同，同为俗学而已矣。"关于《日知录》，他又称道："先生非一世之人，此书非一世之书也。"(《日知录序》)

顾氏著此书极苦，自称："某自别来一载，早夜诵读，反复寻究，仅得十余条，然庶几采山之铜也。"每一条都得来不易，花费了他大量心血。

梁启超是做学问出身的，深知《日知录》的价值，他说："亭林的《日知录》，后人多拿来比黄东发的《黄氏日钞》和王厚斋的《困学纪闻》。从表面看来，体例像是差不多，细按他的内容，却有大不同处。东发、厚斋之书，多半是单词片义的随手札记。《日知录》不然，每一条大率皆合数条或数十条之随手札记而始能成，非经过一番'长编'工夫，绝不能得有定稿。……则他每撰成一条，事前要多少准备工夫，可以想见。所以每年仅能成十数条，即为此。不然，《日知录》每条短者数十字，最长亦不过一二千字，何止旬月才得一条呢？不但此也，《日知录》各条多相衔接，含有意义。"

二

我自知有此书以后，即四处搜求。书到手后，不敢马虎，一字不苟地读起来。读完，并未发现如《群书治要》那样的治国方略，也没有《明夷待访录》那样的条分缕析，贯穿古今。暗自思衬，人谓其术足以匡世，其言足以救世，那言、术到底藏于何地？像这样，若真有王者起，将何以遵循？

这已是十年前的观感。

带着这样的疑窦，又反复翻览，以上问题仍无解。只好认为此山非无玉，攻玉之具不足。遂忍痒废读，认真做基本功。隔数年，自以为学力有进，复捡起《日知录》一一考核。读未半，感觉如前，问题仍未解决。虽问题未解决，却发现了他的微言大义：

"武王伐纣"条，顾氏总结道："是以知古圣王之征诛也，取天下而不取其国，诛其君，吊其民，而存先世之宗祀焉斯已矣。"这话明是对清人说的，谓其灭人国而绝人祀，缺少"明告万世以取天下者无灭国之义也"，因"古圣王无与一国为雠者也"。

"罔中于信以覆诅盟"条云："国乱无政，小民有情而不得申，有冤而不见理，于是不得不诉之于神，而诅盟之事起矣。""有道之世，'其鬼不神'。"也明显感慨系之，借古喻今。

"不吊不祥"条云："自余所逮见五六十年国俗民情举如此矣。不教不学之徒满于天下，而一二稍有才知者，皆少正卯、邓析之流，是岂待三川竭而悲周，岷山崩而忧汉哉！"稍稍见其胸臆，而愤慨不平之气填然，品节自是不同众庶。

"夫子之言性与天道"条云："五胡乱华，本于清谈之流祸，人人知之。孰知今日之清谈，有甚于前代者。昔之清谈谈老庄，今之清谈谈孔孟，未得其精而已遗其粗，未究其本而先辞其末。不习六艺之文，不考百王之典，不综当代之务，举夫子论学论政之大端一切不问，而曰'一贯'，曰'无言'。以明心见性之空言，代修己治人之实学。股肱惰而万事荒，爪牙亡而四国乱，神州荡覆，宗社丘墟。"这一段话说得最沉痛，对魏晋、宋明以来空谈性理，误国误人有深刻感触，不遗余力予以批判。因他有亡国之恨，故言语之间不胜感慨。

三

以上是《日知录》上篇"经术"类涉及内容，至于中篇"治道"，则有"州县赋税""州县品秩""乡亭之职""法制""人材""关防""地亩大小""权量""以钱为赋""财用""助饷""水利""周末风俗""两汉风俗""宋世风俗""名教""乡原""大臣""降臣""本朝""太上皇""陵""墓祭""明经""秀才""举人""生员额数""糊名""恩科""十三经注疏""监本二十一史""文须有益于天下""非三公不得称公"等名目，卷帙有限，不足全书三之一。而内容涉及方方面面，几乎无有挂漏。每一条都很厚实，淹贯古今，逐代开说，最后得出结论，其中不乏灼见，足以警世。

"乡亭之职"条云："由此论之，则天下之治始于里胥，终于天子，其灼然者矣。故自古及今，小官多者其世盛，大官多者其世衰，兴亡之涂，罔不由此。"

"法制"条云："法制禁令，王者之所不废，而非所以为治也。其本在正人心，厚风俗而已。"

"正始"条云："有亡国，有亡天下。亡国与亡天下奚辨？曰：易姓改号，谓之亡国；仁义充塞，而至于率兽食人，人将相食，谓之亡天下。"

"清议"条云："天下风俗最坏之地，清议尚存，犹足以维持一二，至于清议亡而干戈至矣。"

"廉耻"条云："故士大夫之无耻，是谓国耻。吾观三代以下，世衰道微，弃礼义，捐廉耻，非一朝一夕之故。然而松柏后凋于岁寒，鸡鸣不已于风雨，彼昏之日，固未尝无独醒之人也。"

"贵廉"条云："呜呼，今日之变有甚于此！自神宗以来，黩货之风，日甚一日，国维不张，而人心大坏，数十年于此矣。"

"巧言"条云："天下不仁之人有二：一为好犯上、好作乱之人，一为巧言令色之人。"

"文辞欺人"条云："古来以文辞欺人者，莫若谢灵运，次则王维。"

其治道大率如此，囊括古今治道的方方面面。他著此书的目的，是要后人惩明亡及历代亡国教训。故多从反面下手，专拣那些失败的要害处说话，下笔千里，要义归为一着，正可疗治多病。因他心中自有块垒，故发言沉痛，鞭下见血，时出惊人之语。许多地方精辟绝伦，识见高明，常发人所不能发。

虽如此，《日知录》所涉及，要不出《汉书》十志范围，仅限于"三通"之类。规模虽宏大，议论虽精微，但没有一套成系统的建树，与《明夷待访录》互为表里，可以等量齐观。通观全书，也只是一本"公羊传""尚书大传"而已，有为天下定仪准之志，不具再造思想文化之器。其中不乏针砭时弊的警语，也只备《资治通鉴》的借鉴意义，夹杂其中的愤世态度，仅以表达对世风人心的不平之鸣。

审如此，《日知录》何以被时人推崇备至呢？首先可能因为它是一部严谨的学术著作。顾亭林做学问的态度，精绝的考索、推演，征服了时人。要知道，自宋人王应麟《困学纪闻》以来，已很少见到如此方正的巨著。顾氏对清学的真正影响也在此，乾嘉学派谨严不苟的治学态度与他不无关系。其次，也可见出那时读书人的风气，识见不高，志向不远，加之政府钳制，只能钻进书房，勾检虫鱼，再也想不起"修齐治平"那一套，对"天降大任于斯人"不抱幻想。也因此，《日知录》显得与众不同，迥出人表。

顾氏以伊吕事业自任，春秋精神自励，恐也把自己看作五百年一出者，才对《日知录》有如此深厚的寄托。

至于它的下篇"博闻"，主要是关于经史、职官、姓氏、诗文、文字、地理之学的考索，我们暂可不议。

以今人眼光来看这本书，不免失望。因为时移境迁，眼界不同，做学问的路径、方式不同所致。匡时救弊是亭林时代的大学问，远接孔子，以及汉唐、宋明，这在当时已经算是大学问了。即使放在今天，振衰起弊何以不是伟业呢？！

至今我还不能称读懂了《日知录》，但粗具这一眼光，再去重温两汉经学、宋明理学，就约略可以揣摩到古人的心思。中国的学问家与西方不同，他们字里行间都有家国情怀、命世意识，都在一点一滴修补时代的偏弊，心里都有一份"皇皇者华"的寄托，故而才能生成《日知录》这样的皇皇巨著。

难言之私有学问

虽然大小便是人生活的必须，但人还是觉得它粗俗，尽可能讳言，不得不言时则隐言。

大小便与洞房事一样，不登大雅之堂，文学作品常用雾里散花的手段，遮遮掩掩，犹抱琵琶半遮面。唯有有暴露癖的人，思想阴暗，对此津津乐道，或者故弄玄虚，如"此处删去多少字"，引人想入非非。

现时，人有排解之欲时而不得不告人，则代言之，有说方便方便，有说解手，有说出恭，有说如厕，粗人则直言蹲坑。

称谓的变化反映文明进步的历程，虽然达官贵人在这件事上并不比农夫雅致多少。刘姥姥进大观园，吃酒大醉，扎手舞脚地躺在怡红院，满屋子都是她的酒屁臭气，但并不讨人厌，因为此事不分高低贵贱，人人尽有。

大小便，庄子称其为"矢溺"，《人间世》有："夫爱马者，以筐盛矢，以蜄盛溺。""矢"通"屎"，指马粪，"溺"指马尿。

《史记·范雎蔡泽列传》载："雎详死，即卷以箦，置厕中。宾客饮者醉，更溺雎，故僇辱以惩后，令无妄言者。"范雎早年做魏国大臣食客，随人出使齐国，齐王送给他一些财货。回国后，魏人诬其私通齐国，将他打个半死，席卷后抛入厕中。众宾客喝醉了，纷纷朝他身上解溲，以示羞辱。

毛泽东有一首诗《送瘟神》："千村霹雳人遗矢，万户萧疏鬼唱歌。"其中的"矢"字，即指大便。

称大便为"矢"古已有之。《左传·文公十八年》载："(襄)仲以君命召惠伯，其宰公冉务人止之，曰：'入必死。'叔仲曰：'死君命可也。'公冉务人曰：'若君命，可死。非君命，何听？'弗听，乃入，杀而埋之马矢之中。"可见，最初的"矢"多就马而言，后借用于人。

到了汉代，对大小便的称呼就与现代接近了。韦贤为汉宣帝丞相，封扶阳侯。生前确定二儿子韦弘做他的继承人，韦弘时为太常丞。为保证接班顺利，韦贤命儿子辞官，然韦弘未遵父命，后竟然犯罪系狱。韦贤死前，家人问他谁来继嗣，韦贤恚恨不语。韦贤小儿子玄成，谦逊下人，时为大河都尉，韦贤门生与其宗人商定由他来继承爵位。韦玄成知道这不是父亲的遗意，故而推辞不就。《汉书·韦贤传》载："贤薨，玄成在官闻丧，又言当为嗣，玄成深知其非贤雅意，即阳为病狂，卧便利，妄笑语昏乱。"颜师古注："便利，大小便。"颜师古是唐人，大小便应是当时的通称。

唐人也有将大便称为"粪"的。《资治通鉴·唐纪》："宁陵丞庐江郭霸以谄谀干太后，拜监察御史。中丞魏元忠病，霸往问之，因尝其粪，喜曰：'大夫粪甘则可忧；今苦，无伤也。'元忠大恶之，遇人辄告之。"大便之味竟也有甘有苦，除郭霸之外，恐无人勇于一试。

有非常之志，则有非常之行，郭霸之谓也。只是，"粪"与"矢"相比，显得有些粗鄙，稍失"掩君訾"之德。

至于小便，春秋时的称呼，既不是"溺"，也不是"遗"，而是"私"。相较而言，这个称呼极妙，用字准确。

《左传》记载了三次有关小便的事，颇有意趣。

鲁襄公十年（前 563 年），郑国发生了一次政变。时，子驷执政，尉氏、司氏等人对其不满。子驷施计压制，几人就合伙杀死子驷，包括子产的父亲子国。这下，郑国诸大夫坐不住了，群起而攻之，尉氏、司氏等人大败，逃亡宋国。鲁襄公十五年（前 558 年），郑人为免除后患，复卿大夫之仇，派人向宋国行贿，以三人为质，交换尉氏、司氏等亡徒。三人里，有一个叫师慧的，是郑国乐师，亦是此次行动的代表。这件事本应到此结束，人质一到，宋国交换凶犯，双方皆大欢喜。但不知为什么，宋人没有遵守约定，既未移交凶犯，还把人质扣留了下来。接下来发生了戏剧性的一幕："师慧过宋朝，将私焉。其相曰：'朝也。'慧曰：'无人焉。'相曰：'朝也，何故无人？'慧曰：'必无人焉。若犹有人，岂其以千乘之相易淫乐之矇？必无人焉故也。'子罕闻之，固请而归。"师慧见宋人久不践诺，故意在宋国国朝外小便，以示轻蔑。他的副手提醒他这是宋国朝廷，不要失礼。师慧故作糊涂，称宋朝无人，若有人，何故一味贪财好淫乐，枉顾大国之礼！此时，宋国执政者是子罕，春秋著名的贤相。他闻此言，便说服宋公，放回了师慧等人。

鲁昭公八年（前534年），陈哀公得痼疾，诸公子杀太子而另立。后陈哀公自缢而亡，国家大乱。因陈国是楚国的附庸，陈人诉诸楚国，楚公子弃疾率师攻入陈国。平乱后，楚人主持安葬陈哀公。"舆嬖袁克，杀马毁玉以葬。"楚人打算杀掉此人以祭哀公，就把他抓了起来。因禁中，袁克请求楚人赦免他，未果，又提出要小便。传曰："楚人将杀之，请置之。既又请私，私于幄，加绖于颡而逃。"他趁着小便的空子，头戴丧服逃掉了。

鲁定公二年（前508年）二月，"邾庄公夷射姑饮酒，私出"。夷射姑是邾国大夫，陪邾庄公饮酒，酒喝多了，出门小解，遇见守门人。守门人以为他去庖厨取肉，求他赏赐一些。按当时的礼节，守门人的要求属非分，故而夷射姑夺下他手里的甲杖，敲打了几下。陪邾公喝完酒，夷射姑就把此事忘了，他没有想到看门人与自己结下了仇，正设计害他。邾庄公生性卞急，且有洁癖，见不得秽物。第二天早，此公信步来到内朝门外，看到守门人正手忙脚乱地用水壶喷洒地面，不由得呵斥了几句。守门人辩解道："夷射姑旋焉。"旋，也是小便的意思。邾庄公闻言大怒，马上命人抓来夷射姑问罪。恰好这天夷射姑不在，将士们空手而回。邾庄公又气又急，从寝床上蹦起大骂，未承想一脚踩空，一头栽进床边取暖的火炉里，严重烧伤。不久，他就因烧伤感染而亡。夷射姑随地一次小便要了主公的命，看来，小便不小，小便之事往往涉及政事。

高贵、典雅是周朝贵族的普遍风尚，这从"私"字可以看出。

汉代，有称小便，有称小遗的。《汉书·张汤传》载，张安世为大司马车骑将军，领尚书事，以宽容称。他做光禄勋时，"郎有醉小便殿上，主事白行法，安世曰：'何以知其不反水浆邪？如何以小过成罪！'"此即称小便。《汉书·东方朔传》载："朔尝醉入殿中，小遗殿上。"东方朔侍武帝宠，多无赖之举，这是他诸多滑稽狂放之一端。职此"小遗"之故，他被劾以不敬，免为庶人，不久又起复。

古今称谓的变化是种文化现象，研究其流变非常有趣。雅与俗本为两道，但互不排斥，俗从雅中来，雅变俗而新。既能通乎雅，又能从乎俗，才是文化的生命力所在。

"三纲"之说及其他

朱熹言："看文字须子细。虽是旧曾看过，重温亦须子细。每日可看三两段。不是于那疑处看，正须于那无疑处看，盖工夫都在那上也。"

此一段话，近日读书越发觉得受用。

近人孙德谦有一段关于"三纲"的推论，正可用于朱熹此点发明：

> 三纲之说，近人言平等者，皆所不取，不知彼自未达其义耳。三纲之义，见于班固《白虎通》。《白虎通》"三纲六纪"篇曰："三纲者，何谓也？谓君臣父子夫妇也。故君为臣纲，父为子纲，夫为妻纲。"为者与也。尹知章注《管子·戒篇》曰："为犹与也。"是为、与二字意同，此盖本言君与臣为一纲，父与子为一纲，夫与妻为一纲也。何以明之？读下文而义自见。下文"君臣父子夫妇，六人也，所以称三纲何？一阴一阳之谓道，阳得阴而成，阴得阳而序，刚柔相配，故六人为三纲。"然则君臣父子夫妇，皆阴阳相配，惟其以阴阳相配，故君臣一纲，父子一纲，夫妇一纲，正是平等之义，故统下文而并读之，其义本自明晰也。自人于为纲之为，既不识其当训作与，而又不统读下文，遂

> 妄议此三纲之义，何其谬乎？况即从常解，义亦持之有故，而言之成理与。(《古书读法略例》)

"三纲"之说，习以为常，而人不究其底里，一味从众，无有疑者。孙氏之解，有如霹雳，使人恍然。于无字处读书，才会在无疑处见可疑，从而发人所未解。读书可不仔细乎？！

然"三纲"之说，习见如是，似也未可以一见推翻。人人俱认为君为臣纲，父为子纲，夫为妇纲，此之谓世法，未可轻破也。国人皆曰可杀，杀之可也，不听其真可杀、真不可杀。读书也不可执持一己之见，执持一己之见者，人谓之腐儒。

司马迁《史记·伯夷列传》载："太史公曰：余登箕山，其上盖有许由冢云。孔子序列古之仁圣贤人，如吴太伯、伯夷之伦详矣。余以所闻由、光义至高，其文辞不少概见，何哉？"

孙氏据此推断云："既云孔子序列古之仁圣贤人，如吴太伯、伯夷之伦详矣，所以明其《世家》之始太伯，《列传》之始伯夷，盖即折衷夫子之义也。"

闻此言猛然惊醒梦中人，惭愧自己读书荒疏，习惯仰人，不习惯自己找见识。昔日游苏州园林，每游辄增胜叹，不自知所以为叹也。与此如出一辙，追其因，还是读书不精到所致。

孙氏又言：《五帝本纪》赞云：好学深思，心知其意。噫！读《史记》而能知意者谁哉！"

读至此，顿时赧颜，暗自嗔怪孙氏，不该如此发人之短。

因而手撰一联，以志此日之羞：得有间隙可乘，于无字处读书。

"不可捉一个中来为中"

钱锺书《管锥编·左传正义》第三十条：成公十五年，由子臧一语引起，论权变之义。子臧曰："前志有之曰：'圣达节，次守节，下失节。'"钱氏以为此"达节"即昔语所谓"权"，今语所谓"坚持原则而灵活利用也"。钱氏所谓的"权"，非权力之权，乃权变之权。

钱氏继而展开对"权"的钩沉。钱氏读书极多，每有感发，辄引古今，大率十数条、数十条以证。关于"权"，钱氏以"权乃吾国伦理学中一要义，今世考论者似未拈出"。故而广征博引，由《论语》《庄子》《淮南子》《孟子》《左传》《战国策》《中庸》《全唐文》等，不啻数十条，以证其说。

《论语·子罕篇》："可与立，未可与权。"《庄子·秋水篇》："北海若曰：'知道者必达于理，达于理者必明于权，明于权者不以物害己。……'"《孟子·离娄篇》："男女授受不亲，礼也；嫂溺援之以手者，权也。"《孟子·尽心篇》："执中无权，犹执一也；所恶执一者，为其贼道也，举一而废百也。"《史记·太史公自序》论君臣"皆以为善"，而蒙恶名，陷死罪者，"守经事而不知其宜，遇变事而不知其权"。

上述诸说可证，古人不止承认"权"的存在，而且把善于权变作为治世的能力来肯定。通权变者事半功倍，不同权变者事倍功半。

古代闻人也多有对权的讨论。董仲舒《春秋繁露·玉英》载："夫权虽反经，亦必在可以然之域。……故虽死亡，终弗为也……故诸侯在不可以然之域者，谓之大德，大德无踰闲者，谓正经。诸侯在可以然之域者，谓之小德，小德出入可也。权谲也，尚归之以奉巨经耳。"

《全唐文》卷四〇四冯用之《权论》："夫权者，适一时之变，非悠久之用。……圣人知道德有不可为之时，礼仪有不可施之时，刑名有不可威之时，由是济之以权也。……设于事先之谓机，应于事变之谓权。机之先设，犹张罗待鸟，来则获矣；权之应变，犹荷戈御兽，审其势也。"

王安石《临川集》卷七十二《再答龚深父〈论语〉〈孟子〉书》："天下之理，固不可以一言尽。君子有时而用礼，故孟子不见诸侯；有时而用权，故孔子可见南子。"

杨时《龟山集》卷一〇："不知权是不知中。……坐于此室，室自有中；移而坐于堂，则向之所谓中者，今不中矣……合堂室而观之，盖又有堂室之中焉。……《中庸》之书不言权，其曰：'君子而时中'，盖所谓权也。"

《二程遗书》则更直截了当："不可捉一个中来为中。"

行文至此，就有些意思了。最恪守圣人之言，讲君子之道的古人，竟纷纷赞成权变。有人直截了当，有人半抱琵琶，但毕竟是承认了。尤其作为宋明理学开山人物的二程，其表态尤令人吃惊。不能说他叛道，却已离经远了。宋明理学之所以僵化，走到死胡同，也与他们不懂权变，不愿与时俱进大有干系。

世事凡有中则有偏，有方则有圆，有圆则有缺，有守则有变。如固执一偏，无所变通，只能坐以待毙。一成不变，只能落个守株待兔的结果。佛有十诫、八诫，拘持人太死。故而禅宗出，清规戒律一概抛却，只要心中有佛，通过觉悟即可达彼极乐世界。马克思主义与中国实际结合，即是一变；学习苏联而另开一途，也是一变；由人民公社到包产到户，又是一变。在此不断权变中激发出新的活力，证明了本本主义行不通。权变通则治道通，将其用于实践又成为方法论，没有对马克思主义的灵活运用就不会有今天改革开放的巨大成就。

遵道而不囿于道，绝不是机会主义，而是灵活性，是上升、有活力的表现。

易有卦，也有变卦，变卦使卦象生生不息，成其无穷象数，其理关键在于变。阴阳八卦图说明了一个问题：阴阳黑白永远处于变化之中。

孟子曰"尽信书不如无书"，墨守成规的人读书无益，反而有害，他掌握的知识越多，泯灭良知良能越有力。

任何事都有一个尺度，权变也如此。离开经谈经，抛开道论道，则经不为经，道不为道。坐于室中为中，坐于堂仿佛失中，而就堂室论，也未离中。设若离开堂室，恐就得以州里为坐标了；离开州里，又得以天下为坐标了。这样推理下去简直没有个头。没有边界的中，无以为中。若说自己总处于中，等于永远正确，那是诡说，或者就是强盗逻辑。

掌握前进方向的非经即纬，做任何事都不能偏离太过，离开了这个标准，社会就会陷于混乱。中庸之道的本意是用中，庸者，用也。用中、用于中是中国文化的基本遵循，也是经验之谈，切不可小觑了。

遵道而不囿于道，绝不是机会主义，而是灵活性，是上升、有活力的表现。某种程度上，它也属于权变范畴，前提是不能违背基本点，不可"捉一个中来为中"。

从会通谈起

学问的最高境界是什么情况？几乎无从谈起。

最近两年，全球的天文望远镜都对准了一个方向。经过两年的观测记录和繁复的数字编辑，终于绘出了一张图，证实了黑洞的存在。由此，人们向已逝的爱因斯坦投去仰慕的一瞥。他的广义相对论曾推导出另一种暗物质的存在，其能量大到可以使物质成为超物质。在它强大的吸力下，时空发生扭曲，光发生折曲，甚至引力本身也发生了扭曲。

我不懂高等数学，这些都是抄来的；对黑洞事件感兴趣，是因它触发了我的一些遐思。

黑洞事件使我们对世界的了解达到了一个新高度，我们知道了宇宙的能量是源源不断的。只要你有新技术、新手段，能量就永远没有枯竭的时候。待科技发展到一定水平，可能空气与水照样能源源不断地生成。科技在改变人的认知、观念，也许，许多年以后，人类可能要为长生不老而发愁。这些新的进步都源于对大脑的开发，与其惊叹宇宙的奥妙无穷，不如花点时间为大脑点赞。

到现在为止，对物质世界的认识还没有个头。也就是说，人类对大脑的开发也还没有个头。等到哪天，我们认知的宇宙崩溃了，可能只是我们的大脑崩溃了。

量子、黑洞这些已经证实的东西可以激发我们无穷的想象,一切皆有可能,尽可以展开翱翔的翅膀。不定哪天我们会惊奇地发现,我们眼中的宇宙本身就是大脑生成的东西,宇宙的边界就是大脑的边界。不定哪天,我们还会看到一些灵异现象,那些神话传说、灵魂地狱可能就存在于某个角落。

之所以得出这样的结论,原因在于,迄今为止,人类对自身,包括大脑还知之甚少。想到这里,我甚至认为,大脑就是宇宙,大脑有多丰富,宇宙就有多丰富,正如佛教所说,万象皆存于心。

想到这里,我不由有些战栗,被自己的想法惊住了。

可惜的是,我们还得一步步走,在时间隧道里继续穿梭。像地心旅游科幻片展示的那样,前边有滚滚流淌的熔岩,有如玉林石笋那样巨大的钻石……

古人对于学问的最高境界有一个描述,叫"通"。庄子说:"庸也者,用也;用也者,通也;通也者,得也;适得而几矣。"这话应该反过来理解,有得才能通,通了才有用。在中国文化系统中,"通"专指经史子集,要求对其般般精通,十八般武艺样样会使。懂"五经",懂经注、经传,了解重要人物关于五经的见解,并有自己的基本判断。我注五经,非五经注我。再就是懂诸子百家,对他们的思想脉络及其流变有一个整体把握,掌握后代注释家的解读。子集二部也如此,因它们太繁琐,就不一一赘述了。仅此就很吓人,要知道,从古及今抛开经史子集本身不谈,有关的著述已自浩若瀚海,穷尽一生也不可能探到底,通其中一节就可称为通儒。许多学问家只能选择一门去做,治易经,治老庄,治小学,治唐史,能治通史的人已经非常了不起了。西汉刘向父子是通才,他们把天下学问分为七类,即辑略、六艺略、诸子略、诗赋略、兵书略、术数略和方技略,开了编纂学的先河。那时还没有经史子集一说,等到《隋书》出来后才有。汉代郑玄是治经学的通才,他注了大量经书,至今还为人所用,因此开了一门学问——郑学。其他如许慎是治字学的通才,唐人刘知几、宋人郑樵是治史的通才——简直数不胜数。

清人做学问极扎实，涌现出一批通家，如顾炎武、黄宗羲、惠士奇、戴震、钱大昕、王引之、王念孙、章学诚、段玉裁等，大多是江南人，分江左、江右之学。他们影响很大，余风一直刮到近代，康有为、梁启超、章太炎、王国维、陈寅恪诸人都是得其遗绪。就学问底子而言，当代一些所谓的大家，还不如当时的末流，所以我很少读当代人的著述。手头有几样中华书局的本子，如《左传》《韩非子》《文心雕龙》，都是眼下专家注释的本子，他们所作注解，舛误多到让人不忍看。现在的一些专家，就风度而言，可以媲美魏晋人物；然而讲话没有丰采，语言贫乏，见解流俗，让人嗟叹。

"会通"这个词出自郑樵，他认为通还不够，学问的上乘功夫是会通。他是讲史的，这个概念却适用于任何学问。实际上，古代很多人之所以不朽，可能仅仅是因为几句话，甚至一个词。很惭愧，大多数人都做不到这一点，多是默默无闻而来，默默无闻而去。我写了不少文章，恐怕也难有一篇传下去。《左传》里鲁国有一个大夫叔孙豹，他讲了一个"三不朽"（大上有立德，其次有立功，其次有立言），讲过这话后，他也从此不朽。宋代张载提出了一个"四为"（为天地立心，为生民立命，为往圣继绝学，为万世开太平），范仲淹讲了句"先天下，后天下"（先天下之忧而忧，后天下之乐而乐），让后人记住了。严羽论诗，用"气象"，王国维论诗，讲究"境界"，论诗何止一个标准呢？这是此二人的发明，能够开物成务，也被人记下了。是所谓"天下有可废之人，无可废之言"。

做学问做到会通地步的，还有两个人堪为楷模。一个是宋人朱熹，一个是王阳明。这两个人是宋明理学的核心人物，底子厚实，知识渊博，他们的学问不仅局限在哲学范畴，不然仅凭一个"格物致知"、一个"知行合一"就能让天下人奉为圭臬？朱熹通经，通史，通诗词歌赋。读《朱子语类》会发现，他对很多东西都有独到见解，学问渊深，无可探其底里。王阳明讲"知行合一"，那是把"知"与"行"都打通了。他参悟的功夫是"一日格一竹"，这个方法就是在寻求会通、彻悟。他讲学影响力极大，弟子徒众遍布江南，翻翻黄宗羲那本《明儒学案》就能知其大概。

会通是学问的高致，然而要达到，却需要板凳十年冷。荀子讲人性恶，讲王霸之道，讲礼乐刑政，开篇却是《劝学》，次篇是《修身》，可以明白他的用心——学是进身明道的良途。学习也好，礼乐刑政也好，都是改变人性的必要。职此，我们也就对荀子之学有了通贯的了解。

读书——人生，是实现会通的两个基本条件。读书要会读，了解它容易，读明白很难。同样是孔子的弟子，子贡是闻一知二，颜回是闻一知十，确也有天赋在里边。

读书而做学问又是另一回事，远非想象的那么简单。明清之际的张尔岐自述他曲折艰辛的求学次第，足可供后人师法。因为觉得特别有用，虽然文章有些长，也觉得有抄下来的必要。

> 崇祯皇帝大行之年，予始焚弃时文，不复读，思一其力于经与史。乃悠泛无成绪，倍于读时文时之于经与史也。因自讼曰：古之君子之为学也，自一年而七年谓之小成，九年谓之大成，非无利钝，约略具是不甚远也。予十五闻有所谓圣人之道者而悦之，今二十年自视犹初也。初见先儒病干禄之学，意其咎在时文；焚且弃矣，又谁咎！若是乎，经与史之不可日月期也；若是乎，圣人之道之不可以力也；若是乎，天实生才不善不可强也。囩然者久之，忽自悟曰：是矣，是不可以他咎也，是不可以为天实生才不可强也。忆十五授《诗》矣，父师董之，有司岁时进退之，顾以多病，日学《黄帝内经》《神农本草》，下迨《脉诀》《甲乙》《难经》，又以其说近老氏，学老氏，而《诗》废十九。学史矣，因并学《书》《春秋》，父师董之，朋友言议，文章日需之。顾以兴亡之际，感慨不自已，旁及乐府、选、近诸体，填

辞杂歌之，以澹予心，以平予气，而史又废。是时余力之及时文者，百一耳。又以时重诸子，学诸子。二十六，感友人之说，肆力于时文。时文喜杂引《周礼》《礼记》，学《周记》《礼记》。己卯，有天日之劢。乡人鲜解《礼》者，学《礼》。从俗奉佛，学佛书。其时意有所属，学兵家言。兵家天时最杂，学太乙，学奇门，学六壬，学云物风角。岁属大祲，酷吏时杀人如草，釜量肉，泽量骨，惴惴潜身，不出户庭。日焚香诵《易》，学《易》。学此不成，去而之彼；彼又不可成，以又有夺彼以去者，不仅彼之夺此也。癸未前学固如此其不一也。迨弃时文，学经史，君父之恨，身世之感，更至递起。自分永弃于时，心仪梅福、申屠蟠、王裒、孙登、陶潜之为人，时时取《老子》及《参同》《文始》之流读之以自遣。杂坐田父酒客间，剧谈神仙、方技、星卜、冢宅不绝口，所谓经与史，名焉存耳。意之所至，乱抽一帙；意之所止，不必终篇。勿论不解，即解亦不忆。嗟乎！将安归咎哉。古人有言："匪勤匪昭，匪壹匪测。"是殆不可悔也。自今往后，业有定纪，不敢杂。首《大学》，次《论语》，次《中庸》《孟子》，次《诗》，次《书》，次《易》，次《春秋》，次《周礼》《仪礼》《礼记》；史则主《纲目》、次《前编》《续编》，本朝《通纪》《大政录》；杂书则《大学衍义》及《补》《西山读书记》《文献通考》《治安考据》《文章正宗》《名臣奏疏》《大明会典》。日有定课，不敢息。经自日一章至日三章，史自日一卷至日二卷，视力为准。其修其废，各详于册。身既隐矣，安所用吾志！退者之不可不学，更甚于进者之不可不学也。不敢告人，日勤吾退者之务。

之所以不惮其劳地把这一长段话录如上，乃因为也有这样的困惑与经历。一个读书人在求学路上如此履艰历险，也证明了读书不是一件易事。唯其读书经历及治学次第,可以让我们少走一些弯路。

张尔岐是由明入清的人,历经怛怊,生处恒不定,故而他读书为学尤见艰辛。

时人罗有高作了一篇《张尔岐传》,称其"志操既定,履苦节而甘,淡泊平中,宿光不耀。诣益精,游泳六艺,得其会通"。他终于也有所成。

向学固然是一个善念,但其中甘苦恐只自知。找不到方向是一难,防止成为李善那样的两脚书橱是一难,打通学问最难。读书仅资兴趣可免此三难,然此中也有难:读到一定程度,总该有话要说,有意见要表达,这又怎么办?周作人著《知堂书话》,几大本,是他读书所得,他大概也控制不住自己。

顾颉刚的《古史辨》是我早就想读的书,一直找不到。不意一家书店改造,我在书堆里发现了,带回来一口气读了个大半。疑古精神是学问界至为可贵的传统,近代以来,疑古、证古风气极浓。此为康有为首倡,他的"伪经考""托古改制论"顺应了西学东渐的新思潮。在此思想的熏陶下,鲁迅等一批思想家应运而生。在某种意义上,没有那个时代的思想准备,就没有今天的改革开放。

当时,对经学、上古史的疑问很多,伏羲、黄帝、尧舜以及夏代的存在一直是个谜,其中有关井田制、尧舜禹禅让等的问题最多。顾氏搜集了大量材料,并结合考古,用二重证据法证明上古时代很多史实都属虚构,神话成分很大,而且愈到后代,神话内容愈丰富。由此他得出了"历史是层累地造成的"这样一个结论。这一观点为当时许多人所赞许。顾氏是史学大家,他的证与辨的过程,对传统历史进行了修正,也让我们学到了方法。

大概是前年吧,纷传有一本叫《人类简史》的书,我马上去购了一本。作者尤瓦尔·赫拉利,以色列人——听说他陆续出了几本简史。这书果然写得好,译文也流畅雅致,是难得一见的上乘作品。我一直着力于中国古学,对西学可以说是睁眼瞎,当时把这本书也轻看了，翻翻就放下了。近日在书架上无意中又看到了这本书，觉得有些辜负它，就抱起来重看了一遍。这一次算是弄清了它的脉络，为此很开心，认识到很多书是需要反复看的。赫拉利把人称作智人，把人类史分为三个时期，认为智人从认知革命时代到农业革命时代，至科学革命时代，一直在编造一些虚构的故事，靠想象创造了神话、宗教文化、社会组织、国家与政府机构，靠想象发明了金钱、银行系统以及国际支付网络。这一切都是基于共信条件下的集体想象，而发明者却是语言。赫拉利显然是个环保主义者，也或者就是某个动物保护协会的成员，他抱着嘲笑的态度看待迄今为止人类的所谓进步，又以悲悯的情怀哀悼那些人类进步的牺牲品——动物。该书末尾，有一个不长的章节，名为"从此过着幸福快乐的日子"，指出人类虽然不断进步，快乐并没有成比例增加。快乐是由血清素、多巴胺，甚至催生素等化学物质生成，一个人的快乐指数是恒定的，受制于先天的基因遗传，贫富、成败等因素影响极其有限。借此他告诉世人，科技进步、物质丰富并不能给人类的幸福指数带来实质性变化。这一思想是该书的另一条暗线，他想告诉我们，无论是农业革命时代的农民，还是科技革命时代的现代人，都远没有原始森林里的采集者更幸福，更快乐。

顾颉刚的《古史辨》与赫拉利的《人类简史》讲的都是虚构的故事，他们之间相隔半个多世纪，却在同一个问题上拉起了手。顾氏层层拨开了神话产生的过程，以及它们是如何形成的，赫氏描述了以不同面目出现的各种神话，两人所讲内容如此接近，以至于使我不经意就会混为一谈。他们会通历史的功夫让我十分着迷，以至常常陷入失神的沉思、张望中。

爱因斯坦是一个绝顶聪明的人，他把计算与想象结合起来，会通出一种超凡的物质现象。而顾氏与赫氏向我们揭示了神话故事是如何变成历史现实的。三者之间仿佛有着某种联系。从他们的思维方向出发，你会发现更多的奥秘。

读书当读正气书

人有五气：正气、邪气、英气、衰气、垂老之气。正气，浑厚之气；邪气，旁出之气；英气，勃发之气；衰气，枯竭之气；至如垂老之气，则绵绪无日，苟延残喘矣。

书也有五气。就诸子书而言，《论语》乃正气，鬼谷子之书乃邪气，《孟子》乃英气，老子之言乃衰气，列子之说为垂老之气。再言之，《墨子》为正气，申、韩之说为英气，《庄子》英气中有衰气，列子、名家之说暮气已至。

以史书而言，《史记》以英气胜，气贯长虹，始终不减。《左传》以正气胜，而衰气时见。《汉书》有端方气，《后汉书》以骨鲠胜，难当其末世之衰气。《三国志》英气、邪气驳杂，已呈暗昧。至于唐宋书，少见其英气，史书颓唐至此已难挽救。欧阳修欲以《春秋》之气济之，重修新唐书，但大势所趋，覆水难收，一木难支，徒见其声嘶力竭而已。史事已穷而不振矣。

气为时势所限，自不待言。孔子厄陈困匡，志气不减。泰山摧，河不出图，非其衰气，乃悲摧之气，心中自有无限抱负。苏秦、张仪学鬼谷子说，行走诸侯之门，取卿相如弹冠，发言英气不绝，说诸侯如驱牛羊就道，罔有不如意者。虽诡道而气盛，至今读来，言犹在耳。就气势言，苏、张无愧第一流人物！至魏晋，何晏、王弼之徒，发言玄远，领袖群伦，虽令人击节叹绝，无妨其为末世之音。

诗而言，《诗经》醇厚，流响后代，间杂郑、卫之音，无伤其为雅乐。及至离骚、汉赋，气势宏大，丽辞比胜，恢宏飙举。乐府之唱，滋味绵长；李陵之歌，情胜于律。诗至曹、魏，流风余韵，犹有梗概之气，却也是诗风之最后遗响。诗至南朝最丽，至唐最工，李、杜尚有开元气象，至义山（李商隐）已无所逾越，成为绝响。衰暮之气浸淫已深，无怪其不可救。

经史诗赋俱以气导之，气正则理正，气邪则理亏；气正则明朗，气衰则晦涩。读书人当知五气之辨，会当择善而从之，择不善而弃之。

文章之道至明清已为末造，故前后七子主韩愈说，文必秦汉，诗必盛唐；或主性灵说，各寻救弊之道。

明人文章虽无八代精神、汉唐气象，却趋于雅致，殊可玩味。今人以小品文目之，喜其清秀睿智。诸子中我最爱方苞、归有光、李渔、张岱、钱谦益等。李渔《闲情偶寄》言词曲，言声容，言居室，以至器玩、饮馔、种植、颐养，无不曲尽其妙，雅可陶冶性灵，修身养志。张岱《陶庵梦忆》《西湖梦寻》《石匮书》诸品辞旨靡丽，修短合体，指顾之间足见风度。此类文章，视之书画尺牍，可把玩而不可学，以其气数已尽。曲终人散，微闻其言，适可消磨意志。近世周作人文章类此，典雅博洽，殊有蕴藉而夺人声色，却远不及乃兄树人之作，声振金玉，铿钪绕梁，所谓"元亨利贞""利见大人"者也。

此间又有顾（炎武）、黄（宗羲）双杰，沉雄挺拔，独出人表，末造之才，旷世少比。二者固有救弊之志，然也至如微子叩马而谏，空有控辔之举而无止逸之能。自此清人再无振聋发聩之响，俱沦为腐儒一道，学妇人登绣房，入机室，对镜理妆，对机弄杼。学问一途，自此沦为发箧数藏，磨蚌为珠。惜乎，惜乎，石渠、白虎之论，金马、鸿都之辞尽为虫蠹所蛀矣！

近世，摧残旧有，不啻焚书之厄。绝处逢生，又有以振救，乃白话文。白话文别开生面，文章一道新生矣。

史而诗，而文章，与世沉浮。气有屈伸抑扬，有含蓄，有昂藏。

五气不辨,未可与言文章之道。原始要终,唱歌当唱正气歌,读书当读正气书。借用范仲淹的一句话:"云山苍苍,江水泱泱,先生之风,山高水长。"此之谓也。

卷三

乐是修身大境界

程颢称:"昔受学于周茂叔,每令寻颜子、仲尼乐处,所乐何事。"(《近思录·为学大要》)

周敦颐、程颢治学,要寻个"乐",以此为修身进境之妙术。宋人求进学,秘诀就在揣摩、寻绎,以至会心。会心略似于释教的觉悟。一旦会通于心,释然一笑,自然生出乐来。道问学本是一件乐事,乐在其中故能节节进取。设若是苦事,恐孔门弟子不从矣!乐,故能从;不乐,安能从?

梁漱溟讲孔孟,总结孔子之道为"乐""仁""讷言敏行""看自己""看当下""反宗教""非功利""非刑罚""孝弟""命""礼""不迁怒,不贰过""毋意,毋必,毋固,毋我"等十三条,第一条就是一个"乐"字。他说孔子"乐以忘忧","人不堪其忧,回也不改其乐","仁者不忧","知之者不如好之者,好之者不如乐之者","知者乐水,仁者乐山……知者乐,仁者寿","子之燕居,申申如也,夭夭如也","君子坦荡荡,小人长戚戚",从而总结出"乐为孔子生活当中最显著之态度"。这是梁氏对孔子最大的发现,他窥见了孔子真实的精神世界。孔子的人生态度是乐的,人生追求是达观的,对仁义道德充满信心,故自有其摄人心处。乐故而有仁,故而有善,故而诚,故而孝弟。"居处恭,执事敬,与人忠。"乐是孔子思想的主基调,他一生乐此不疲，虽畏于匡、困于蔡、厄于陈也在所不辞。孜孜以求之，汲汲以勉之。乐是孔子思想中最有魅力之所在，闪烁着人性的光辉。

老子、庄子以隐逸为乐，孟子以取义为乐，荀子以礼乐为乐，各以其乐为乐，故自乐而乐人。墨子以苦为乐，以节俭为乐，以非乐为乐，反人性，无怪人不乐。

孔子认为人生是乐的，故而主张入世，在入世中享受生之乐、道之乐、教之乐。

孟子认为："君子有三乐：父母俱存，兄弟无故，一乐也；仰不愧于天，俯不怍于人，二乐也；得天下英才而教育之，三乐也。君子有三乐，而王天下不与存焉。"这"三乐"大约他都具备，故而矜矜自喜。

老庄厌世，以为人生为外物所拘滞，不得自由，故不以身为形役，而去追求解脱；认为不受羁绊，天马行空，自然自在才是乐。

佛、道认为生是苦的，故而要离世、弃世，修身苦志以求他生之乐。然人生既是苦的，乐又何在？他的乐不在此世，而在彼世，以此生之苦换取他生之乐。这么说，他也在追求一种乐。菩萨只手拈花而笑，意味着他找到了大乐，只是这种境界距离人生太远了些。

大道是光明的，虽苦，但乐在其中，故而人不是苦行僧。君子以好善兼人之心待人，心存坦荡，故乐；小人以利己为事，虽暂乐而不能长久，故长戚戚。君子之乐小人不能解，小人之乐君子所不屑，故二者判然如水火。

今人追求名利、财富、健康，以自身为目的，常常以不能十全十美为憾。即使收之桑榆，也未失之东隅，最后还是不乐。格局太小永远找不到真快乐；即使得一时之乐，要么承受不起，要么不能正确对待。顾炎武说："古人求没世之名，今人求当世之名。吾自幼及老，见人所以求当世之名者，无非为利也。名之所在，则利归之，故求之惟恐不及也。苟不求利，亦何慕名？"（《日知录》）名利之事无非如此，名从利，利从名，名利纠缠，何可久？何可乐也？

孟子问：独乐乐，与众乐乐，孰乐？答曰：众乐乐才是真乐。孔门弟子"乐在其中"，程门弟子"如沐春风"。道即乐，乐即道，求学问道才是人生胜境！

抱翁老人

抱翁老人常说：人生天地间，当足蹬地，头顶天，讲究一个"直"字。夸父身高塞天地，跨江河，也只说他是一个好汉。

抱翁老人年届期颐，歌曰："此生惟欠死，风物归旧尘。过眼云飘过，星光照野魂。"

抱翁老人耄耋之年口腹之欲未减，戏言：吃饱即是修为，修道须要吃饱。常抱怨今之饮食不如昔：东西还是那个东西，色也还是那个色，只是没精神。

人人都想具第三只眼，抱翁老人言：第三只眼名看不见。

人问老人一生根底所在，曰：讲究一个"真"字。抱翁曰：晋人在有无间争个不了，甚无谓。做人须有，学问须无；做人而曰无，那是欺天；学问而曰有，那是欺人！

白文书

　　于书店搜寻，得《酉阳杂俎》，封面甚雅，窃喜。《太平广记》已为我所有，内收《酉阳杂俎》，惜散入，遂难辨所自。二书俱得，"母子"同抱，何乐不为！书打开，却为全译本，不禁恶之，弃置不顾。吾于古书最厌人全译，注足矣，全译纯属多事，徒增人懒怠，痴人为呆人作地。

　　因年长岁增之故，迩来多喜小制单行本，以白文最佳。如《开元天宝遗事》《齐东野语》，书裁数卷，适可一握，如厕时读、做枕边书均可。中制如《闲情偶寄》《桃花扇》也佳，不爱《论衡》《淮南子》等长卷，如鬼物缠人，白费楮墨。前得宋翻印本《玉台新咏》，打开，尽是墨虫，古意深长，格外馨香。书之可人意，还得此类为上。

　　吾素有内滞之症，每逢疾发，则去书店走一通，走不到一小时定有内通之象。我与书有不可解之缘。

想象力

　　古人之想象力，首自《山海经》。庄子、屈子外，微见者，尚有邹衍。邹衍论九州，有大九州、小九州之分。"以为儒者所谓中国者，于天下乃八十一分居其一分耳。中国名曰赤县神州。赤县神州内自有九州，禹之序九州是也。"其说乃中国最早的世界观念，惜乎其大九州只是理论推理，不是实证其有，唯此也已经是罕见了。

　　想象力丰富是战国时人的一大特色，《山海经》与庄子、屈子一时并出，不是偶然。以后秦燔诗书，汉尊儒而排摈诸家，儒家独踞朝廷，想象力屡遭遏制。汉时犹有《淮南子》为其遗续，此后就绝迹不见，十分遗憾。想象力乃创造力，缺乏想象力的文化，纵使有玄学、宋明理学，也不能除国人之弊。

　　但想象力不可抑制，是可以想见的。在政治上没有市场，转而走向诗文。继屈子之后，宋玉、司马相如、扬雄诸人善为辞赋。"轩翥诗人之后，奋飞辞家之前……蝉蜕秽浊之中，浮游尘埃之外，皭然涅而不缁，虽与日月争光可也。"（刘勰语）时人思想奋发，著述谲怪陆离。高唐巫山神女，蓬莱三岛上仙，骈然并出，耸人耳目，开人眼界。理想国境界不减西人。

　　随着政治与思想上的垄断，辞赋也戛然而止。

　　但想象力仍不可被遏止，道教即是想象力的产物。至若佛教东渐，未尝不是对想象力的又一种期待。万般皆苦的俗世中，出现一天上人间般的乐土，正好满足了人们想象的需求。提倡现实主义的中华民族，实隐隐有一种想象的天赋。这种天赋、需求虽被专治王权、科举制度扼制，却也不时迸发出来，只是范围愈来愈狭小。《桃花源记》久为人所称道，然桃花源不过是一条与人间隔绝的溪沟，与《逍遥游》远不能比，甚可惜而又可哀。

守常之道

　　人生在世，由平淡而至于繁华，由繁华而至于平淡，是一大轮回。平淡而知繁华之惑人，阅尽繁华方知平淡之真。遍尝人世滋味，方知守常为贵。守常，守真也，守真则可视富贵为浮云，守真则丈夫有所不取也。故守真又谓守中，守中则志不移，鬼神难夺其魄。守中者守正也，又守贞也，贞则不邪；又守一也，一则不贰。一者太极也，分两仪四象八卦者也。据于一则无所假借，无所不容。故守常、守真、守中、守正、守贞、守一为《易》道也。诸象以守常最为质朴，混沌未开之象也，璞玉未凿、顽石未磨之象也。《红楼梦》中之通灵宝玉即顽石，顽石一经点化，则堕落不可救矣。
　　守常之道对多欲而言。襁褓之儿无欲，吸乳饱腹而已，元气充沛。及长，知男女之欲、财货之欲、进学之欲、仕宦之欲、好名之欲、朋党之欲、长寿之欲。不陷于男女之欲则陷于财货之欲，不陷于仕宦之欲则陷于好名之欲。陷男女之欲必陷于财货之欲，陷仕宦之欲必陷于好名之欲，难一一数也。陷之浅则易拔，陷之深则难救。名物可供者无数，有福消受者有限。故欲不可纵，撙节而取：他人所有非我之物，故不取；非有道之物，故不取；所得富于所出，故婉拒。欲望如魔，避之犹恐不及，何汲汲入其彀？
　　节欲之要在知足，知足则知止，止于当止，差称知几。知几其神乎！"少私寡欲，绝学无忧。""甚爱必大费，多藏必厚亡。"日费三餐，饫饱即可，何必粱肉？衣能蔽体，御寒即可，何必绨绨？

知足之要在不妄取，嗟来之食不食，非分之食也不当食，食之则为妄取，妄取则谓之廉隅不修，簠簋不饰。子罕不受宋人玉，杨震夜拒敲门客，自修廉隅。子产不与环于韩起，冯骓代孟尝君烧券，君子怀德，善能修人廉隅。

男女之大欲存焉，可不慎欤！百里奚不辞荆钗，许允好德纳丑妇，君子称焉；齐襄公私通文姜，楚平王娶太子妇，君子耻焉。

守常之道在守本。儒教言心性，释教言执持，老子言守真，宋理学言诚敬，明心学言知行，皆此意。善守本则志气不移，英气内敛，发舒而能格止，皆乾元发挥作用。五行土为中，土者万物之所出也，而不为万物夺其性，以其本固也。善守本则风雨雷电无所摧，本失则魂魄离散，神鬼来摄矣。

进止之道

人生在世，当明进止之道。进时，义无反顾，不择难而进；止时，急流勇退，不恋栈而止。进时，中流击楫，激流险滩在所不顾；止时，戛然而止，安车驷马无以动其心。进于当进之机，止于当止之时，此之谓智者，此之谓通人。时不可择，我之进止可择；运数难期，我不违时而动。上天悯人，我幸有此，以保残年。

唯进止之数奥妙，非修身进德无以占之，诸君当勉力从事。

宋人范仲淹曰："艮止之道，必因时而存之。时不可进，斯止矣。……位不可侵，斯止矣。欲不可纵，斯止矣。止得其时，何咎之有！故曰：'时止则止，时行则行。动静不失其时，其道光明。'非君子，其孰能与于此乎！"（《宋元学案》）

君子遵道而行，尤当明乎进止之道。

知与行

世之事，总括起来，无非知与行。然而何其难哉！

章学诚说："为之难乎哉？知之难乎哉？……读其书，知其言，知其所以为言而已矣。读其书者，天下比比矣；知其言者，千不得百焉。知其言者，天下寥寥矣；知其所以为言者，百不得一焉。"（《文史通义·知难》）这是说知人难，懂他的人少。

知之难，情形不一。有知一不知二，有闻一不知十（语出子贡），有知二五而不知一十。这是说求知难，少有聪明通达者。

行之也难。蘧伯玉行年五十，而知四十九年之非。孔子曰："言寡尤，行寡悔，禄在其中矣。"行未尝不有悔，蘧伯玉、孔子概莫能外。

生有涯而知无涯，知难，行更难，想想也后怕。

王阳明主张知行合一，正有见于此，真能妙解心头之惑。对知行合一的正确理解是：人不论上智、中智、下智，知之则行之，知多少则行多少，万不可行于不知之途，万不可以不知为知。欺骗了别人还在其次，骗了自己才不划算，到时恐悔之无及！

事人与事鬼

"未能事人,焉能事鬼?""未知生,焉知死?"孔子说话最平直简易,切实有用。儒家重人道,宗教重鬼道,人道不明,焉能通鬼道?反之,也正因人道不通,故而求诸鬼道。人最脆弱,每于惶惑时逃遁,宗教就成了灵魂的托庇之地。

"素贫贱,行乎贫贱……君子无入而不自得也焉。"(《礼记·中庸》)话说得多么果断!多么毅然决然!是看透人生的达观与通脱。未经过一番磨砺,如何能如此坚定?

食古不化

读古人书，时笑其迂腐不化。

顾炎武《日知录》卷十二"人聚"条谓："人聚于乡而治，聚于城而乱。聚于乡则土地辟，田野治，欲民之无恒心，不可得也。聚于城则徭役繁，狱讼多，欲民之有恒心，不可得也。"自称："予少时见山野之氓，有白首不见官长，安于畎亩，不至城中者。洎于末造，役繁讼多，终岁之功，半在官府，而小民有'家有二顷田，头枕衙门眠'之谚。已而山有负嵎，林多伏莽，遂舍其田园，徙于城郭。又一变而求名之士，诉枉之人，悉至京师，辇毂之间易于郊坰之路矣，锥刀之末，将尽争之。五十年来，风俗遂至于此。"因而结论曰："欲清辇毂之道，在使民各聚于其乡始。"

盖顾氏以为民聚于乡则少事，则安业，世风则向善；聚于城则生事，则多狱讼，则争心起而人不安业。

现代人读此，少有不谑笑者，然昔人好袭古，意见率多此类。

又，古人重学问，首选经学，视之正途，对其他则嗤鼻，如大儒黄宗羲也未能免于此。他说："时人文集，古文非有师法，语录非有心得，奏议无裨实用，序事无补史学者，不许传刻。其时文、小说、词曲、应酬代笔，已刻者皆追板烧之。"（《明夷待访录·学校》）此段议论，也让人瞠目。

雨 气

凭窗而读，好雨伴人，淅淅沥沥，润物无声。春雨好，好在不夺人耳目，德教也。不似夏雨，砰砰訇訇，来去匆匆，如狂夫瞽子声教，不才也甚。申时，雨住，鸟横斜飞，组成队列，恣意东西，作逍遥游。时读《老子》，清气徐来，沁人心脾，深吸一口，脾肺舒泰，神安气闲。雨短歇，闻空气中有土腥气，清新可人。雨经夜，挟万物气，澄冽无味，极有益于养生。

酒可洗心，雨可洗气，真造化主恩德！

雨霁天晴，天光顿开，殊觉心扉洞明，肺腑朗彻。近午，暖被穷庐，遥祝道因善化，枯朽人起死回生矣！

章氏之学

读《文史通义》再三,方明章氏之学。章氏其志也大,欲通贯古今,晓畅经、史、文之流变,而一二上溯其源。言经曰"六经皆史",言《书》则曰:"三代以上,记注有成法,而撰述无定名;三代以下,撰述有定名,而记注无成法。"言《诗》曰:"盖至战国而文章之变尽,至战国而著述之事专,至战国而后世之文体备。……战国之文……其源皆出于六艺。"言道则曰:"孔子虽大,不过天地,独不可以一言尽乎?或问何以一言尽之,则曰:学周公而已矣。"

郑樵言会通之学,至章氏集大成。章氏学问博洽,欲穷水之源、流之归,故其言史则尚史迁、班固,重袁枢纪事本末体。清末学人,通小学、通经史者众,唯章氏只眼独具,欲通学问之道,汇集天下文而发宗旨之说,承朱子"道问学"之遗绪。

章氏原始要终,发隐抉微,可为后学者鉴。

其学问一道,前宗刘勰,章氏虽未明言,但其路数均沿刘氏而来。《文心雕龙·宗经》曰:"故论、说、辞序,则《易》统其首;诏、策、章、奏,则《书》发其源;赋、颂、歌、赞,则《诗》立其本;铭、诔、箴、祝,则《礼》总其端;纪、传、铭、檄,则《春秋》为根。"

韩退之曰:"道其所道,非吾所谓道。"章氏之说,一扫清人凿于末学之弊，实事求是，条分缕析，成其一家之言。其志也大，其说"体圆用神"。

凡大家者，无不通达晓畅，非泥其迹者所能仿佛也。

章氏之学，博而能约，谓"道欲通方，而业须专一"，他斥苏轼、韩退之、王应麟非学问之道。苏轼"寻常摘句"，其学出于纵横家言，其文乃策论；韩退之"钩玄提要"，"亦为寻章摘句，取备临文撏拾者耳"，不足以为学问；王应麟"搜罗摘抉，穷幽极微"，功力可观，然其书"谓之纂辑可也，谓之著述则不可也"。章氏曰："学问文章，古人本一事，后乃分为二途。近人则不解文章，但言学问，而所谓学问者，乃是功力，非学问也。功力之与学问，实相似而不同。记诵名数，搜剔遗逸，排纂门类，考订异同，途辙多端，实皆学者求知所用之功力尔。即于数者之中，能得其所以然，因而上阐古人精微，下启后人津逮，其中隐微，不独喻而难为他人言者，乃学问也。"其所谓学问，即通贯发微之意，实章氏自谓也。而称他人之学乃功力而非学问，间杂浙派、皖派之争，乃持门户之见者。章氏责人太过，人不服固其然。章太炎就以其学为小，无足道。

章氏又曰："理势达于穷变通久，博而不杂，约而不漏，庶几学术醇固，而于守先待后之道，如或将见之矣。"臻此境界者有几人哉！

作文之道难学

  吾学作文以来，经数境界。先是慕相如之风，雅辞丽句排闼而来，尚其浮华之气。后学作诗，兼爱杜工部沉着，遣词古拙。杜诗难学，学不好则东施效颦，徒惹人笑。弃而学东坡，东坡性灵直击人心，久读，不觉染其角巾气。人言韩退之文章贯唐宋，学之不得，转憎其高自标榜，枉做天下师。后读周作人，觉学问、文章毕竟当如是，却因家底太薄，涵养不起。学老子，以为文章当浑圆；学庄子，以为文章当荡佚。唯不喜荀、韩，觉其用心太深，文章如刑法。胡适大家，文章有散漫气，略无行止，学不来；郭沫若有才子气，好击断，自身无凭借，故立不起来。
  近作文，为避免急就章笔法，辄深吸一口气，心稍平复，始下笔。以夫子《论语》面目点染，娓娓道来，稍可观也。
  文章一事，终生为之而终生无定局，殊可叹也，兼可哀也！

陶潜不可学

古人言：诗有韵有格，故自不同。如陶渊明诗，是其格高；谢灵运"池塘生春草"之句，是其韵胜。格高似梅兰，韵胜似海棠。

萧统《陶渊明集序》："有疑陶渊明诗篇篇有酒。吾观其意不在酒，亦寄酒为迹焉。……尝谓有能读渊明之文者，驰竞之情遣，鄙吝之意祛，贪夫可以廉，懦夫可以立，岂止仁义可蹈，亦乃爵禄可辞！不劳复傍游太华，远求柱史，此亦有助于风教尔。"

黄山谷尝谓白乐天、柳子厚俱效陶渊明以作诗，而唯柳子厚为近。

朱熹也说："作诗须从陶、柳门庭中来乃佳。不如是，无以发萧散冲淡之趣，不免于局促尘埃，无由到古人佳处也。"

予以为白乐天、柳子厚效陶渊明作诗纯属多事。非陶渊明不可学，无人能迹其境故也。陶渊明一生困顿，穷厄至极，自称："自余为人，逢运之贫。箪瓢屡罄，绨纷冬陈。含欢谷汲，行歌负薪。翳翳柴门，事我宵晨。"（《自祭文》）"吾年过五十，少而穷苦，每以家弊，东西游走。性刚才拙，与物多忤。自量为己，必贻俗患。俛俛辞世，使汝等幼而饥寒。"（《与子俨等疏》）"幼稚盈室，瓶无储粟，生生所资，未见其术。"（《归去来兮辞并序》）

陶渊明穷年苦多，无法摆脱，故以穷为常物，终日以打趣为事。

此也君子固穷，"回也不改其乐"之志。不像韩愈，少贫，就作起《送穷文》，人未见其穷，只见其矫作之态。

白乐天终至于相位，不足云穷。柳子厚一谪再谪，也未至陶潜之穷饿境地。陶潜虽穷，以心为形役，但稍忤己意，辄弃官如敝屣。此中决绝，柳子厚、苏东坡能行之乎？文人作诗，俱以肥遁为高，然肥遁者有几人？故曰陶诗不可学，苦境难及也。

杜甫也穷，然杜甫一生逃穷；陶潜安穷，以穷为乐。

人言老杜诗耐咀嚼，以其饱尝辗转流离之苦，深有味也。未经此穷愁，谁能知老臣心肠？谁又知老臣不为穷所困，乃出于老马伏枥之心！顾炎武言："栗里之征士，淡然若忘于世，而感愤之怀，有时不能自止而微见其情者，真也；其汲汲于自表暴而为言者，伪也。"（《日知录》）是真知陶、杜者也，也可以为白、柳之流鉴。

唐人行卷

唐以诗赋开科，士子欲显其名，纷纷奔走于当朝者之门。先投刺，附之以行卷——诗歌小说之类。能使当朝者寓目，即离折桂不远了。此种事《太平广记》中多载，不烦多录。风气如此，见怪不怪。今人若行此，会被视为走后门，重者要被褫夺考试资格的。

白居易未冠，以文谒顾况。顾况睹其名，熟视曰："长安米贵，居大不易。"及披卷读其《赋得古原草送别》，至"野火烧不尽，春风吹又生"，叹曰："我谓斯文遂绝，今复得子矣，前言戏之耳。"(《全唐诗话》，下同)

后行卷泛滥，有才短者自己的诗文拿不出手，又怕落于人后，故盗人诗为己行卷。更有奇者，盗人之诗，连作者是谁都没搞清就去干谒，却不想被造访者即作者本人，于是闹出很多笑话。

李播以郎中典蕲州，有李生携诗谒之。李播阅毕，徐徐言："此吾未第时行卷也。"李生曰："顷于京师书肆百钱得此，游江淮间二十余年。欲幸见惠。"李播遂与之，因问何往，曰："江陵谒表丈卢尚书。"播曰："公又错也，卢是某亲表丈。"李惭悚失次。稍安，进前一步恳求道："诚若郎中之言，与荆南表丈一时乞取。"李生脸皮也够厚的，持别人诗文行骗二十余年，被识破后，竟觍颜要求赠予。一骗尚未足，又乱认亲故，再被揭穿，索性连表丈一并乞求认了去。他是决心骗到底了。

杨衡隐居庐山,有盗其文登第者。杨衡听说后,出山赴试,也登第了,见盗文者,盛怒诘问:"'一一鹤声飞上天'在否?"答曰:"此句知兄最惜,不敢偷。"衡笑曰:"犹可恕也。"

假若杨衡未登第,恐未必如此宽宏大量。

平路有险

"（天成四年）九月，上（后唐主李嗣源）与冯道从容语及年谷屡登，四方无事。道曰：'臣常记昔在先皇（李存勖）幕府，奉使中山，历井陉之险，臣忧马蹶，执辔甚谨，幸而无失；逮至平路，放辔自逸，俄至颠陨。凡为天下者亦犹是也。'上深以为然。"（《资治通鉴》卷二百七十六）

李贽评曰："冯老的是阅历之人。"

此一段话大可玩味，道尽天下安全险危事。大凡安全使人轻忽，险危使人警惕，故安全反能致危，险反能安。非阅历中人见不及此。

称　贷

　　称贷一事，信难启齿。抽丰还需厚颜，枯鱼坐等杯水。越缦堂主人于"饥来一字不堪煮，乃以性命付儿曹"之际展书告贷，研磨下笔颇费踌躇，不得不半掩半遮："闭房将届，当户无征，强看雾里之花，冀验日中之影。虚舟将败，犹借力于增帆；赢卒无多，亦张疑于添灶。"（《越缦堂笔记》）言语之间，颇多掩覆，非故知不解其为告贷。乍言又止，踧踖不安，难色如在目前，真可哀哉！

　　近人刘文典也困饿局，向故友告急，却快人快语："刷锅以待。"毫不以穷为耻。洒脱人，什么也困他不住！

寒门左思

晋时，重豪门望族，此风至隋唐未减。当时，北方望族有赵郡李氏、清河崔氏、博陵崔氏、范阳卢氏、荥阳郑氏、太原王氏、陇西李氏，并称中原五姓。唐高宗时，禁止五姓七望自行婚娶。

左思是晋人，属寒门一族，很看不惯这种风气，所作《咏史八首》多有不平之情。"郁郁涧底松，离离山上苗。以彼径寸茎，荫此百尺条。世胄蹑高位，英俊沉下僚。地势使之然，由来非一朝。""寂寂扬子宅，门无卿相舆。寥寥空宇中，所讲在玄虚。""高眄邈四海，豪右何足陈！贵者虽自贵，视之若埃尘。贱者虽自贱，重之若千钧。""英雄有迍邅，由来自古昔。何世无奇才，遗之在草泽。""习习笼中鸟，举翮触四隅。落落穷巷士，抱影守空庐。"

他既知道"地势使之然，由来非一朝"无法改变，却仍止不住发牢骚，实在是因为压抑太久。

望族即是高门，高门率为权贵，此也无可奈何之事。

左思后来著《三都赋》，一举成名。豪富之家，竞相传抄，以至洛阳纸贵。他虽以文名，然也改变不了命运，仍然贵自贵，穷自穷。

《晋书·文苑传》："初，陆机入洛，欲为此赋，闻思作之，抚掌而笑，与弟云书曰：'此间有伧父，欲作《三都赋》，须其成，当以覆酒瓮耳。'及思赋出，机绝叹伏，以为不能加也，遂辍笔焉。"

"伧父"是晋时南人对北人的蔑称,又称"北伧"。陆机是三吴势族,很看不起左思,虽服其赋,却不屑与其比肩。

与左思同时,有赵至,代郡人,农家子。家贫,愤而读书,欲为显宦,改换门庭。后将远赴辽西,与友人书诉:"顾景中原,愤气云踊,哀物悼世,激情风厉。龙啸大野,兽睇六合,猛志纷纭,雄心四据。思蹑云梯,横奋八极,披艰扫秽,荡海夷岳,蹴昆仑使西倒,蹋太山令东覆,平涤九区,恢维宇宙,斯吾之鄙愿也。时不我与,垂翼远逝,锋距靡加,六翮摧屈,自非知命,孰能不愤悒者哉!"

在西晋门第观念十分浓厚的环境下,一般士子很难有所作为,故赵至一生不得志。《晋书·文苑传》:"初,至自耻士伍,欲以宦学立名,期于荣养。既而其志不就,号愤恸哭,呕血而卒,时年三十七。"

左思与赵至理想、境遇一样,痛苦也相仿。文人多穷,很少见到文人通过才华改变命运的。

击　壤

曹植诗《名都篇》中"连翩击鞠壤,巧捷惟万端",是较早记载击鞠壤的诗句。这里的"击鞠壤"指蹴鞠之地,也有人以为是指击蹴鞠与击壤两种游戏。

关于击壤,《太平御览》卷七五五引魏邯郸淳《艺经》载:"壤,以木为之,前广后锐,长尺四,阔三寸,其形如履。将戏,先侧一壤于地,遥于三四十步,以手中壤击之,中者为上。"王应麟《困学纪闻·杂识》也记击壤事,文字与《太平御览》相同,却说出于周处《风土记》。周处就是西晋那个与猛虎、蛟龙并为三害的人,他后来改邪归正,从陆机学。史载他曾著有《默语》《风土记》。王应麟是宋人,做学问严谨,所录应该不错。邯郸淳早于周处,或者是周处照录《艺经》,也未为可知。

以后,宋时有抛堶,明时有打瓦戏,都出于击壤。堶,即是砖。宋明时易木为砖、瓦,取其简便。

儿时,我玩过两种游戏,大约都是由击壤演变而来。一种叫打瓦,只是这"瓦"已变为铁犁头。农人犁地,犁头最易断,遗弃后被我们用来游戏。玩时,一方掷远,另一方遥击之,击中就归自己。后来觉得两"瓦"相碰易碎,很有些不舍,又复变为铲物。一般取杏核、桃核为赌注,各付数枚,于远方适当距离处画一圆圈,置杏核、桃核于其内,各"以瓦"击之,铲出圈外者归己。犁头经长久磨砺,光明铮亮,十分美观,我那时是珍之为宝的。

又有一种游戏,以木为之。择木之坚者,取其一段,两头削尖,侧依于砖上,一头高仰。玩时手执木棍,猛击坚木上部,使之飞离地面,比赛谁击得高远。坚木阻力小,飞出去后如飞行器一样。

这些游戏都是农耕文明的产物,也是我儿时记忆中最有意思的部分。不像现在的游戏,是电子行业的产物。古朴的游戏能给人带来率简的快乐,那是"众乐乐";电子游戏快大于乐,因为它是"独乐乐"。古朴的游戏培养人群体生活的能力,其中既有和,又有争。谁都离不开其他人,但又要在众人中胜出,既团结又斗争,还要讲求取胜方法,久而久之就学会了生存之道。现代游戏只有己,没有人,对手是虚拟的,被打败后大不了重新来过,容易使人形成自私、颟顸、孤僻等个性,使人变得无定力、少识见,落下游戏性格综合征。

答案其实都知道

我有一个毛病,买东西贪多。这是儿时物质短缺造成的,为此常遭家人讥笑,称之为农民积习。但也改不了。

爱吃土豆,一次买一堆,往往等不到吃完就发芽了。本来削掉芽子还可以吃,妇人偏以为有毒,悉数扔掉,很可惜。这样,买多买少就成了问题。

一次,禁不住问菜农:"有什么办法让土豆不发芽?"

其时,菜农正在忙着分拣蔬菜,闻言,奇怪地看了我一眼,然后干脆地答道:"一次少买点儿。"

这个答案令人很不满,我默然退后。后来想想,也就是这个道理。

很多道理其实都很简单,自己也知道答案,但总感觉心里不踏实,需要在别人那里证实。

大多数时候,我们遇到的都是常识问题。聪明人只是在按常识办事,而愚蠢的行为都是因违反常识产生的。

所以,遇到问题时首先应该听听自己怎么回答。

门外响起脚步声

　　我之读书，不是为了发财，而且也发不了财。读书与经济发生关系者，大约有二端。一是游学。古代游学重在问学，核心在"学"字上；今之游学在电视上，在各色研讨会上，核心是"名利"二字。上电视是为了出名，上研讨会是为了一份束脩，名至而实归。二是著书。自然说的是名人著书，畅销不成问题，黄金万两也不成问题。也有因书出名而编影视剧的两栖、三栖者，日进斗金自不用说。至于担任各种协会名誉要职、企业顾问的著书者，那已经蜕变为有知识的商贾，不值一提。反观自己，讲学我怕耽误了功夫，故不热心。偶尔讲几次，也都婉拒讲课费。不是姿态高，是怕年底填个人事项表。"其他收入"那一栏总是空白，让我感觉自己是个干净人。总因名气不够，著书也发不了财。前次出了两本书，出版社赠书一二百本，代替稿费。这些书拿到商店换不来东西，拿到餐馆换不来饭，食之无味，弃之可惜。

　　读书与黄金屋、颜如玉没有必然联系，都是黄粱一梦。因为读书，把自己关进屋子，不窥后园十数年，眼看着蹉跎了岁月。颜如玉自然不像《聊斋》里的狐仙，喜欢书生夜读，就来献身侍寝。我读的是古书，古人为了证明自己是纯儒，干脆不提女人。告子讲"食色，性也"，算是够大胆的了。《诗经》里的"燕燕""硕人"都是美人，仅供人欣赏，歪念头不能有——不是说"思无邪"吗！我不能因读诗而思邪，也不能对郑、卫之音有太多的留恋，于是读诗书就成了对人性的锤炼。诚敬其意，空乏其身，动心忍性，这才对。古人为了"三达德"，真是刻苦得可以，扽成达摩僧，却苦了我们这些后学。楚王好细腰，宫人多饿死。饿死就饿死吧，饿死事小，失节事大。但凡诱人失节的都视之蔑如，这才合于《桑林》之舞，中《经首》之会。

古人最反对妖而妄。妖则诱人，妲己、妹喜即是。能镇妖是一大本事。我注意到，天生的美人都艳而不妖。薄施颜色，脂粉不用，华服不采，素面朝天，更有韵味。妄就更不行了，妄言、妄行都是异端行为，迷惑视听，都可被当作李卓吾抓起来，要么自杀，要么瘐死。士夫善能拒妖，才算得君子；不妄言妄行，才算得正人。

日间端坐，读圣贤书，门外响起一串高跟皮鞋踏地的叮当声，扰人清宁；偶尔出门，不经意间就会遇见一个个长发飘飘、目不斜视的"妲己"，联想起"杨柳依依"的美妙诗句，让人感叹如今真是美人多而妙人少！申公巫臣为了夏姬，抛家去国，真让人佩服他的决绝！要知道夏姬其时年已近半百，春风不再，却惹得一个部长级官员放弃一切与她私奔——登徒子不限年龄。

每听人说"书中自有黄金屋，书中自有颜如玉"，就恨不得抽他嘴巴。他把读书这件事和功利搅在一起，扰乱人心，罪莫大焉。这才是真正的妖妄之言。也难怪，科举制下必有此种产物。一旦中举人、做进士，则黄金屋、颜如玉不招自来。电视上、讲台前的那些人未得生于古时，着实遗憾。

汉人夏侯胜慷慨大言："士病不明经术；经术苟明，其取青紫如俯拾地芥耳。"难得他有如此自信。

空想主义的特点是空想，黄金屋、颜如玉是空想不来的，资本主义或许可以做到，无关读书不读书。成功是前提，成功好比中举人、做进士，不仅是秀才的专利。"和尚睡得，我也睡得"是空想，而成为知名作家、网红就可以这样说话。

读书与百工一样，是一件单纯的事，喜欢就做，不喜欢就不做，任何丰富的想象均属多余。也不排除对黄金屋、颜如玉的遐想。只不过，想想而已，想过之后，仍然能埋下头，这件事就可以做下去。

旧　事

　　年少时随家人迁居，乘火车，长笛一声车发，赴不虞之乡。心惴惴焉，未知祸福。笛声伤情，长存记忆。今至耳顺，偶闻鸣笛仍觉惊心。其地蒲城，唐为奉先县。

　　所乘火车属拉煤闷罐类，呼哧作响。时值深秋，天寒风紧，增人离乡之感。车内唯有一窗，仅可通气。诸姊个儿高，可凭倚望外。吾企踵攀缘，才及窗，疾风吹来，帽飘飞矣。其时命运之不济，有如此帽。

　　又二年，以其地硗确，又久旱不雨，稼禾荒疏，父母计归故乡。此次佣一汽车，家具什物大都送人，略余几许，包括父亲的剃发担子，一如逃难。路面高低不平，车行如牛喘。吾与家人坐车厢，各拥一物，防摇晃损坏。此行一如孟母三迁，而未知故乡是否乐乡。车近目的地，过一深沟，沟内无数乌鸦，上下翻飞，呜呜咋咋，声断人肠，甚不祥。

述而不作

　　孔子述而不作，西汉人效之，口耳相传，不立文字，遂开家学，非门墙弟子不得窥其堂奥。东汉人也讲师承，立文字，光大门庭，至于章句之学，生生把经学弄坏。宋人一言一行不违道，二程、朱熹讲学，率不喜为文。朱熹称"文以害道"，故不著一书。此学先圣孔子，却只学了皮毛。要知皮之为冠、为弁，毛并不弃。一味尊孔，既还其珠，又还其椟也。宋人主张诚敬，连圣人不得已之事也学，泥于古矣。

　　至明有阳明之学，也持而不改，述而不作，遂使心学有形而上之嫌。

　　章实斋曰："风会所趋，庸人亦能勉赴；风会所去，豪杰有所不能振也。"今有人若持此，以述而不作行世，恐木偶又要笑泥像了。

《焦仲卿妻》及其他

汉乐府诗《焦仲卿妻》，又名《孔雀东南飞》，其序文言："……焦仲卿妻刘氏，为仲卿母所遣，自誓不嫁。其家逼之，乃投水而死。仲卿闻之，亦自缢于庭树。"爱情悲剧在古诗中不鲜见，叙事完整、情节曲折的却不多。诗结尾："两家求合葬，合葬华山傍。东西植松柏，左右种梧桐。枝枝相覆盖，叶叶相交通。中有双飞鸟，自名为鸳鸯，仰头相向鸣，夜夜达五更。行人驻足听，寡妇起彷徨。多谢后世人，戒之慎勿忘！"两棵梧桐树交相覆盖，男女悲剧感物如是；二人又幻化为鸳鸯，灵异之象升华了悲剧的境界。

晋人干宝写过一部《搜神记》，其中的《干将莫邪》等被鲁迅改写，收入《故事新编》。《搜神记》中有一篇《韩凭夫妇》，是说战国时，宋康王夺韩凭妻何氏，夫妇引以为恨，韩凭自杀，何氏投台自尽，遗书于带，"愿以尸骨，赐凭合葬"。"王怒，弗听，使里人埋之，冢相望也。王曰：'尔夫妇相爱不已，若能使冢合，则吾弗阻也。'宿昔之间，便有大梓木生于二冢之端，旬日而大盈抱，屈体相就，根交于下，枝错于上。又有鸳鸯，雌雄各一，恒栖树上，晨夕不去，交颈悲鸣，音声感人。宋人哀之，遂号其木曰'相思树'。相思之名，起于此也。"故事与《焦仲卿妻》有诸多暗合之处。盖此种传说民间多有，故诗文间无意而雷同，互相借鉴也未可知。

黄梅戏有一出经典戏《梁山伯与祝英台》，讲一对恋人为爱情殉身的故事，与《焦仲卿妻》《韩凭夫妇》多有相似之处。结尾处，也出现了感天地、泣鬼神的灵异现象，这应该是中国悲剧所造就的崇高美的范式。梁山伯死后，祝英台吊祭，悲痛欲绝，感应得风雨雷电大作，墓冢开裂，英台翩然跃入墓中。一对恩爱恋人在阴间团聚，梁祝精魂化为一对蝴蝶，高低飞舞，不离左右。

墓冢为情而开裂的传说并非仅见，甚至还有棺木因情而开者。《乐府诗集》卷四十六引《古今乐录》云："《华山畿》者，宋少帝时……南徐一士子，从华山畿往云阳。见客舍有女子，年十八九，悦之无因，遂感心疾。母问其故，具以启母。母为至华山寻访，见女具说闻感之因，脱蔽膝令母密置其席下卧之，当已。少日果差。忽举席，见蔽膝而抱持，遂吞食而死。气欲绝，谓母曰：'葬时车载，从华山度。'母从其意。比至女门，牛不肯前，打拍不动。女曰：'且待须臾。'妆点沐浴，既而出，歌曰：'华山畿，君既为侬死，独活为谁施？欢若见怜时，棺木为侬开。'棺应声开，女透入棺。家人叩打，无如之何。乃合葬，呼曰'神女冢'。"

这是民歌《华山畿》的序言部分，故事粗劣，不能推敲，远不如前几个故事感人。该故事发生于刘宋时期，与梁祝所处时代相距不远，与干宝所处时代相距也不远，可见魏晋南北朝时此类传说很多，看郭茂倩的《乐府诗集》就知道。六朝时期，是儿女情歌的歌咏时代，南北方同时出现大量的爱情诗歌，大多激情勃发，敢爱敢恨，这也是那个动乱时期的另一面。

君天下之夫妻论

王夫之《宋论》曰:"商、周之德,汉、唐之功,宜为天下君者,皆在未有天下之前,因而授之,而天之佑之也逸。宋无积累之仁,无拨乱之绩,乃载考其临御之方,则固宜为天下君矣;而凡所降德于民以靖祸乱,一在既有天下之后。"

他以为:"帝王之受命,其上以德,商、周是已;其次以功,汉、唐是已。"而宋既未以德服人,又未以功盖人,取天下也易,只能归之为"天自谌也"。观其政知其堪为天下主,因信天不妄授于人。

以夫妻论之,君如夫,天下为妻。有先恋爱后结婚的,如鲁迅与许广平;有先结婚后恋爱的,如胡适与其小脚夫人江冬秀。他们都得完满结局。胡适有一首给夫人的情诗:"天上风吹云破,月照我们两个。问你去年时,为甚闭门深躲?'谁躲?谁躲?那是去年的我!'"谁言旧式婚姻不幸福?

以国家而言,商、周"娶"天下以德,乃丈夫贤良;汉、唐"娶"天下以功,因其倾慕、追求日久,经历坎坷风雨、山盟海誓,故婚后倍加珍惜,胜过一般一见钟情者。至于宋,切切实实属于先结婚后恋爱者。拜花堂时虽互不相识,婚后却鱼水相得。更因了素不相习之故,才相敬相爱,举案齐眉。

宋太祖得天下简直是一个奇迹。船山先生分析道:"(宋太祖)以亲,则非李嗣源之为养子,石敬瑭之为爱婿也;以位,则非如石、刘、郭氏之秉钺专征,据严邑而统重兵也;以权,则非郭氏之篡、柴氏之嗣,内无赞成之谋,外无捍御之劳,如嗣源、敬瑭、知远、威之同起而佐其攘夺也。推而戴之者,不相事使之俦侣也;统而驭焉者,素不知名之兆民也;所与共理者,旦秦暮楚之宰辅也;所欲削平者,威望不加之敌国也。一旦岌岌然立于其上,而有不能终日之势。权不重,故不敢以兵威劫远人;望不隆,故不敢以诛夷待勋旧;学不夙,故不敢以智慧轻儒素;恩不洽,故不敢以苛法督吏民。惧以生慎,慎以生俭,俭以生慈,慈以生和,和以生文。"

以夫妻之道论世,宋太祖就是这样一个穷女婿。

宋太祖之取天下虽有如此多之不利条件,但也有他堪为人主的优势:"虽然,彼亦有以胜之矣,无赫奕之功而能不自废也,无积累之仁而能不自暴也;故承天之佑,战战栗栗,持志于中而不自溢。则当世无商、周、汉、唐之主,而天可行其郑重仁民之德以眷命之,其宜为天下之君也,抑必然矣。"

与其说是天命所归,不如说是上天为生民选择了一个贤婿。

与宋人相比,秦、五胡十六国,乃至隋、五代都不足论,属"始乱而终弃之"之类。他们都不是能靠得住的主儿。虽得之易,然失之也易。此数代,与商、周比而德薄,与汉、唐比而功滥,与宋比而资浅,故虽得天下,但很快就"分手",闪电"离婚"了。

故船山先生极称宋人:"佑之者,天也;承其佑者,人也。于天之佑,可以见天心;于人之承,可以知天德矣。"天人合一才是好姻缘,和睦相处才是长久之道,这是宋人成功的法宝。

文化家与思想家

商人做到一定程度，可以做出文化，做到最高境界，就做出了思想。

文化做到一定程度，自然也会做出思想，但还不能因此称他为思想家。正如不能因猪圈里养了几头猪，就把猪圈叫牧场一样。

文化做到极高，可以谓之文化家，也可高抬身价，阑入"大家"行列。岂不知这还不是高致；文化做到最好，会变成思想家。朱熹、王阳明走的就是这个路子，康有为、梁启超、鲁迅走的也是这个路子。从事文化传播，进而开辟思想领地的第一人是孔子，孟子、荀子继其后。现时人称钱锺书、季羡林为大师，又称那些上了《百家讲坛》的也是。大师固然称得，但只表明他们是一流学问家，慎莫一不小心称其为思想家。思想家不能太多，太多这个世界就乱套了。

卷四

溯源流　明体用

经之余有史，《诗》之余有赋，杂史之余有小说。史乃经之余，赋乃《诗》之余，小说乃杂史之余。此正与变的关系。经、史、诗、文率由此道而来。不知所来则源不明，不知所变则流不审，知源流足可穷尽此间学问。

《尚书》有《尧典》《舜典》《大禹谟》《皋陶谟》，言尧、舜、禹三代之事，《史记》采之，作《五帝本纪》《夏本纪》；据《甘誓》《汤誓》《泰誓》《牧誓》以纪夏、商、周鼎革之事，据《金縢》以纪周公辅成王之事，凡此之类不一而足。其《洪范篇》开阴阳家学，《周官篇》开后史地理之学。《春秋三传》之一《左传》纪春秋事多征引《诗》，一些篇目超出三百零五首之外，经与史已自不分。此之谓经之余有史。《诗》之后，有楚辞，有赋，有乐府之歌，再变而为唐诗宋词，此之谓《诗》之余有赋。正史之外有野史，如《万历野获编》；有轶史，如《开元天宝遗事》；有稗官传说，如《明季稗史汇编》。总谓之杂史，以别于正史。末流即变为小说，已与史实无干。但凭一点线索，纯粹借鸡下蛋，冯梦龙、凌濛初善操刀者也。

经外有史，《诗》后有赋，杂史遗续出小说，事之当然者也。读史当知其中有经义，诵辞赋当知其中有《诗》风，看小说当知其祖于杂史，通明于此，方为有识。

要之，正与变之别即魏晋人体用之辩。有体则有用，体为用之本，用为体之器。以经、《诗》、杂史、史、赋、小说而言，经为史之体，史为经之用；《诗》乃赋之体，赋乃《诗》之用；杂史乃小说之体，小说乃杂史之用。经、《诗》、杂史为本根，史、赋、小说为本根之发舒。如此有干有枝，体圆用神。

章学诚言六经皆史，其意有三：六经乃史之源，史乃经之变，史须遵经。能通此旨者，《左传》《史记》是也。《左传》解《春秋》，《史记》欲"究天人之际，通古今之变"，不离《易》道、《书》道。经赖六艺明治道，史须通经明世道。《左传》《史记》为不刊之著，独占鳌头者在此。体圆用神者，体用通神，神摄体用，故其旨大、气沛，通贯古今。《汉书》以降，通体用而不知用神，故其为史实左右而未能左右史实，悬经义于无用之地。汉学者解经者纷纷，《汉书》各是其所是，各非其所非，莫衷一是，殊未达体大精深之地。

有经则有传，有注，有疏，《十三经注疏》是也。经学家领经旨，通经义，各家自以为别有心传，后世道学家、理学家遂层出不穷。汉儒解经，三数字动辄解以万言，此为汉儒之病。宋明人另开一途，起悟顿觉，又以为得经义新旨，昌明之下，距经愈来愈远。夫子经天纬地气象顿失，一变而为修养进境，与夫子之道不相称矣。与其说发自夫子，毋宁说自以为夫子。经有流，有衍，有变，有生，如此惑乱，遑论其他。

故言史为经之余——大要在不离经。经义正大光明，史也应正大光明。经有教化之功，史也应有教化之力。史非纪传而已，贯穿史实者道，显明盛衰者道义，此《左传》《史记》所以胜《汉书》者也。赋为《诗》之余——《诗》怨而不怒，符合礼乐，雍容典雅，纡曲徐回，赋也应如是，方合诗人之风，晓畅诗人辞旨。后世淫辞浮句，任性放纵，发一己之怨怒，散门墙之忌嫉，泄泻有余，劝谏失则，离《诗》道远矣。小说为杂史之余——杂史补正史不足，也深恨正史采掇不齐、事迹不明，故辑轶事，探赜底里，虽别弹一调，未为多事。陈寿《三国志》出，裴松之集多家注辑补，使三国事水落石出，有骨有肉，堪称陈寿功臣。后此者穷搜广求，凭空臆造，事迹愈来愈奇，至于光怪陆离，不须考订即知其假，此孟子所讥处士横议者也。小说为演义之类，犹应遵杂史之义，符合事实，以不违常识为是。反之，不啻秦琼大战吕布、尉迟恭大战张飞之类。

故明源则知流，明道则知所尊。起止不明无以称通学，正变不分无所归依。今之学者通学少而偏至之学多，凡偏至之才多骄矜之气，治一经则自以为通经，治一史则自以为通史，作一小说则以为可媲美《红楼梦》，坐井窥天，不知洞天之大；执斧伐柯，不知同类相侵。汉人称之为小人儒、腐儒、俗儒。不通十三经不得谓通经，不明二十四史不得谓通史，不熟习《诗》《骚》不得谓知诗，不揣摩《说苑》《世说新语》《太平广记》《聊斋》《老残游记》，不敢操弄封神演义、三国群雄、水浒人物。执一事必窥全豹，视一斑仅知豹之纹色而已，未可着色于一秋一叶。凡成大事、垂千古者，无一不明上下，通古今，知流变。此中难易，唯有识者知之。

简狄、姜嫄之事

上古，史家断为神话时期，遂有许多神话出来。关于殷商始祖，司马迁《史记·殷本纪》载："殷契，母曰简狄，有娀氏之女，为帝喾次妃。三人行浴，见玄鸟堕其卵，简狄取吞之，因孕生契。"

此事本自《诗经·商颂·玄鸟》篇："天命玄鸟，降而生商，宅殷土芒芒。"

又，关于周人始祖，《周本纪》载："周后稷，名弃。其母有邰氏女，曰姜原。姜原为帝喾元妃。姜原出野，见巨人迹，心忻然悦，欲践之，践之而身动如孕者。居期而生子，以为不祥，弃之隘巷，马牛过者皆辟不践；徙置之林中，适会山林多人，迁之；而弃渠中冰上，飞鸟以其翼覆荐之。姜原以为神，遂收养长之。初欲弃之，因名曰弃。"

姜原生弃的故事，要比简狄生契的故事复杂一些。

其本事出于《诗经·大雅·生民》篇：

> 厥初生民，时维姜嫄。生民如何？克禋克祀，以弗无子。履帝武敏歆，攸介攸止，载震载夙，载生载育，时维后稷。

> 诞弥厥月，先生如达。不坼不副，无灾无害。以赫厥灵，上帝不宁。不康禋祀，居然生子。

> 诞寘之隘巷，牛羊腓字之。诞寘之平林，会伐平林。诞寘之寒冰，鸟覆翼之。鸟乃去矣，后稷呱矣。实覃实訏，厥声载路。

············

通过上述记载，我们发现，契与后稷为同父异母兄弟，他们均是帝喾的后人，这是让人诧异的事。祖述先代不只是史家的爱好，也是国人的通癖，祖先曾经阔过，那是何等让人眉飞色舞的事呀！殷商、周人的祖先追到帝喾这里宣告结束，之前的事，既没有传说，也没有文字记载，司马迁编不下去了。

让人感到惊奇的还不止于此，惊奇之处在于契与后稷"大话西游"般的出生史。简狄吞玄鸟之卵而生契，姜原履巨人迹而生弃，两个故事几乎同属一种神话思维的产物，难道古人的想象力就如此贫乏？

章太炎据此推断出：此一极具共性的神话，可证远古民风朴野，只知母而不知父。不仅此也，背后的语言情境，居然是母与人乱伦，这是不待言而可证的事。

母与人乱伦，就是孔子之徒也无可奈何。

清人崔述《商考信录》卷一引苏明允《誉妃论》中语，对司马迁《殷本纪》《周本纪》展开激烈批评："商、周有天下七八百年，是其享天之禄以能久其社稷，而其祖宗何如此之不祥也？使圣人而有异于众庶也。吾以为天地必将储阴阳之和，积元气之英以生之，又焉用此二不祥之物哉？燕堕卵于前，取而吞之，简狄其丧心乎！巨人之迹，隐然在地，走而避之且不暇，忻然践之，何姜嫄之不自爱也！又谓行浴出野而遇之，是以简狄、姜嫄为淫泆无法度之甚者。帝喾之妃、稷契之母，不如是也。虽然史迁之意，必以诗有'天命玄鸟，降而生商。''厥初生民，时维姜嫄。生民如何？克禋克祀，以弗无子。履帝武敏歆，攸介攸止，载震载夙，载生载育，时维后稷。'而言之，吁！此又迁求《诗》之过也。……甚矣，迁之以不祥诬圣人也。"

苏明允认为，以帝喾、稷契的圣人身份，他们的元妃、母亲不应该像司马迁所记载的那样邪淫无度，司马迁这样载书，有诬圣人之嫌。简狄、姜嫄之生契、稷，虽有《诗经》为据，司马迁不该照实载录，而应掩圣人之迹，为先圣讳。司马迁未这样做，其罪不容不讨。

这一派议论，属于典型的道学家言。道学家自汉代兴，宋代盛，至清代久已不行于世，不料又被苏明允之类发掘出来。

崔述居然赞同其说："按，说《诗》者当求其意，不得泥其文。若以'玄鸟降'为吞卵，则'维岳降神'亦将谓之吞石；以'履帝武'为践迹，则'绳其祖武'亦将为束缚其迹乎？苏氏之论，得之矣。"

崔述从苏氏之说，主要还是基于对《诗经》的理解，这个问题很复杂，且放过不论。可以看到，古人好异说，为了支持自己的不同观点，经常擅解字义。

苏明允、崔述是疑古派人物，对史籍多有责备之词，部分言之有理，发前人所不能发；一些观点却故作主张，有"强压牛头逼喝水"之嫌。以后，胡适、顾颉刚也都沿这一路而来，犯了疑一切古的毛病，这是做学问做过了头，走上了极端。

上述，即如苏氏、崔氏所论，也应首批先民"行止不端"才是，不该反过来责怪史家。蒙昧时代，也许并不以简狄、姜嫄之行"淫泆无法度"，苏氏、崔氏操心操过了头。孔子删诗，若认为《诗经》所唱"淫泆无法度"，一并删掉，则无所见其行迹。他没有这样做，显然默认其事，或者认为无伤大雅，也不可知。史迁据实记录，也是史家秉持，无可非议。难道要他另编一套"去淫泆无法度"的故事，才不算"泥其文"？史迁真不知怎样做才好。

道学家之言委实可怕，常常以圣人之言责前言往行。上古时代知有母而不知有父，"淫泆无法度"在那时偏属正常。但诗人不这样讲，把先民野合的事迹推到"玄鸟""巨人"身上，既掩饰了事实，又有神圣色彩，赞善之心可鉴。非要在这里找出个所以然，只能说苏氏、崔氏读诗不通。

母系社会的遗风一直到周朝犹有影响。宋人郑樵总结古代婚姻制度："三代以前，姓氏分而为二，男子称氏，妇人称姓。氏所以别贵贱，贵者有氏，贱者有名无氏。"又说周人婚制："氏同姓不同者，婚姻可通。姓同氏不同者，婚姻不可通。"（《通志》）明言周人重妇人之姓而不重男人之氏，这是母系社会的遗风。

顾颉刚说"历史是层累地造成的"，就上古史而言，这话是成立的。因上古没有文字记载，只存留了一些神话传说，故后人附益，愈说愈奇，契、稷前又加黄帝，黄帝前又加伏羲。文字产生以后，此种神话就少见。但此后又有一个怪现象：历史神话的确消失了，政治神话却多了起来。秦始皇自称颛顼之后，刘邦自称赤帝子，连那个篡魏的司马氏也称"其先出自帝高阳之子重黎，为夏官祝融"（《晋书·宣帝纪》）。托身于神话人物，无非为了证明自己当国属于正统，乃"世袭罔替"之事。至于他们是不是，那只有天知道。看来苏氏、崔氏们还得接着辩下去。

羞与樊哙为伍

韩信为人，自视甚高，既耻与绛、灌等列，又羞与樊哙为伍。观樊哙一生行迹，自非"武夫"二字可以目之。每至关键时刻，能奋身而出，谏止刘邦，可谓有勇；识断逾于常人，居然有国士之风，可谓有智；以天下为己任，可谓有义。凡此勇、智、义兼备，韩信小视之，何哉？

刘邦曾称萧何为"功人"，其他人仅算得上"功狗"。韩信尽管有攻城略地之功，恐怕在刘邦眼里也不过是最大的"功狗"。而要比战功，樊哙就无法望其项背，他有足够的理由看不起樊哙。

韩信属于方面大帅，樊哙略等于侍从武官，虽然也有搴旗斩将的勋劳，但就建汉而言，属于小小者也。

况且，樊哙与刘邦是老乡，又是连襟关系，他的外戚身份，更增加了他被人看不起的理由。

正因为他有诸多优势，故而敢谏、善谏，发挥了他人无法替代的作用。

《史记·留侯世家》："沛公入秦宫，宫室帷帐狗马重宝妇女以千数，意欲留居之。樊哙谏沛公出舍，沛公不听，良曰：'夫秦为无道，故沛公得至此。夫为天下除残贼，宜缟素为资，今始入秦，即安其乐，此所谓助桀为虐。且'忠言逆耳利于行，毒药苦口利于病'，愿沛公听樊哙言。'沛公乃还军霸上。"

是时，随沛公入关者有萧何、张良。萧何也曾入秦宫，收集了一批图籍资料。刘邦耽延在宫里不出，此处乐，不思蜀。萧何不谏，樊哙发其端，张良继其后，其识见已非一屠狗辈能尔。

《史记·樊郦滕灌列传》："先黥布反时，高祖尝病甚，恶见人，卧禁中，诏户者无得入群臣，群臣绛、灌等莫敢入。十余日，哙乃排闼直入，大臣随之。上独枕一宦者卧，哙等见上流涕曰：'始陛下与臣等起丰、沛，定天下，何其壮也！今天下已定，又何惫也！且陛下病甚，大臣震恐，不见臣等计事，顾独与一宦者绝乎！且陛下独不见赵高之事乎？'高帝笑而起。"

黥布反，乃汉初一大事，高祖因之忧虑成疾，撂下朝廷事不管，躲进深宫找清闲。绛侯周勃、颍阴侯灌婴等人，在韩信眼里俱属匹夫之勇，都不敢上前一步。唯樊哙"排闼直入"，表现得有胆有识。一番话将刘邦说出宫门，此举又非常人所能行。

韩信以大将身份，固然不把绛、灌、哙看在眼里。然而，恰恰是他看不上的这几个，与国同忧，每在关键时刻挽救汉朝。

韩信与樊哙交集，是在他被贬为淮阴侯以后，那一次还是他主动登门："信尝过樊将军哙，哙跪拜送迎，言称臣，曰：'大王乃肯临臣！'信出门，笑曰：'生乃与哙等为伍！'"（《史记·淮阴侯列传》）

是时，韩信已由当初的齐王，后来的楚王，再贬为淮阴侯，与樊哙等列。而哙跪拜送迎，口称大王，已自让风气与人，甘居下尘，这岂是一个武夫的行止！

老兵桓温

桓温与王敦一样,为东晋悍将,威逼朝廷。而桓温最渴慕王敦,谓之"可人"。论功绩,桓温在王敦之上。二次北伐,西平蜀乱,世族皆知其才而不与之为伍。刘惔最知桓温之才,每排抑之。"桓温尝乘雪欲猎,先过刘惔,惔见其装束甚严,谓之曰:'老贼欲持此何为?'温笑曰:'我不为此,卿安得坐谈乎!'"(《资治通鉴》卷九十七"晋记十九")中书监何充也称温才,内忌之。殷浩执政,与温不相能。他也欲北伐,而统御无方,大败而回,每凭空书曰:"咄咄怪事!"

王坦之为桓温长史,"温欲为子求婚于坦之,及还家省父,而(王)述爱坦之,虽长大,犹抱置膝上。坦之因言温意。述大怒,遽排下,曰:'汝竟痴邪!讵可畏温面而以女妻兵也?'坦之乃辞以他故。温曰:'此尊君不肯耳。'遂止"(《晋书·王述传》)。王述乃坦之父,视桓温如一老兵,不屑与之联姻,而桓温也无如其何?

谢奕乃谢安之兄,少与桓温交善,桓温辟为安西司马,犹推布衣之好。"在温坐,岸帻笑咏,无异常日。桓温曰:'我方外司马。'奕每因酒,无复朝廷礼,尝逼温饮,温走入南康主(公主,桓温夫人)门避之。(公)主曰:'君若无狂司马,我何由得相见!'奕遂携酒就厅事,引温一兵帅共饮,曰:'失一老兵,得一老兵,亦何所怪。'温不之责。"(《晋书·谢奕传》)谢奕为桓温司马,尤以老兵视之。谢为南朝著姓，不以桓温为同流，桓温为望族所轻如此。

及"温遇疾，讽朝廷求九锡，袁宏为文，以示（王）彪之。彪之视讫，叹其文辞之美，谓宏曰：'卿固大才，安可以此示人！'时谢安见其文，又频使宏改之，宏遂逡巡其事。既屡引日，乃谋于彪之。彪之曰：'闻彼病日增，亦当不复支久，自可更小迟回。'宏从之，温亦寻薨"（《晋书·王彪之传》）。《谢安传》曰："及温疾笃，讽朝廷加九锡，使袁宏具草。安见，辄改之，由是历旬不就。会温薨，锡命遂寝。"时谢安、王坦之主政，共同拒温，桓温欲求孝武帝加其九锡礼而不得，恨恨以没。

东晋文臣气盛，故常居上流。而王敦、祖逖、桓温等武人辄不得志，其叛乱也未必不由此。

摴蒲之戏

摴蒲,《辞源》条下曰:"博戏名。汉马融有《摴蒲赋》(《艺文类聚》七四)。晋代尤为盛行。以掷骰决胜负,得采有卢、雉、犊、白等称。看掷得的骰色而定。骰之制作久已失传。后来泛称赌博曰摴蒲。参阅唐李肇《国史补》下'叙古摴蒲法'、《太平御览》七五四'摴蒲'。"

《晋书·袁耽传》:"耽字彦道,少有才气,俶傥不羁,为士类所称。桓温少时游于博徒,资产俱尽,尚有负进,思自振之方,莫知所出,欲求济于耽,而耽在艰,试以告焉。耽略无难色,遂变服怀布帽,随温与债主戏。耽素有艺名,债者闻之而不相识,谓之曰:'卿当不办作袁彦道也。'遂就局,十万一掷,直上百万。耽投马绝叫,探布帽掷地,曰:'竟识袁彦道不?'"《晋书》称其"通脱若此"。

此应为摴蒲戏,而语焉不详,仅形容其豪掷,赌法不明。

桓温好赌,见诸史传。当桓温伐蜀,时人以为"未易可制",丹阳尹刘惔以为必克,人问其故,云:"以蒲博验之,其不必得,则不为也。恐温终专制朝廷。"以赌论人,而知其能,刘惔不愧为桓温友。

《晋书·刘毅传》对摴蒲之戏有详细描述:"后于东府聚摴蒲大掷,一判应至数百万,余人并黑犊以还,唯刘裕及毅在后。毅次掷得雉,大喜,褰衣绕床,叫谓同坐曰:'非不能卢,不事此耳。'裕恶之，因捘五木久之，曰：'老兄试为卿答。'既而四子俱黑，其一子转跃未定，裕厉声喝之，即成卢焉。毅意殊不快，然素黑，其面如铁色焉。而乃和言曰：'亦知公不能以此见借！'"

观此局，雉难得，而卢最难得。卢为五子俱黑，推测雉盖四子黑，次焉。

刘裕，鸡狗之徒，善于摴蒱之戏，胜刘毅乃其故技。

司马迁的侠士情结

《史记》把项羽列入本纪,又作刺客、侠客列传,最为史家排摈。刘知几反对项羽入本纪,而班彪则反对刺客、侠客列传,以为极不类。班固作《汉书》,又列《游侠传》,虽然有违父志,却也不得不然。刺客的存在,反映了西汉的社会现实,《汉书》不得不考虑到。

《汉书·司马迁传》曰:"故司马迁据《左氏》《国语》,采《世本》《战国策》,述《楚汉春秋》,接其后事,讫于大汉。其言秦汉,详矣。至于采经摭传,分散数家之事,甚多疏略,或有抵牾。……又其是非颇谬于圣人,论大道则先黄老而后六经,序游侠则退处士而进奸雄,述货殖则崇势利而羞贱贫,此其所蔽也。"这是班彪的观点。班固未注明,直接引入传赞,颇受后人非议。这一点不如司马迁,《史记》初名《太史公书》,论赞也都以"太史公曰"名之,归美于其父。

在班彪眼里,司马迁笔下的刺客是和"奸雄"画等号的。恰当与否且不论,他仅看到刺客、侠客列传里的问题,却对《史记》里其他此类问题轻轻放过。实际情况是,《史记》里类似于班彪所指为"奸雄"的人物比比皆是。若按班彪的意见,将这些人物尽行挖去,则《史记》不成为《史记》矣。

这涉及司马迁治史、传人的原则。

与高度关注刺客、侠客一样,史迁对于死节、忠义之士抱有特殊的情怀。季札赠徐君剑，赵盾食饿人，秦穆公得野人助战，赵氏孤儿等事，《史记》均不惜笔墨，细细道来。纵使今人也不解，常持怀疑态度，认为《史记》率多信手之笔。确实，这些引人故事，一些出于《左传》《战国策》《世本》，以及我们不得而知的诸国轶史，还有迹可循。一些出于口口相传、经过演绎的民间故事。这一点，司马迁自己也承认，几次提及。《游侠列传》中也有此类话："太史公曰：世言荆轲，其称太子丹之命，'天雨粟，马生角'也，太过。又言荆轲伤秦王，皆非也。始公孙季功、董生与夏无且游，具知其事，为余道之如是。"说明有些情节恐司马迁自己也不见得相信，但他宁信其有，不信其无，取舍间自有一番寄托，更有一份情怀。

即使对于汉代人，司马迁也着意挖掘他们身上的古风。在对李广、贯高、蒯彻、伍被等人的事迹展开中，司马迁更多地倾诉了极具个人色彩的内容。唯其如此，人物命运才更加离奇悲壮。《汉书》也学到了司马迁的一些笔风，勾画最成功的人物是苏武、李陵。在描画这两个人物时，班固笔力之健，甚至直逼史迁。这种异样的笔墨精神，说明人们对于悲壮有着共同的欣赏趣味。

即使对那位已有定论的"生不五鼎食，死即五鼎烹"的主父偃，司马迁也不一味地蔑视。这个态度在处理苏秦、张仪、范雎、韩信等人时是一致的。司马迁欣赏他们离奇的人生，看重的是传奇。与之相反，对于布衣宰相公孙弘之类人，却持批判态度，这大概是取孟子对"乡愿"的态度。《魏其武安侯列传》最集中地反映了司马迁两种截然不同的态度。同样是外戚的魏其侯窦婴与武安侯田蚡，随着各自势力的消长，地位相形见绌，世态人生让司马迁感慨万端。他同情窦婴，窦婴被田蚡谗言中伤而死；他不认同田蚡，田蚡却势焰高涨。我们能体会到这种悲愤与无奈。

崇尚忠义死节，崇尚悲壮是司马迁的价值标准、审美取向。故而他在选材时，更多地留意这方面的内容。而这些内容使《史记》更像一部宏大的叙事性史诗。

与重死节相映成趣的是司马迁对传奇的欣赏与玩味。在史迁笔下，一些人物悲欢离合的戏剧场景，被他如临其境地演绎出来。包括苏秦、张仪、范雎、吴起，甚至管鲍之交，百里奚与蹇叔，伍子胥与申包胥，乃至战国四公子。这些人物都具传奇色彩，反映了《史记》的另一特色：不拘一格，有正有奇，奇正结合。

清人赵翼在《陔余丛考》"赵氏孤之妄"条指出："《史记》诸世家多取《左传》《国语》以为文，独此一事全不用二书而独取异说，而不自知其牴牾，信乎好奇之过也。"司马迁好搜奇，众所周知，但很少有人深究他为什么要这样。

节烈与传奇集中反映于刺客、游侠身上，他们的共同闪光点是"轻生死，重然诺"，以生命为代价，对社会进行过激的干预。《刺客列传》集中写了五个人：曹沫、专诸、豫让、聂政、荆轲。除曹沫外，其他四人均行刺身亡。其中荆轲事迹最为感人，他具有强烈的刺客风范。《游侠列传》简单叙述了朱家、郭解、剧孟诸人。唯郭解生平稍详细，却也没有多少耀人的事功。《刺客列传》几乎就是《游侠列传》的上篇，而游侠是刺客的终结。从刺客到游侠，其中的身份变化反映了历史的趋向。春秋战国时期，刺客是君主、国卿的座上宾，被待以上礼。到汉初，游侠落魄，形同于民间义士。朝廷警惕他们的存在，视之为一种反社会力量。与刺客的轰轰烈烈、惊天地泣鬼神相比，游侠几乎无所作为，藏身于贵族人家，隐迹于闾巷左右，"状貌不及中人，言语不足采者"，一如凡夫俗子。

对这些其貌不扬的人，史迁有一种特殊的情怀，他在《游侠列传》中，做了一篇大文章。这样的议论在《老子伯夷列传》中出现过，那也是一篇愤世嫉俗的振聋发聩之作。对照两篇文章，会发现其中有贯通处。

《老子伯夷列传》："或曰：'天道无亲，常与善人。'若伯夷、叔齐，可谓善人者非邪？积仁洁行如此而饿死。且七十子之徒，仲尼独荐颜渊为好学。然回也屡空，糟糠不厌，而卒早夭。天之报施善人，其何如哉？盗跖日杀不辜，肝人之肉，暴戾恣睢，聚党数千人横行天下，竟以寿终。是遵何德哉？"

《游侠列传》："韩子曰：'儒以文乱法，而侠以武犯禁。'二者皆讥，而学士多称于世云。至如以术取宰相卿大夫，辅翼其世主，功名俱著于春秋，固无可言者。及若季次、原宪，闾巷人也，读书怀独行君子之德，义不苟合当世，当世亦笑之。故季次、原宪终身空室蓬户，褐衣疏食不厌。死而已四百余年，而弟子志之不倦。今游侠，其行虽不轨于正义，然其言必信，其行必果，已诺必诚，不爱其躯，赴士之阨困，既已存亡死生矣，而不矜其能，羞伐其德，盖亦有足多者焉。"

对照两段议论，自不难发现其中的共通处：史迁对天道、人道多有不平，慷慨之气溢于言表。

对守身、独行高士报以一种特殊的情怀，对其命运有着深切的关照，这两段议论不啻大声呐喊。

引人注意的是，史迁将游侠等同于季次、原宪诸贤，这个评价是很高的。季次、原宪"怀独行君子之德"，游侠信诺力行其君子之德，二者在价值观上是统一的。游侠的存在意义被他发掘至如此高度，见出他不同凡响的见识。

他虽然也承认游侠其行"不轨于正义"，却宁愿将此问题搁置，特别"发明"游侠精神上的价值。

史迁有见于时儒的卑俗，有意用游侠与之相比，他有自己的一番寄托。"今拘学或抱咫尺之义，久孤于世，岂若卑论侪俗，与世沉浮而取荣名哉。而布衣之徒，设取予然诺，千里诵义，为死不顾世，此亦有所长，非苟而已也。故士穷窘而得委命，此岂非人之所谓贤豪间者邪？诚使乡曲之侠，与季次、原宪比权量力，效功于当世，不同日而论矣。要以功见言信，侠客之义又曷可少哉！"

不仅俗儒不能与游侠比，就有功于社会而言，季次、原宪们也不能与游侠比。

又说："古布衣之侠，靡得而闻已。近世延陵、孟尝、春申、平原、信陵之徒，皆因王者亲属，藉于有土卿相之富厚，招天下贤者，显名诸侯，不可谓不贤者矣。比如顺风而呼，声非加疾，其势激也。

至如闾巷之侠，修行砥名，声施于天下，莫不称贤，是为难耳。然儒、墨皆排摈不载。自秦以前，匹夫之侠，湮灭不见，余甚恨之。"

心迹披露至此，该说的话也就说完了。史迁真是一个表里通透的君子，绝不藏着掖着。不像班固，读完《汉书》，你找不着作者在哪里。

至此，史迁对游侠三致意焉。

在他的心目中，从季札开始，到战国四公子，到汉代的游侠，一脉相承，游侠精神一直未断。

到了汉代，游侠现象已经式微。史迁《刺客列传》《游侠列传》是为游侠所作的最后一首挽歌。刺客、游侠代表了那个漫长时代的精神高度与价值高度，他们的存在正是那个时代的力量所在。有时候，确实需要暴力来挽救颓废的世运。游侠的消亡，表明人格价值、道德价值的沦丧。进入世俗社会，不再有人承担正义的名号，生存成为第一考量标准，这是司马迁的悲愤。

可笑的是，后代班彪、刘知几、司马光以游侠为异类，力意排摈。《资治通鉴》引荀悦论，对游侠进行批判。内容很长，其中有一段话很显眼："世有三游，德之贼也：一曰游侠，二曰游说，三曰游行。立气势，作威福，结私交以立强于世者，谓之游侠；饰辩辞，设诈谋，驰逐于天下以要时势者，谓之游说；色取仁以合时好，连党类，立虚誉以为权利者，谓之游行。此三者，乱之所由生也；伤道害德，败法惑世，先王之所慎也。国有四民，各修其业。不由四民之业者，谓之奸民，奸民不生，王道乃成。"

游侠、游说、游行是荀悦眼里的"奸民"，恨不诛之而后快。这是在史迁三百年以后，所谓正人君子所持的普遍看法。游说、游行可以归结为一类人——游士，苏秦、张仪、范雎、蔡泽、樗里子、李斯、郦食其都是。从春秋到汉初，这类人活动频繁。时势需要他们，他们也在乱世找到了生存的机会。游侠与游士有时纠缠在一起，你很难分清早期的韩信是游士，抑或是游侠；有人甚至说游侠也是游士的变种。

班固在《游侠传》中对游侠的来历展开了一番追踪，称战国四公子广招宾客，从而催生了游侠。汉代诸侯如吴王、淮南王继其后，游侠遂成为乱世之源。班固进而批评道："古之正法：五伯，三王之罪人也；而六国，五伯之罪人也。夫四豪者，又六国之罪人也。况于郭解之伦，以匹夫之细，窃杀生之权，其罪已不容于诛矣。观其温良泛爱，振穷周急，谦退不伐，亦皆有绝异之姿。惜乎不入于道德，苟放纵于末流，杀身亡宗，非不幸也。"持论与其父同。相比荀悦，语气要平和许多。

不禁感叹，如此多的史家，竟无一个可做司马迁的解人。他寄情于游侠的那番苦心，他的人生信条与准则，以及与时势的对抗，都无人可以领会。

司马迁是北方人，刚烈、节义是他与生俱来的风骨。他崇尚先古遗烈、燕赵悲风。加之世代为史官，春秋史官义以赴死的精神，在他已变为一种命世意识。不惜一死为李陵作辩，就是受这种意识支配，不得不为之的命世行为。史官有言责，抗言而死也在所不惜。了解这一点，你就会站在他的精神高度理解他了。刺客也好，游侠也好，游士也好，都化作他的精神，在灵魂深处结成一体。

唐太宗《晋书》四论

唐修《晋书》，太宗为《宣帝纪》《武帝纪》《陆机传》《王羲之传》亲制书，作四论。

《宣帝纪》谓司马懿"用人如在己，求贤若不及"，"饰忠于已诈之心，延安于将危之命"，"情深阻而莫测，性宽绰而能容"，有点儿像曹操，而"饰忠""深阻"有过之，其人凶险，高深莫测。与诸葛战，"抑其甲兵，本无斗志，遗其巾帼，方发愤心"，指诸葛最后一次出祁山，司马懿守营不出，诸葛送其巾帼妇人之饰，以激其出战。认为此事乃司马懿一生之失。"生怯实而未前，死疑虚而犹遁，良将之道，失在斯乎？"指"死诸葛走生仲达"事。司马懿受魏明帝遗托，废齐王芳，诛曹爽："天子在外，内起甲兵，陵土未干，遽相诛戮，贞臣之体，宁若此乎？""辅佐之心，何前忠而后乱？""虽自隐过当年，而终见嗤后代。"辞为讨逆，篇可诛心，斥司马懿无余，而视晋得天下为不正矣。

《武帝纪》论司马炎，评价明显高于司马懿。谓司马炎"以佚代劳，以治易乱"，"雅好直言，留心采擢"，"仁以御物，宽而得众，宏略大度，有帝王之量焉"，颇多过誉之词。其平吴事业"通上代之不通，服前王之未服。祯祥显应，风教肃清，天人之功成矣，霸王之业大矣"。蜀、吴既平，天下一统，武帝"骄泰之心，因斯以起"，"曾未数年，纲纪大乱，海内版荡，宗庙播迁。帝道王猷，反居文身之俗；神州赤县，翻成被发之乡"，"良由失慎于前，所以贻患于后"。

太宗盖以晋武帝自况，故发言以武帝为戒："且知子者贤父，知臣者明君；子不肖则家亡，臣不忠则国乱；国乱不可以安也，家亡不可以全也。是以君子防其始，圣人闲其端。"因感慨言："圣贤之道，岂若斯乎！虽则善始于初，而乖令终于末，所以殷勤史策，不能无慷慨焉。"也有以史为鉴的意思。此可见太宗面对历史，身自惕厉，时刻提醒自己免蹈覆辙。

对陆机、陆云兄弟，唐太宗则极称其才艺："观夫陆机、陆云，实荆衡之杞梓，挺珪璋于秀实，驰英华于早年，风鉴澄爽，神情俊迈。文藻宏丽，独步当时；言论慷慨，冠乎终古。高词迥映，如朗月之悬光；叠意回舒，若重岩之积秀。……百代文宗，一人而已。"这个评价是很高的。

更甚者，太宗称陆机为"廊庙蕴才，瑚琏标器"，兄弟二人"自以智足安时，才堪佐命，庶保名位，无忝前基。不知世属未通，运钟方否，进不能辟昏匡乱，退不能屏迹全身，而奋力危邦，竭心庸主，忠抱实而不谅，谤缘虚而见疑，生在己而难长，死因人而易促。……卒令覆宗绝祀，良可悲夫！……其天意也，岂人事乎！"对二兄弟死于乱世深表同情，悲悯之情，见于言表。

陆机、陆云兄弟初仕于吴，晋平吴，朝廷多方构致，不得已仕于晋。八王之乱，成都王司马颖讨齐王司马冏，以陆云为前锋都督。兵败，因人潜毁被杀。观其一生，文采可称东吴之胜，有足观者；至于"百代文宗，一人而已"，则言过其实。二兄弟在政治上并无太大作为，八王之乱，乃因私利而内讧，谈不上"正义之师"。他们站到成都王一面，也只能说政治上糊涂，更谈不上有所建树。身死人手，做了屈枉之鬼。只因太宗爱其才，好其文，而高其行，出于一片垂怜之心。

太宗尤爱王羲之书法，《王羲之传》论中极言之。他历数自张芝（字伯英）、钟（繇）王（羲之），以至南朝萧子云以来的名家书艺，校其长短；又以王献之与其父作比，分别优劣，实属识家大方之谈，内家法言，眼力与识见少有人能及。自太宗此论出，遂为定评。

自张芝以上，无迹可寻，"逮乎钟王以降，略可言焉。钟虽擅美一时，亦为迥绝，论其尽善，或有所疑。至于布纤浓，分疏密，霞舒云卷，无所间然。但其体则古而不今，字则长而逾制，语其大量，以此为瑕"。这是说钟繇的优缺点。

至于王献之，"虽有父风，殊非新巧。观其字势疏瘦，如隆冬之枯树；览其笔踪拘束，若严家之饿隶。其枯树也，虽槎枿而无屈伸；其饿隶也，则羁羸而不放纵。兼斯二者，故翰墨之病欤！"《晋书》论献之书法，称其工草隶，太宗颇不以为然，认为距离其父尚远。太宗娴于书艺，故深知书法之病。

对于时人推美的萧子云，太宗也不感兴趣，认为其书法无筋骨："子云近出，擅名江表，然仅得成书，无丈夫之气，行行若萦春蚓，字字如绾秋蛇；卧王濛于纸中，坐徐偃于笔下；虽秃千兔之翰，聚无一毫之筋，穷万穀之皮，敛无半分之骨。以兹播美，非其滥名邪！"

相形之下，尽善尽美者唯有王羲之，"所以详察古今，研精篆素，尽善尽美，其惟王逸少乎！观其点曳之工，裁成之妙，烟霏露结，状若断而还连；凤翥龙蟠，势如斜而反直。玩之不觉为倦，览之莫识其端，心慕手追，此人而已。其余区区之类，何足论哉！"谈及书法之妙，归美一人。太宗追慕逸少不已，真此人旷代知己！

《晋书》中，太宗仅作此四论，殆有因也。《宣帝纪》《武帝纪》自有所指，不必说。文士中独倾顾陆、王，此中自有分教。

汉末尚名士，曹氏父子尚文士，晋人承汉魏，余风未歇。名士有何晏、王弼、王衍、谯周及竹林七贤，文士则有张载、孙楚、潘岳、江统、左思、陶渊明。人才之盛，莫过于斯。太宗都不屑，乃诸人或祗奉佛老，摒弃名教，或讬言世外，寄身草莱；或外王内圣，出奴入主。太宗看重的是正统中人，于邦国能建奇勋，献大猷，行止端正，风化教人，堪为士林华表的人物。陆机、陆云兄弟是他心目中于王道有用的大才，太宗视之为凌烟阁十八学士，故格外赏识。太宗好书法，造诣极深，对昔人书法玩味之余，尤喜王羲之。他之喜欢王羲之，仅就其书艺而言。其实，此人在政治上的见识，不次于他的书法。

从西晋王氏家族看朝廷关系网

晋初有二王浑。《晋书·王戎传》载："（戎）父浑，凉州刺史，贞陵亭侯。"而《晋书》又有《王浑传》，其人平吴前为安东将军，都督扬州诸军事。平吴后晋爵为公，转征东大将军，武帝末年迁司徒，惠帝继位，加侍中。此王浑地望属太原晋阳，而王戎父乃琅琊临沂人。爵位一为公，一为亭侯，二者绝非一人。

二人看似了无关系，同名姓而已，细推则不然，还有些瓜葛。太原王浑有二子——王济、王澄。《王济传》附于《王浑传》后，以其袭父爵也。而《王澄传》附于《王戎传》后，就显得不伦不类。《王戎传》附有从弟衍、衍弟澄传，此王澄即太原王浑子，与王戎为从兄弟。而《王衍传》云："父王乂，为平北将军。"王戎、王衍、王澄既为从兄弟关系，则琅琊王氏与太原王氏为同宗近亲，绝无疑问。由此言之，二王浑也属从兄弟关系。晋人同名姓者不少见，从兄弟同名姓极少见，《晋书》未点明此处，殊失也。

《王衍传》载，时成都王司马颖以衍为中军师，累迁尚书仆射，领吏部，后拜尚书令、司空、司徒。他做了司徒后，"乃以弟澄为荆州，族弟敦为青州"，明指王澄为衍从弟，王敦为衍族弟。王衍欲营三窟，借助三公特权，任命王澄、王敦为荆州、青州刺史。此二州均属战略要地，权重与他州不同。

王敦为琅琊王氏，是东晋大司徒王导从父兄，与王戎也为近族。王导乃晋初太保王祥从孙，王祥弟王览孙。王览有六子——裁、基、会、正、彦、琛，王敦乃王基子，王导乃王裁子。王敦年长，二人为亲叔伯兄弟。

王戎、王衍飞黄腾达时，王敦、王导兄弟还不怎么出名，二人同游京师。《王衍传》："尝因宴集，为族人所怒，举樏掷其面。衍初无言，引王导共载而去。"则琅琊王氏、太原王氏阖族人经常聚会谈宴。《王戎传》载，戎"有人伦鉴识"，其论山涛、王衍、裴頠、荀勖诸人，各有风旨，惟"族弟敦有高名，戎恶之。敦每候戎，辄讬疾不见"。盖当时王氏家族内部因趣尚不同，已自分裂。王戎、王衍、王澄相互赏识，位高阶显，自成一党。王敦、王导才踏入主流社会圈，不得不仰人鼻息。

时，武帝素闻王衍名，问王戎："夷甫当世谁比？"王衍字夷甫。王戎答曰："未见其比，当从古人中求之。"推重已极。王衍与王澄也相互抬举，《王澄传》："衍有重名于世，时人许以人伦之鉴。尤重澄及王敦、庾敳，尝为天下人士目曰：'阿平（王澄字）第一，子嵩（庾敳字）第二，处仲（王敦字）第三。'澄尝谓衍曰：'兄形似道，而神锋太俊。'衍曰：'诚不如卿落落穆穆然也。'澄由是显名。"

王澄谓王衍机锋太锐，也似指他评王敦为第三而言，以王敦心浮气傲的个性，决不能忍处第三。王敦、王导兄弟在洛阳虽有名，在王氏族人中却讨不来便宜。在洛阳受冷遇，对二人而言未尝不是好事，促使其从崇尚浮名虚誉的圈子拔出脚，以务实的眼光看待时事。王敦沉毅，王导有器局，都在此时历练出来。过江后，俟元帝立，二兄弟这才站住阵脚。待王敦"为江州，镇豫章，澄过诣敦。澄素有盛名，出于敦右，士庶莫不倾慕之。兼勇力绝人，素为敦所惮，澄犹以旧意侮敦。敦益忿怒，请澄入宿，阴欲杀之"，后果扼杀王澄。王敦当时身为大将军，手握王宪，掌生杀大权，锱铢之隙必报，杀一王澄不在话下，已顾不得从兄弟关系了。

王敦、王导到江左后，逼于顾荣、贺循等望族，自觉结为一体。

数年经营，终于把持了朝政，王导官居宰衡，王敦在外领兵，兄弟遥相呼应，王氏子弟遍布朝野，形成强大的势力集团，时人语曰"王与马共天下"。元帝深感王氏太强，任用另一批人挤压王敦、王导，终于逼出石头城之变。王敦率兵攻入石头城，埋怨王导说："不从吾言，几致覆族。"两人每有举动，辄以家族为念，这是旧家族的传统。

《王敦传》："敦眉目疏朗，性简脱，有鉴裁，学通左氏，口不言财利，尤好清谈，时人莫知，惟族兄戎异之。"王氏族人中青睐王敦的，王戎一人而已，却也并不喜欢他。王衍、王澄并不许之，也不欢迎他，族内人早已有了芥蒂。

又，《王浑传》："父昶，魏司空。"《王沈传》："王沈字处道，太原晋阳人也……沈少孤，养于从叔司空昶，事昶如父，奉继母寡嫂以孝义称。"则王沈与王浑也为从兄弟。

魏高贵乡公时，王沈为散骑常侍、侍中。高贵乡公讨司马昭，事先告诉了身边的王沈，王沈即刻奔告司马氏，乃魏朝的贰臣。高贵乡公被司马氏家兵刺死后，不久，晋朝代魏，王沈成了晋朝的功臣，故"及帝受禅，以佐命之勋，转骠骑将军、录尚书事，加散骑常侍，统城外诸军事"。这一大堆封赏乃由于告密的"佐命之勋"。

王沈子王浚是西晋著名的宁朔将军，都督幽州诸军事，与都督冀州诸军事的刘琨齐名。后"以父字处道，为'当涂高'，应王者之谶，谋将僭号"。他与羯人石勒勾结，妄图自立朝廷，后被石勒欺骗，死于斯人之手。这个"当涂高"的谶语，自西汉以来一直未息，骗了不少人。

自魏至晋，琅琊王氏、太原王氏极盛，遍布朝野。

《通志·氏族略》中关于王氏条有："所出不一，有姬姓之王，有妫姓之王，有子姓之王，有虏姓之王。若琅琊、太原之王……"琅琊、太原之王出于虏姓，应该是不错的。《王沈传》："祖柔，汉匈奴中郎将。"《王戎传》："祖雄，幽州刺史。"这些人的祖先或多或少都与匈奴有些关系。

西晋初，王氏家族与帝室、望族间有盘根错节的关系。

王戎、王衍乃车骑大将军、征南大将军、开府仪同三司羊祜从甥。时兄弟二人名满朝士，几乎无人不见而称道。王衍更是风气引领者，他好谈玄，随手持一白玉柄麈尾，与手同色。朝士们慕其人而纷纷效仿，一直到东晋犹如此，王导就常持一麈尾。与其他人相反，羊祜并不看好此二人，曾对人说："王夷甫方以盛名处大位，然败俗伤化，必此人也。"此话传出，二人恨之，每多诋毁羊祜，故时人语曰："二王当国，羊公无德。"

王济尚常山公主。时，武帝听信谗言，要让其弟齐王司马攸离京赴国，王济屡次陈请，不听，又使公主哭求。武帝怒，谓王戎曰："兄弟至亲，今出齐王，自是朕家事。而甄德、王济连遣妇来生哭人。"

王戎嫁女于裴頠。裴頠乃司空裴秀之子，为当时名望，享誉京师。《王戎传》载，王戎掌选举，为人奏劾，后以"戎与贾、郭通亲，竟得不坐"。贾指贾充，时为太尉，其女贾南风为惠帝后。郭指贾充夫人郭槐，号广成君，也邪乎得厉害。王戎与贾家通亲，自然又有一层关系网。

王戎与贾府通亲，乃因王衍。王衍妻郭氏，系郭槐族女，而王衍女为愍怀太子妃。愍怀太子乃惠帝子，贾南风妒之，设计陷害，使其被废。此事自始至终王衍都无一言，自太子废，却逼令其女与太子离婚，受人非议。固然其人软懦，而与郭氏的一层关系让他心存顾忌，他这样做更是给郭氏看的。《晋书》将王衍女列入《列女传》，这对王衍是一个绝大的反讽。

《裴楷传》曰："初，裴、王二族盛于魏晋之世，时人以为八裴方八王。"西晋时，裴家尚可与王家比拟。到了东晋，王姓则一家独大。《贾充传》也说："泰始中，人为充等谣曰：'贾、裴、王，乱纪纲。王、裴、贾，济天下。'言亡魏而成晋也。""亡魏成晋"功劳最大者还得算贾充。他的事我们前面已经提及，这个人本事平平，心地狭隘，嫉妒成性，做了很多坏事。但因他功大根深，晋武帝也没法动他。

贾、裴、王三家又互有姻亲关系。贾充是裴頠从母夫，裴頠次子裴该尚公主，而裴楷子又娶太傅杨骏女。杨骏为武帝杨后父亲，武帝崩，托孤杨骏。裴楷娶王浑女，其长子娶汝南王司马亮女，其女又嫁给了尚书令、侍中、司空卫瓘。可以看出，三姓之间，与帝室之间，朝廷势族之间，关系可谓密不透风。

　　魏晋时，上品无寒门，下品无势族，朝廷为势族控制，势族之间又结成密密麻麻的关系网。这些人不担心富贵权势，故专事享乐，或逐利，或纵酒，饫饱之余，谈玄自高，藐视群伦。而中下层不满，寄迹竹林，或裸裎傲啸，或隐遁啖药。上层社会奢靡颓废，无有朝气。故八王乱起，大厦瞬间倾危，加以异族趁机入侵，内忧外患之下，即刻涣然冰散。纵使到了江左，此种风气仍然未改，早已丧失了汉魏时的精气神。

于定国不冤民的背后

《汉书》称，于定国为廷尉，朝廷称之曰："张释之为廷尉，天下无冤民；于定国为廷尉，民自以不冤。"其得朝廷心如是。观其一生行迹，未必如是。

宣帝时，大开诏狱，韩延寿、赵广汉下狱死，百姓流涕，以为良父母。此时于廷尉何在？

杨恽语人曰："正月以来，天阴不雨，此《春秋》所记，夏侯君所言。"此乃公羊家语，准其语，怨则有，何至于受诛？而"事下廷尉，廷尉定国奏恽怨望，为妖恶言，大逆不道。上不忍加诛，有诏皆免恽、长乐为庶人"，定罪已近于酷。

后，杨恽既失爵位，与孙会宗书，表达不平之气。书中道："有功何益！县官不足为尽力。"确实有些非所当言。"章下廷尉，按验，得所予会宗书，帝见而恶之。廷尉当恽大逆无道，要斩。"于廷尉顺从上指，二言"大逆无道"。刻深严残，近于酷吏张汤，谓其平，当乎？司马光曰："宽饶、恽之刚直，可不谓贤乎？然则虽有死罪，犹将宥之，况罪不足以死乎！"确为持平之论，对此，于廷尉当有何说？

张释之为廷尉，敢于抗言，屡屡矫正文帝论罪过重之失，有活人之功，称其无冤民，当矣。而于定国为廷尉，不但不解人于倒悬，反从而严酷,"民自以不冤",此话从何而来?

时丞相为黄霸,黄霸薨,甘露三年(前51年),于定国为丞相。善猜上意,此于氏为官之道。

才能与见识

　　人生而有才,才属禀赋,非此人不有此才;遇事而有高下,此为能,属器识之类。有才未必有能,能者势必有才。又者,有见识必有才能,有大见识必是大才;无见识必无才,庸碌无能者必无见识。

　　陈琳为袁绍草《讨曹操檄》,以文著称,少有人知其有断有谋。先是,陈琳为大将军何进主簿。何进谋诛宦官,太后沮之,乃听袁绍计,欲召四方猛将及诸豪杰,引兵向京师,以胁太后。陈琳谏曰:"今将军总皇威,握兵要,龙骧虎步,高下在心,此犹鼓洪炉燎毛发耳。但当速发雷霆,行权立断,则天人顺之。而反委释利器,更征外助,大兵聚会,强者为雄,所谓倒持干戈,授人以柄,功必不成,只为乱阶耳。"此等识见,与曹操不谋而合。曹操闻何进计,曾笑称:"既治其罪,当诛元恶,一狱吏足矣,何至纷纷召外兵乎!"所见与陈琳同。故陈琳后归曹操,曹操爱其才而不杀之。

　　尽人皆知王羲之书法有名,少有人知道他洞明世事,练达人情,深具理政之能。其与殷浩、与谢安、与会稽王书,眼光与断事,超出一时流辈,只是少有人理会罢了。

　　一些人有才,一些人有能,才与能兼备者少,陈琳、王羲之堪称两有,只是没机会施展罢了。

读史不当做过情论

南朝宋、齐之制,诸王出为州牧,立长史佐治,继而复派典签制之。诸王既多以童稚之年,应方面之寄,主其事者皆长史、典签。至梁朝仍如之。

吾昔读书,不解其故,卒以为齐、梁之主委信小人,致使败国。读《颜氏家训》方知其来有自:

> 吾见世中文学之士,品藻古今,若指诸掌,及有试用,多无所堪。居承平之世,不知有丧乱之祸;处庙堂之下,不知有战阵之急;保俸禄之资,不知有耕稼之苦;肆吏民之上,不知有劳役之勤,故难可以应世经务也。晋朝南渡,优借士族,故江南冠带,有才干者,擢为令仆已下尚书郎中书舍人已上,典掌机要。其余文义之士,多迂诞浮华,不涉世务。纤微过失,又惜行捶楚,所以处于清高,盖护其短也。至于台阁令史,主书监帅,诸王签省,并晓习吏用。济办时须,纵有小人之态,皆可鞭杖肃督,故多见委使,盖用其长也。人每不自量,举世怨梁武帝父子爱小人而疏士大夫,此亦眼不能见其睫耳。

可知当时士大夫固有怨梁帝者，时人犹如此，况后辈乎！读史当知时务，不以己见加诸史，乃可。

颜氏又曰：

> 梁世士大夫，皆尚褒衣博带，大冠高履，出则车舆，入则扶侍，郊郭之内，无乘马者。周弘正为宣城王所爱，给一果下马，常服御之，举朝以为放达。至乃尚书郎乘马，则纠劾之。及侯景之乱，肤脆骨柔，不堪行步，体羸气弱，不耐寒暑，坐死仓猝者，往往而然。建康令王复性既儒雅，未尝乘骑，见马嘶喷陆梁，莫不震慑，乃谓人曰："正是虎，何故名为马乎？"其风俗至此。

又曰：

> 江南朝士，因晋中兴，南渡江，卒为羁旅，至今八九世，未有力田，悉资俸禄而食耳。假令有者，皆信僮仆为之，未尝目观起一坡土，耘一株苗；不知几月当下，几月当收，安识世间余务乎？故治官则不了，营家则不办，皆优闲之过也。

士大夫柔弱至此，不堪一使，用长史、典签乃不得已也。颜氏亲仕梁朝，所记皆亲见，当不虚也。

读史当懂史，善解史，不能动做过情论。

农耕文化

商鞅劝农战,出于两个目的:耕可使国富,战可使兵强。

贾谊《论积贮疏》,也重农而轻商,其中有一句很重要:"仓廪实而知礼节。"出自《管子》。这句话影响极大,几乎成为历代王朝的治国纲领。

劝耕织思想根深蒂固,观其所以,有以下几因:

一足用。足兵足食足用是历代人的理想,而这一切都源于耕织。人人乐耕织,不虑不足,这是一个简单的推理过程。

二安民。人安于耕织就不会轻离土地,易于管理,井田制这样的土地分配制度、乡里制这样的社会组织架构乃基于此。所有制度的焦点都是要把人局限于土地上。

三利教化。衣食有尽而人欲无度,土地由国君所赐则知感激,爱惜民力则薄赋敛,耕织有时则政令不烦,丰歉由天则人知敬畏。相应地,农耕之家,终世不离乡里,易行忠信孝义之教;赋役常贡用,则知国家……一整套的治理观念就这样层层建立起来。

中国的礼义道德源于农耕文化,治理体制也因农耕文化而设。尊尊也好,亲亲也好,都是农耕文化的产物,所有文化元素均可在这里找到根。

拒绝商人,乃因商人重利而易生贪残之心。物有尽而贪残之心无尽，就会挑战公平；商人富则浮华，郑卫之音出而人心失于醇正；更重要的是，商人富则难驾驭，势必挑战治理体制。

逐利之心生导致人性沉沦，罪恶由此生。

趋利之徒率不安分，对社会是极大挑战。

商人眼中的利益，以剥夺农业文明为目的，也为农业体制所不能容。

这些问题在农耕社会多少也存在，囤积居奇，土地垄断不仅资本社会有。但毕竟在可控范围内，而且经验主义的官僚体制对付它绰绰有余。

故对商人只是利用，压制，甚至打击。

对游牧民族也采取拒绝态度，当然也反映了两种文化间的冲突。

中国现代社会的矛盾，也主要体现在由农业到工业、商业转型的不适应。农业文化仍十分顽固，适应工业、商业社会可能需要很长时间。文化需要奠基，积累，至于成熟。我们当前是否已充分准备好尚是一个问题，对它可能产生的问题也就始料不及。

或许很长时间，我们都不得不面对两个问题：一是发展经验不足，两千年都没有这个基础；二是缺乏工业社会的文化支持，这个问题现在看来尤其重要。

中国文化的仪式感

礼乐即是一种仪式。孔子从小喜欢俎豆之器,他在玩味仪式带来的快感。

后儒把礼乐搞得繁复无比。三代不同礼,历朝都有自己的礼乐,故《通志》《通典》大量内容讲礼乐。战国以后,乐失,而三礼在。后代继体,使礼不断丰富,五礼遂成为定式,吉礼、凶礼、宾礼、嘉礼、军礼都有了相对固定的程式。由五礼而衍生的便有朝聘礼、冠礼、车服礼、祭祀礼,不一而足,蔚为大观。

所有礼仪,无不强调仪式。刘邦建汉,功臣在朝,乱哄哄闹,叔孙通为他定了一套朝见礼仪,文武两班这才规规矩矩。刘邦叹道:今日始知天子之贵!

礼仪仪式中自有一套上下尊卑所守,这就是秩序。五服一定,三纲五常自然衍生出来。

修礼是最庄重的一件事,与修历可以等量齐观,二者都有受命于天的隐语。

因为是仪式,必然有一定原则:

一要体现天命;

二要讲究程式;

三要合于政体;

四要贯穿始终。

仪式等同于规矩、制度设计。

仪式从来不是空泛的，它有许多具体的所指与能指，已深深浸淫于国人的文化与血脉中。直到今天，我们还生活在仪式中，婚丧嫁娶，迎来送往，升官发财，仍然被仪式包围。一场会议，谁先讲，谁后讲，一个活动，谁先出场，谁后出场，都有一定的规矩，可以说仪式无时不有处处有。

古代都城设置与政治密码

古代最早的一本地理书叫《禹贡》,是战国时魏人所作,它首次提到"九州"的概念。最早的字典《尔雅》,内收"五岳四渎"一词,五岳所指与今天没有太大区别,四渎指江河淮济。自《汉书·地理志》始,地理发展为一门专学,现在叫作历史地理,是历史的分支。

历代都城的设置及政治密码涵盖面非常广,故只能择其要而言。

历史重心与疆域的开拓

都城无论在政治、文化、经济、社会各方面,都具有一定的特殊性。因几乎所有政治活动都在都城进行,所以,它又是一个朝代的标志,是特定的政治符号,具有别所不具的象征意义。另一方面,历代都城的变迁也反映了疆域拓展的情形。

都城作为一种特殊的地理符号、政治符号,承载的历史信息量远非其他州郡可比。我们在谈它之前,有必要对中国地理有一个宏观的了解。

自成体系的地理特征

我们常说，黄河、长江是孕育中华文明的母亲河，这话没错。犹如古希腊文明起源于幼发拉底河、底格里斯河，印度文明起源于恒河一样，黄河、长江也是中华文明的源头。区别在于，黄河、长江从发源一直到入海，均在国境内，整个脉系贯穿东西，体系十分完备。不止于此，两河的源头竟然出自一地，都在巴颜喀拉山，相距不远。一向北流，一向南流，最终同归于海。其他文明不具这个条件。幼发拉底河、底格里斯河流经希腊，它只是两条河流的一个节点。印度更不用说，恒河的上游在中国境内。

疆域、河流的完整性影响着文化的生成，自成体系的疆域、河流孕育了自成体系的文化。独立而系统也成为中国文化的特殊品格，古人称之为统系。这种文化统系牢固而顽强，产生了强大的辐射力、吸力。有辐射力、吸力是好事，也是坏事。它促进了民族大融合，锤炼了民族与文化。相应地，两千年中国史是异族入侵史，同时也是抗侵略史，就是其带来的后效应。入主中原是所有入侵者的梦想，他们向往的不仅是华夏的富庶，同时想体验的是入主中原的荣耀。这种荣耀不是别的，正是文化赋予的。这似乎像一种推导过程，中国人的文化、命运就这样衍生出来。

完整、自成体系的文化容易造成自尊自大，以自我为中心，会排斥、鄙夷其他文化。同时，更易于产生封闭思维，闭关锁国就是封闭思维的产物。

多元文化共存

越来越多的考古发现，将史前文明遗迹清晰地展现出来。仰韶文化、龙山文化、红山文化、良渚文化、二里头文化、三星堆文明以及殷商文明等，使学者得出这样一个结论：史前文明不仅仅局限于黄河流域，而是多元并存的。这些文明虽有各自不同的特点，但都经历了由玉器、陶器到青铜器的过程，这些文明符号呈现出高度的一致性，反映了黄河、长江文明的系统性。

还有一种共生现象，那就是华夷共生。自有文字记载以来，黄河、长江流域生活着被周人称为戎、狄、夷、蛮、百濮的各少数民族部落，散布于诸侯国之间，它们与诸侯的差别仅仅在于没有受封。即如戎就有姜戎、北戎、大戎、犬戎、陆浑之戎等。也有个别受封的，如大戎，本身就是姬姓，唐叔之后；又如姜戎，姜姓，与周人同宗，封子爵。周人在政治生活各方面，很早就与夷人纠缠不清。不了解这一点，对以后历史上发生的一些事，尤其是华夷之争问题就无法解释。

姜与羌本为同族，近人章太炎等人均认为姜、羌于字同源，在姓为姜，在种为羌（参看《訄书》）。傅斯年更认为姜、羌与"鬼方之鬼在殷墟文字中或从人或从女"者相同。于《诗经·大雅·生民》一诗可看到，西周农业发达，所以姜人崇拜他们的祖先后稷，后稷也许就是一个农业生产能手，并教会了族人。姜姓告别了游牧生活，进入农业文明，羌仍如旧。故姜、羌分开后，两个文明间势如水火。近代学者童书业进而认为，春秋时有姜戎，自称四岳之后，当即羌的一种。并推断出，申、吕、齐、许者，戎之进入中国者；姜戎，停滞于戎之原始状态者。

《史记》记载了烽火戏诸侯的故事：周幽王娶申侯女为妻，后来喜欢上了褒姒，遂废申后，去太子。申侯怒，纠集缯人、西夷犬戎攻打幽王，杀幽王于骊山下，西周亡。继立者平王，为避戎寇，东迁洛阳，是为东周。即使迁都洛阳，东周政权也不时受到夷人的侵扰。周襄王时，叔带作乱，凭借狄人伐周，把周王赶出洛阳。诸侯也与夷人有千丝万缕的联系。晋文公的父亲晋献公伐骊戎，得二美女骊姬姐妹。骊姬想把自己的儿子立为太子，诬告太子申生和公子重耳、夷吾，逼得太子自杀，二公子出亡。重耳的母亲是大戎狐姬所生，夷吾的母亲是小戎子。自古华夷杂居，周天子、诸侯与夷人有着千丝万缕的联系，周人影响夷人，夷人同时也影响周人。

古代黄河流域生活着这么多夷人，后来他们都到哪里去了？较弱的部落被兼并同化了，而稍强的一些，对周人构成威胁的，都被赶出中原了。我们熟知的胡人，又叫匈奴，商时称鬼方，周时称猃狁，也叫荤粥（音薰育），是戎狄的一支，西周宣王时被赶出了中原，在草原逐渐发展壮大，变成了匈奴，又称胡人，秦汉时分为东胡、西胡。夷人是被所谓的汉人一步一步赶出中原的，他们与汉人一直有纠缠不清的恩怨情仇。

此外还有一个重要的少数民族聚集区，生活在白山黑水之间的部落种族，比如靺鞨，清人的祖先，比如室韦，蒙古人的祖先，他们都经历过征服草原，挥师南下的历程。现在有人产生疑问：元、清算不算异族统治？这是不懂历史。举例说，五代时石敬瑭借契丹之力称帝，将幽云十六州割让给契丹主，宋朝几代皇帝想把它们拿回来，都没有如愿。蒙古人统治中国后，这个问题就不成为问题了。如果不是蒙古人，幽云十六州至今可能还是化外之地。

清朝更不用说，为了使蒙、藏归化，满人利用喇嘛教，把它定为国教。如果不是借助宗教统治了蒙、藏，这些地方可能就不在中国版图内。中国历史是一个民族大融合、大分裂不断反复的过程，对于过去的历史，不能用大汉族主义的眼光来看。

民族融合使中国版图得到延展，每一次融合之后，边境线都向外延伸一圈，元、清朝的建立就是两次最大的民族融合的结果。都城的设置最集中地表现了这一点，它是个鲜明的标志。

都城的设置标志着地理骨架的成熟

有文字记载以来，西周建都丰镐，又在洛阳建成周，这是第一次出现陪都。西周亡，东周迁都洛阳成周。西周、东周的情况与后代迥然不同，未把丰镐作为理想的、最终的都城所在地，说明都邑尚处于变迁中。不止周朝如此，诸侯也如此。东申、西申，东虢、西虢、北虢，以及晋国曲沃代翼，说明都邑很不稳定。就连被称为边鄙的秦国、被称为荆蛮的楚国也同样如此，国家重心一直处于流动状态，这在国家形态初期是必然的。

一直到汉朝，都城对于国家的意义才被正式提及。娄敬对汉高祖刘邦那番洛阳与关中孰优孰劣的分析，成为汉朝建都的基本理论依据。娄敬的基本观点是，建都必须把"形胜"与否作为考量标准。洛阳号称"天下之中"，无险阻可依，谈不到"形胜"；而关中关河四塞，骑天下之背，扼天下之吭，最为"形胜"。天下、国家、都城，在他心目中是三个不同的概念，代表了当时先进的理念。此前，周朝及各诸侯国择都基本上受制于两个条件：为形势所迫，逐水而居。前者是政治原因，后者是生存原则。到了汉朝，定都一事才上升为政治家的谋略，与治理国家联系在一起。

自从周、秦建立起真正意义上的国家，以至于唐朝，受视野局限，历代定都均在长安、洛阳之间徘徊。秦、西汉定都长安，东汉定都洛阳。西汉末，王莽篡位，绿林、赤眉军打到长安，拥立更始帝刘玄、建世帝刘盆子。他们劫掠长安之后，迅速回撤，打算到洛阳立足。东汉末，董卓入洛阳，北兵也是一番劫掠，抢完洛阳，又迁都长安，把长安搜刮净尽，连吕后墓也不放过。他们如蝗虫一样，席卷而过，走到哪里，哪里就荒无人烟。两汉末的情况说明东都、西都具有特殊的象征意义，占据它们就拥有了相对的政治话语权。曹魏政权草创之际，先后以许昌、邺城为中心，待曹丕即帝位马上迁都洛阳。西晋更代，仍然以洛阳为都。南北朝时期中国第一次南北对峙，东晋以及后来的宋、齐、梁、陈定都建康，北方沦为五胡十六国掌握，他们无不以定都长安、洛阳为重。定都长安的有前赵、前秦、后秦、西魏、北周，定都洛阳的有北魏、东魏、北齐。之后，隋、唐两朝定都长安，武则天迁都洛阳，唐朝就同时拥有两个都城。五代时期也没有离开黄河流域。至此，从周武王公元前1046年算起，到唐亡的907年，长安、洛阳已有将近两千年定都史。

至此，可以看到，定都长安、洛阳，很大程度上不是出于必然，而是受历史惯性、政治思维左右。

五代时期除后唐建都洛阳外，其他四朝后梁、后晋、后汉、后周均建都开封。宋朝继其余绪，在此定都达一百六十八年。实际上，开封的建都史也很悠久，是战国时魏国的都城，当时叫大梁。我们看《战国策》《孟子》《庄子》，其中很多关于魏王的记载都发生在汴梁。

宋之后，定都选择离开了黄河流域。以蒙古人开端，定都北京。实际上，这还要追溯到宋时。对宋朝构成威胁的西夏、辽、金，那个金国就建都于此，称中都，蒙古人称其大都。明朝最早定都南京，那时叫应天府。明成祖朱棣迁都北京，原因是他的燕王府就在那里。虽建都北京，但并未废南京，而是两京并存，保持同样规模的政府建制。南京、北京之名就是他定下来的。一直到清朝，中国版图的地理骨架才算确定下来。

南京在诸多都城中的地位，要相对尴尬一些。历史上，以它为都城，要么是割据，要么是偏安，均属不得已。在以北方为视角的政治思维中，定都南京意味着弱朝。

考察都城变迁的历史过程，我们会发现：1. 历代都城集中于长安、洛阳、开封、南京、北京五座城市，五座著名都城构成的地理坐标线，呈现为一个大大的"十"字状，犹如疆界的四至，呈现出一定的稳固性。2. 它有一个由东西轴线到南北轴线的变化过程，以宋朝为界，以前定都均在长安、洛阳、开封三城选择，都在东西轴线；宋以后变为南北轴线，不是南京就是北京。定都格局之所以产生如此重大的调整，主要是疆域、形势发生了变化。

都城的政治、地理选择

自春秋始，周朝及各诸侯国都城、都邑的选址，为后代提供了参考。这里我们不禁要问，为什么闻名诸侯的晋都，诸如太原、曲沃（今山西闻喜县）、绛（绛即翼，今山西侯马市），文化极盛的齐、鲁淄博、曲阜以及殷都安阳、楚都郢城没有作为选项？除了它们不在黄河流域，处在主流文化圈之外，目前没有更好的解释。

这里我们引入一个概念——帝都。历史上都城很多，自北而南，如邯郸、邺城（今河北临漳）、晋阳（又称平城，今太原）、天水、武威、成都、苏州、绍兴、杭州、扬州等，在历史上都扮演过都城的角色，但都很短暂。能称得上帝都的屈指可数，就其担负的历史重任而言，长安、洛阳、南京、北京、开封当之无愧。长安号称十三朝古都，洛阳号称十三朝古都，南京号称六朝古都，北京号称五朝古都，开封号称七朝古都，都是饱经风霜的历史名城，称为帝都名实相副。

政治、地理、经济因素

历来帝王定都，都会把其创业之地作为陪都，如东汉以长安为陪都，唐有东都、西都，宋、明则有三都、四都之多。

《史记·周本纪》说："成王在丰，使召公复营洛邑，如武王之意。周公复卜申视，卒营筑，居九鼎焉。曰：'此天下之中，四方入贡道里均。'"也就是说，建洛邑（成周），不仅是成王的意思，也是武王早就计划好的事。洛邑建好后，又把象征王权的九鼎也迁过去。以后秦、楚二国问鼎，秦始皇称帝后，到处找寻九鼎的下落，也说明它的象征意义足够大。武王之所以要建洛邑，原因只有一个：洛阳居天下之中。而能居天下之中的只有一个人，那就是天子。

汉高祖取天下，最初也考虑建都洛阳，他在长安、洛阳之间犹疑不定。娄敬对他说："秦地被山带河，四塞以为固，卒然有急，百万之众可具也。因秦之故，资甚美膏腴之地，此所谓天府者也。陛下入关而都之，山东虽乱，秦之故地可全而有也。夫与人斗，不搤其吭，拊其背，未能全其胜也。今陛下案秦之故地，此亦搤天下之吭而拊其背也。"张良也说："关中左崤函，右陇蜀，沃野千里，南有巴蜀之饶，北有胡苑之利，阻三面而守，独以一面东制诸侯。诸侯安定，河渭漕挽天下，西给京师；诸侯有变，顺流而下，足以委输，此所谓金城千里，天府之国也。""被山带河，四塞以为固"，讲的是地理优势，这话早先张仪就说过。"天府之国"是出于经济考虑，而"搤天下之亢而拊其背"，讲的则是形势之要。

诸葛亮说："金陵，钟山龙蟠，石头虎踞，帝王之宅。"这是南京被看好的主要原因。占据长江之险，独特的地理优势，使它可进可退，可战可守。

蒙古人入主中原，扩大了东北和北方的辽阔版图，使得"天下之中"的概念有了新意。《元史》载：有一次，霸突鲁对忽必烈说："幽燕之地，龙蟠虎踞，形势雄伟，南控江淮，北连朔漠。……非燕不可。"此时已将燕京视为天下之中。

以上四都，尤其是前三都，占据天然优势，历代作为帝都的首选，被称为"龙兴之地"。宋朝考虑过建都洛阳，明朝也考虑过建都长安，就是受其影响。异族统治中原后，同时被长安、洛阳所吸引，认为要做天下共主，必须据以都之，否则不是正统。二城十三朝历史，汉人为主的并不多，就频次而言，异族居多。北魏孝文帝拓跋宏欲迁都洛阳，对人说："国家兴自北土，徙居平城，虽富有四海，文轨未一，此间用武之地，非可文治，移风易俗，信为甚难。崤函帝宅，河洛王里，因兹大举，光宅中原。"他要"经营宇宙，一同区域"，必须迁都。迁都阻力很大，他不得不小心翼翼地进行，先迁到邺城，以诱骗手段把贵族们挟持来，同时悄悄派人营建洛阳。定都洛阳后，为了表示华夷一家，不惜把姓改掉，改拓跋氏为元氏。

进取与偏安

作为都城，上述诸城有其优势，也有劣势。长安尽管可以控带中原，但究竟避居西隅，随着"天下"概念的扩大，它的缺陷日趋明显。洛阳、开封都属四战之地，无险可守，故一旦天下大乱，轻易就会为人占据。而南京尽管有长江之险，也不足凭据。孙吴及南朝宋、齐、梁、陈均定都建康，一旦有变，屡屡被他人占据。而北京这座年轻城市，以咄咄逼人之势，坐北向南，君临天下。以古人迷信的话说，它的气数正盛。

　　自古以来就有北方天下的观念，据北方者据天下。曹魏打败袁氏，扫平中原，罔顾南方还有吴、蜀两个小朝廷，先继位再说。蜀汉被曹魏平定，吴国一直到晋武帝时才平定。隋朝代北周，那时南方还有个陈，陈后主叔宝还在位。但隋文帝不管，称帝之后才派大军平陈。陈后主是个玩主，爱写诗，爱美女。他最钟爱的美女叫张丽华，史书中说她发长七尺，黑亮如漆，光可鉴人。她有一双摄人魂魄的眼睛，大臣们不敢与她对视。历史上有两个叫丽华的美女，都是国色天香。另一个叫阴丽华，汉光武帝的皇后。当初光武帝刘秀在民间时，说过一句话："仕宦当作执金吾，娶妻当得阴丽华。"后来终于如愿以偿。

　　宋代后周，宋太祖称帝时，北方还有个北汉，南方还有个南唐。南唐后主李煜，也是个大诗人，提起他不由人想起他作的那些亡国之音。"春花秋月何时了，往事知多少。小楼昨夜又东风，故国不堪回首月明中。雕栏玉砌应犹在，只是朱颜改。问君能有几多愁，恰似一江春水向东流。"这是他被俘之后写的，传说他因这首词而送了命。有趣的是，南唐后主写过《后庭花破子》，陈后主写过《玉树后庭花》。陈后主还把《玉树后庭花》谱成曲，让宫女们跳舞。

　　宋派大军灭南唐时，南唐后主向宋太祖求饶。宋太祖说：卧榻之侧，岂容他人鼾睡。但那个北汉，直到他的弟弟赵匡义称帝后才被灭。

　　可以说，北方是帝王的天下。尽管明朝兴起于南方，最初建都南京，最终也迁都北京。燕京是明成祖的封国，他之迁都看似背叛了父亲，却无意中成就了明朝。其时，朝廷的主要威胁来自北方草原，敢于把都城置于战争前沿，是需要些魄力的。假如继续以南京为都，明朝能不能坚持近三百年还很难说。

　　秦、汉定都长安，也是出于这样一种政治考虑：长安不但能控带中原，还能控制西域各国及匈奴。唐代选择长安，也是看中了这一点，有利于抵御突厥、回纥、吐蕃来犯。汉、唐把都城置于有些凶险的前沿，只能说明他们有足够的自信。据洛阳、开封则不同，虽居天下之中，但也易受四方来犯，腹背均暴露。建都南京更不用说，古人称其偏安一隅，主要指其远离政治中心，难以有效控制北方。还有一个更大的隐患：远离中原，意味着逃避，会消蚀掉士气与生命力。南朝如此，南宋如此，南明也如此。诸葛亮之所以不惜耗费国力，六出祁山，其用意也在此。他曾说："臣非不自惜也，顾王业不可偏安于蜀都，故冒危难，以奉先帝之遗意也。"(《后出师表》)偏安一隅势必取败，这是一条规律，诸葛亮看到了。仅凭此一点，诸葛亮称得上大政治家，他眼光极远。

定都东西，抑或定都南北，是历史潮流，也是形势所需。一般来说，东西定都以长安为胜，南北定都以北京为胜。长安是以西驾东，北京是以北临南，均占形势之先。历史学家周振鹤下了一个结论："大致说来，若王朝进取则定都长安，若守成则定都洛阳。"(《东西徘徊与南北往复——中国历史上五大都城定位的政治地理因素》)这个规律同样适用于南京、北京。

华夷之辨的背后

自《春秋》公羊派首倡华夷之辨，至今两千余年还没有辨明白。这是一个有意思的话题。

公羊派提倡华夷之辨，据说是上承孔子，即所谓的《春秋》大义。观点主要如下："《春秋》内中国而外诸夏，内诸夏而外夷狄。""不与夷狄之主中国也。"公羊派所谓的夷狄，除戎、狄、蛮、夷外，还包括楚、吴、邾、鄫等诸侯国。在公羊派眼里，华夷之辨的意义不仅表现为种族区别，而且表现在道义上，故而把一切违反《春秋》大义的人一律视为夷狄。秦袭郑，则夷狄之；邾娄、牟、葛朝鲁，则夷狄之；晋伐鲜虞，则夷狄之；郑伐许，则夷狄之；蔡世子般夺父政，则夷狄之；郑弃其师，则夷狄之；卫伐凡伯，则夷狄之；郑大夫欲从楚，则视为夷狄之民。（杨树达《春秋大义述》）

春秋时华夷杂处，并不像公羊派所说的那么界限分明。楚芈姓，邾曹姓，鄫姒姓，而吴为姬姓，与周人同宗，把此类国家也视为夷狄未免牵强。他们眼里的戎狄蛮夷，情况也不尽相同，戎有姜戎、大戎、骊戎，姜戎显是姜姓，与齐国同出一姓；大戎、骊戎均为姬姓，与周人同宗。春秋时，齐、晋、楚、吴等霸国的周围，都有不少附从小国，这也是它们取霸的资本。楚的附从有息、申、邓、随、郧、黄、许、房、唐，以及百蛮；晋的附从有虞、虢、芮、耿、霍、冀、韩、魏，以及诸戎；就连鲁国这样的弱国也有邾、曹、滕、薛、杞、郜、纪等附从，邾人本身就是夷。这些"与国"，即同盟国，常常因站错队而遭到讨伐，所谓《春秋》不义战。战争使这些附从国或被并吞，或被灭，霸国以此壮大。郑国伐陈，晋人问罪，子产答复道："先王之命，唯罪所在，各致其辟。且昔天子之地一圻（方千里），列国一同（方百里），自是以衰。今大国多数圻矣，若无侵小，何以至焉？"（《左传·襄公二十五年》）道出了当时的情势。

西周的灭亡，后人归结为萧墙之祸。周幽王宠爱美人褒姒，废掉申后，激怒了她的父亲申侯。申侯联合缯侯、西夷犬戎攻打幽王，并将其杀死于骊山下，这一事件直接导致了西周的灭亡。可以看到，当时夷狄已经参与到周朝的政治纷争中。诸侯国与夷狄通婚也不鲜见。晋献公伐骊戎，得骊姬姐妹，宠爱异常。他听信骊姬谗言，逼死太子申生，贬窜公子重耳、夷吾。重耳之母也是狄人（又作翟人），号称狐氏女。夷吾母亲，是重耳其母胞妹。重耳逃亡奔狄，狄是他的母舅之国。狄人廧咎如，乃赤狄别种，得二女，以长女为重耳妻，少女妻赵衰。晋献公、晋文公父子均与戎狄通婚，时人并不以为怪。整个春秋历史，夷狄与中原诸国纠缠在一起，甚至诸侯会盟也离不开他们，是一支重要的政治力量。夷狄战斗力强，周朝及诸侯国常常借重他们清除异己。霸国征讨，盟军队伍里也有这些人的身影。

所谓的华夷之辨，在当时已经辨不明白。

公羊派所持的华夷对立的观点，无从知道是否为孔子主张，公羊派大概透过他对霸国的态度，做了夸大式宣传。孟子说："晋之《乘》，楚之《梼杌》，鲁之《春秋》，一也。其事则齐桓晋文，其文则史。孔子曰：其义则丘窃取之矣。"齐桓、晋文之事，乃霸国之事，孔子确实多次提到。齐桓公为霸主，开了"礼乐征伐自诸侯出"的先例。管仲为相，促成了此事。孔子对管仲褒贬不一，爱恨交加，多数还是以正面评价为主。他有两个基本论调：一则"桓公九合诸侯，不以兵车，管仲之力也。如其仁！如其仁！"一则"管仲相桓公，霸诸侯，一匡天下，民到于今受其赐。微管仲，吾其被发左衽矣"。一者称道管仲以仁霸诸侯，一者称道管仲拯救之功。从后者可以看出孔子对"左衽"的担忧。吴越之人左衽，左衽与否，是文明与野蛮的分界。孔子是维持正统的，以夷狄入侵华夏为忧，对夷狄持排斥态度本在情理之中。是否像公羊派持论那么激烈，已不得而知。

继华夷之辨，又出现了统绪之辨，这是因应两汉之后的情势产生的。汉为魏所夺，魏为晋所夺，之后又出现了南北朝对峙的局面，给维持正统的经学家制造了难题。以三国而言，以魏为正统就丢掉了汉统，以汉为正统，晋则来历不明。围绕这个问题，形成了不同看法。陈寿《三国志》、司马光《资治通鉴》坚持以魏为正统，习凿齿《汉晋春秋》以汉为正统。唐人刘知几作《史通》，尚出来为两统之争正名，足以说明这是当时史学界一件大事。司马迁"整齐"历史的精神到南北朝行不通了，这个问题交给了司马光。南北朝的问题，尚能以南朝为正统所在。到了五代，问题出来了：后梁是唐的篡臣，后唐、后晋、后汉都是异族主国，是唐代藩镇割据的产物。历史不能出现空白，司马光不得不承认他们的存在。好在五代有十国，承认后梁、后唐、后晋、后汉、后周等于否定其他割据势力，司马光稍心安，他在乱麻中理出了一个头绪。对此，明末时王夫之站出来，很不屑地说，正统与否本无所谓，有统则有绪，有合则有分，"统之为言，合而并之之谓也，因而续之之谓也。而天下之不合与不续也多矣"，"夫统者，合而不离、绪而不绝之谓也。离矣，而恶乎统之？绝矣，而固不相承以为统。崛起以一中夏者，奚用承彼不连之系乎？"（《读通鉴论·叙论一》）这种现实主义认识论倒也达观，却负了经学家一片苦心。

宋之后，蒙古人、满人先后统治华夏，历史又一次使正统家伤透了心。世事到了这一步，公羊派已无所措其手足，再行开展这种评判显得底气不足，人们宁愿选择沉默。

国人一直致力于厘清自己，意图还本民族一个本来，但因历史总有旁枝斜出的变化，令人无法客观面对。直到近代，人们仍试图为这场官司画上圆满的句号，处理好藏于心底的民族纠结。他们大体的说法是，只要承认并接受汉文化统系，用汉文化统系治国理政，都可视之为华夏一统。这种宽泛的模糊论，似乎勉强可以自圆其说，但问题恰恰就在这里。蒙古人入主中原，把人种分为四个等级：蒙古人、色目人、汉人、南人。其中南人抵抗蒙古人最烈，故而列为末等。汉人、南人被列为低等人，主要差别体现在政治层面。政治上没有地位，很难断言会有大的作为。这种刺伤汉民族自尊的态度，实质上表现的是对汉文化的抵制。清人入主中原，起初的情况与元人无异，满人在上，汉人在下，甚至蒙古人也列于汉人之前。曾国藩们以前，清廷封爵与汉人无干，九卿之正例不许汉人，汉人多处于卿贰。只是到清末，情况才发生了改观。清人服装、语言、民族传统三百年不弃，也足以表现出对汉文化的抵制，这种抵制是主动而非被动的。元、清在国运昌盛时，都保持着这种清醒的自觉，只是到了中衰以后，才自觉不自觉地接纳了汉人，借用汉文化辅助治理。

用文化统系来解释元、清的非异族化是脆弱的，不足以立论，日本人也曾主张以华治华。这又出现了疆域说，它的观点是：只要在华夏传统疆域范围内，在其疆域内生活的各民族，不论哪个民族入主，都可以归为正统。这也符合自然法则。

因华夷之防而产生的民族意识，由炽烈而至于沉寂，反映了民族自尊的脆弱。民族主义一旦持之过正，就容易陷入民族狭隘主义。文化敏感是我们这个民族的特性，敏感而多疑，敏感而脆弱。华夷之辨至今余音未息，其真实性在于，因为有历史伤情，抚慰之余给它一个看上去说得过去的解释，以期解开固有的民族心结。今文家也好，古文家也好，赖以存在的历史条件与政治基础已不复存在，它已经变得不合时宜。宋人自用理学对儒家进行正本清源开始，已经意识到这一点，试图对其进行一番改造。阳明之学大兴，从本源上讲，也在重复这项工作。有趣的是，两次思想潮流都发生在异族统治前夜，足以证明宋人、明人的担心不是多余的。不能简单断言他们选择的路径有问题，只能说明他们的改造对象本身出了问题。

政治与文化纠缠在一起，很难把二者彻底剥离。今天传承下来的儒家文化，当初本就是孔子政治范畴的组成，是其政治理想不可分割的必要要素。比如孔子意欲恢复的周礼，实质上是一种理想的政治形态，是邦国治理的出发点和目的。孔子一生落魄的遭遇，说明以礼来维持周统显得多么不合时宜。经历了战国之乱的荀子，也意识到这一点，故而提出"法后王"，要与时俱进。荀子对儒教进行了一番改造，他也主张礼乐，但他的礼乐是目的，而不是手段。手段是王霸之道，王则用儒，霸则用法。汉宣帝是王霸之道的践行者，远接荀子。荀子的理论造就了法家，可惜的是，法家放弃了礼乐，没有儒家"大道之行，天下为公"的宏大追求，蜕变为一种现实主义。韩非上承荀子，又选择老子作为替身。他们欣赏老子，不是看上了老子的通识，而是学到了老子的方法论，旧瓶装新酒。

儒家政治在后代的现实表现，的确不那么令人满意。两汉亡，长达四百年的今古文之争趋于平静，"孔子热"过去了。魏晋人试图把儒、释、道嫁接到一起，最终归于失败。释、道二教是人生追求，不是政治追求，风马牛不相及。与孔子思想中的价值追求相比，释、道在用世方面显得乏力。

关于儒家，司马迁曾做过一番定评："夫儒者以六艺为法。六艺经传以千万数，累世不能通其学，当年不能究其礼，故曰：'博而寡要，劳而少功。'"这还是公元前100年前人们的看法，那时的人已看到儒教好看不实用的缺陷。我们不得不说，儒教是一种没落的贵族文化，血统固然高贵，却只能作为一种精神遗产存在。儒家文化之所以流传至今，与它高贵的精神分不开，诸如以天下为己任的命世意识，大同世界的理想，仁人君子的处世之道，克己复礼的坚忍不拔，都足以令后人肃然起敬。二十四史中贯通始终的《礼乐志》《五行志》《舆服志》《经籍志》《选举志》，是中国传统文化的核心所在，本源都来自儒家思想，证明了儒家思想深入人心之深。历代薪火相传，才使我们有了自己的文化统系。

与已经被汉人、宋人、明人充实很多的儒家思想相应，我们传承的民族文化也包罗万象，很难具体给它的指归划出一个界限。传承古代文化固无错，但不能陷入历史的纠缠。华夷之辨、统绪之辨属历史问题，没有必要辨出个头绪。抗战时期，杨树达写了一本《春秋大义述》，重提华夷之防，主要是为了树立民族大义，号召人们同仇敌忾。其人化腐朽为神奇的治学精神值得学习，真正是老瓶可以装新酒。

今天来看华夷之辨，还需要用另外一种眼光。元、清二朝与五胡十六国、五代时期没有什么两样，都是中华这个版图上的政权之争。为什么我们能够接受秦人篡周，而不能接受元人篡宋、清人篡明？诚然，元人、清人都试图抗拒汉文化，抗拒不了则改造。清朝乾嘉之学大兴，究其实是对清人改造汉文化的反动，对此，朝廷也莫可奈何。儒家文化具有顽强的生命力，中华不绝如缕，其因在此。

不得不说，国人至今还纠缠在这个问题上，反映了我们这个民族历史包袱沉重的事实。文化符号也好，正统论也好，疆域说也好，都无法自圆其说，不能给出一个合理的解读，这是华夷之辨至今无法落地的原因。如果不持客观冷静的历史态度、达观的雍容做派，这种争论将会无休无止。

东汉戚党、宦祸与清流之弊

东汉外戚、宦官之盛,为它朝所不及,二者与东汉二百年相表里。表现为这样一个轨迹:外戚盛则专权,专权则制主。制主的最佳选择无非立幼,幼帝长于宦官之手,又不得不求得宦官的支持,这样就把宦官由内寺推向了政治前台。又因为宦官在历次政变中的"卓越"作为,几乎拥有与戚党比肩的政治地位。整个东汉史就在戚党、宦官、朝臣的权力纠缠中展开。与此相应,因为戚党、宦官炽盛,天子、朝臣就显得孤弱,想要有一番作为,也很难摆脱他们的掣肘。王夫之说:"汉之亡也,母后、外戚、宦竖操立主之权以持国柄而乱之;其所立者,感立己者之德而捐社稷以徇之;夫其渐积使然,岂一朝一夕之故哉?"

戚党的核心人物是太后,开外戚专权之先河的是窦太后。窦太后是大司空窦融曾孙女,窦融为东汉开国功臣,云台三十二将之一。窦太后主政时立和帝,和帝继位时年仅十岁。后,窦太后与兄窦宪、弟窦笃和窦景等谋不轨,宪等被诛,窦太后失势。

邓后临朝,立殇帝。其"贪殇帝孩抱,养为己子,故立焉"。殇帝登基时仅诞百余日,数月后崩。立安帝,时仅十三岁。邓后崩,安帝始亲政事,已被夺政十四年矣。

安帝崩,阎后"欲久专国政,贪立幼年",废安帝子为济阴王,立北乡侯，是为少帝。少帝在位二百余日后崩，其年龄史未明书，料也在襁褓中。少帝崩，中黄门孙程等合谋立济阴王，诛阎显、景、晏等党与，迁太后于离宫。济阴王立，是为顺帝。

顺帝在位十九年，年三十崩。梁冀拥立皇太子刘炳继位，是为冲帝，年仅三岁崩。时，李固建议梁冀应"戒邓、阎之利幼弱"，"宜择长年，高明有德，任亲政事者"为帝。梁冀不从，与太后密谋后，仍决定立幼，即质帝。

质帝立时，年仅八岁。时梁太后秉国而梁冀专朝，质帝幼聪，不满梁氏，称梁冀为"跋扈将军"。梁冀恐，以饼毒死帝，即位仅一年。

至此，安、顺二帝绝后。梁太后不得不立章帝后代，是为桓帝，时年十五。其间，梁太后依然临朝。这种情况一直持续了十余年，直到梁太后崩。

桓帝久愤激于梁冀专权，与中常侍单超、徐璜、具瑗，小黄门史左悺、唐衡谋诛梁冀。梁氏一门或诛或窜，五宦官同日封为侯，天下谓之"五侯"。

桓帝崩，无子，窦太后与父窦武立章帝玄孙为帝，是为灵帝，时年十二。

桓、灵二帝间，进入宦官时代。灵帝时，宦官受宠尤逾于桓帝时，至有"十常侍"横行朝内外，外戚无能为矣。大将军窦武被诛，窦太后移宫。

外戚擅权，紊乱朝政，国家尚能维持；而宦官得势，则纲纪不复存在。东汉有名的太后如马后、窦后、邓后、梁后等，多为开国功臣之后。明德马皇后是伏波将军马援小女，章德窦皇后是大司空窦融曾孙女，和熹邓后是太傅邓禹之孙女，顺烈梁后是大将军梁商之女、梁统之后，懿献梁皇后又是顺烈皇后之妹，桓思窦皇后又是章德皇后从祖弟之孙女。东汉开国功臣及他们的后人，都与朝廷有着千丝万缕的联系。

皇后临朝，则外戚受宠幸。

戚党盛，根源在皇后，而东汉初确也有几个明智的皇后。

光武帝刘秀在民间时有两个意愿："仕宦当作执金吾，娶妻当得阴丽华。"虽未做执金吾，却做了天子；也如愿娶到阴丽华，百般宠幸她，她的从伯父阴识、兄弟阴就、阴兴自然得到重用。即位后，光武帝欲封阴兴，置印绶于前，阴兴固让曰："臣未有先登陷阵之功，而一家数人并蒙爵土，令天下觖望，诚为盈溢。臣蒙陛下、贵人恩泽至厚，富贵已极，不可复加，至诚不愿。"阴贵人闻之，问其故，阴兴答曰："夫外戚家苦不知谦退，嫁女欲配侯王，娶妇眄睐公主，愚心实不安也。富贵有极，人当知足，夸奢益为观听所讥。"（《后汉书·樊宏阴识列传》）是时草创，外戚家犹心存醇厚，不愿夺功臣功，乱朝廷法。阴贵人感其言，也深自降挹，不为亲族求位。后来，光武帝为病所困，委托阴兴为顾命臣，且欲拜他为大司马，阴兴叩头流涕，坚决不受。

明德马皇后是伏波将军马援的小女，生性节俭，约己甚严，明帝立其为后。马皇后未生子，宫人生下刘炟，明帝命她抚养。于是她尽心抚育，视同己出。刘炟也以生母待她。刘炟即位为章帝后，尊她为太后。建初元年，章帝因有司上奏，欲大封马氏诸舅。马太后拒绝了，下诏称："凡言事者皆欲媚朕以要福耳。……吾为天下母，而身服大练，食不求甘，左右但著帛布，无香薰之饰者，欲身率下也。……吾岂可上负先帝之旨，下亏先人之德，重袭西京败亡之祸哉！"（《后汉书·皇后纪》）

章帝览诏书而悲叹，又再请封舅氏。太后报曰："……常观富贵之家，禄位重叠，犹再实之木，其根必伤。……吾计之孰矣，勿有疑也。……吾但当含饴弄孙，不能复关政矣。"

建初四年（79年），章帝自作主张，封马廖、马防、马光三舅为列侯。太后闻之，责怪三兄弟道："圣人设教，各有其方，知人情性莫能齐也。吾少壮时，但慕竹帛，志不顾命。今虽已老，而复'戒之在得'，故日夜惕厉，思自降损。居不求安，食不念饱。冀乘此道，不负先帝。所以化导兄弟，共同斯志，欲令瞑目之日，无所复恨。何意老志复不从哉？万年之日长恨矣！"话短意长。马氏三兄弟遵太后言，辞掉官职，退位归第。

邓皇后也较为清醒，对外戚干政尚有几分自惕。"帝每欲官爵邓氏，后辄哀请谦让，故兄骘终帝世不过虎贲中郎将。"但有始无终。和帝崩，殇帝即位，太后临朝，当年即拜邓骘为车骑将军、仪同三司，不久又加封上蔡侯。欲望一旦决堤，势必肆意横流。"邓氏自中兴后，累世宠贵，凡侯者二十九人，公二人，大将军以下十三人，中二千石十四人，列校二十二人，州牧、郡守四十八人，其余侍中、将、大夫、郎、谒者不可胜数，东京莫与为比。"（《后汉书·邓寇列传》）数字虽然是历世累计，最盛当在邓后兄妹主政期间。

邓氏兄弟常居禁中，左右天子，定立国政，当朝者无出其右。邓骘出征西羌，大败而回，朝廷以太后故，不仅不论罪，反而拜他为大将军。邓后恋栈权位，久不归政，引起安帝极大怨恚。邓后崩，安帝遂即废邓家诸兄弟，邓骘不食而死。

开外戚擅朝之例的首推章德窦皇后。章帝在位时，拜皇后兄窦宪为郎，稍迁侍中、虎贲中郎将，弟窦笃为黄门侍郎，兄弟并在朝阙，势焰大张。窦宪连皇族也未看在眼里，他相中了沁水公主的园田，以低价强买。公主畏惧，不敢告发。后被章帝无意中发现，斥责窦宪此举不异于赵高指鹿为马。虽如此，也并不能把他怎么样。

和帝即位后，窦氏兄弟更加有恃无恐，内干机密，外宣诏命，手握王权，口含天宪。都乡侯刘畅以帝胄来京师吊祭，得见太后，窦宪怕他与自己争权，派人刺杀了刘畅。太后得知，也仅将其关了禁闭。窦宪表示悔罪，愿击匈奴以赎死。太后允诺，拜其为车骑将军，金印紫绶。时，匈奴分为两部：南单于、北单于。南单于和朝廷交好，北单于未臣服，屡寇边，与南部争战。南单于患之，请求朝廷出兵相助。窦宪与耿秉率八千骑，合南匈奴万骑，出朔方北征。这一战竟然大胜，虏获无数。窦宪登燕然山，勒石记功，令班固作铭彰扬其事。窦宪班师还朝，拜大将军，封武阳侯，食邑二万户。

外戚之盛莫过于梁冀，冲帝、质帝、桓帝俱为梁氏兄妹所立。梁冀弑质帝，诛太尉李固，横行天下几二十年。"冀一门前后七封侯，三皇后，六贵人，二大将军，夫人、女食邑称君者七人，尚公主者三人，其余卿、将、尹、校五十七人。"（《后汉书·梁统列传》）与邓氏家族不分上下。梁冀被诛后，朝廷清算梁党，牵连受死的公卿、列校、刺史达数十人，梁氏的故吏宾客或免或黜，竟有三百余人，史称此时"朝廷为空"。

戚党一类并非都是强梁，偶尔也有争气的。

邓骘死后，大司农朱宠为其声冤，称之"兄弟忠孝，同心忧国，宗庙有主，王室是赖"。邓骘生时，多交接士类，推引天下贤才，辟杨震、朱宠、陈禅诸人，置之幕府，这些人后来都成为朝廷栋梁。

与邓骘一样，窦武"在位多辟名士，清身疾恶，礼赂不通，妻子衣食裁充足而已。"（《后汉书·窦何列传》）他曾推引儒人尹勋为尚书令，刘瑜为侍中，冯述为屯骑校尉，又征召天下名士如李膺、刘猛、杜密等，一时朝廷士气大振。"于是天下雄俊，知其风旨，莫不延颈企踵，思奋其智力。"桓帝时，起党锢之祸，司隶校尉李膺、太仆杜密、御史中丞陈翔、太尉掾范滂俱被逮。窦武上书，指斥天子委任近习，为党人申冤。经他上下奔走，一批人幸免不测。后窦武与太尉陈蕃合谋，诛剪宦官，虽败，但以一己之力撑持朝政，功不可没。

与外戚相比，宦官盛则有百害。

西汉也有外戚专权，即如霍光、王莽，但还不至于像东汉这样外戚满朝，绵延长久。西汉也有宦祸，文帝时有赵谈，武帝时有李延年，元帝时有弘恭、石显，但尚未发展为一股政治势力。

东汉宦官势力的形成，缘于皇帝幼弱。皇帝幼弱故外戚不请而进，太后秉政则视朝廷无可靠之人，惟赖外戚维持左右。依礼法，太后不得见朝臣，操持两端者乃宦官，这是宦官得以猖獗的客观原因。史称："邓后以女主临政，而万机殷远，朝臣国议，无由参断帷幄，称制下令，不出房闱之间，不得不委用刑人，寄之国命。……其后孙程定立顺之功，曹腾参建桓之策，续以五侯合谋，梁冀受钺，迹因公正，恩固主心，故中外服从，上下屏气。"（《后汉书·宦者列传》）宦官发迹盖约这么一个过程。

再怎么英明的太后，一旦制宪，就不得不凭借宦官传达王命。扶立幼主是太后的专权，而太后临朝又为宦官得势提供了机会。这些宦官一手牵着禁中，一手牵着外廷，两头欺瞒、信口雌黄是他们惯用的伎俩。逐步地，宦官群体就成为国家肌体的一部分。毒瘤一旦扩散全身，任谁都无法疗救。

太后需要宦者，皇帝更需要。东汉的皇帝自和帝后，即位时都是"儿皇帝"，"长于宫中，养于妇人之手"，此前及此后，与之朝夕相处的是这些"刑余之人"。无怪灵帝说"张（让）常侍是我公，赵（忠）常侍是我母"。这就造成了一种奇特现象：在禁中，太后需要宦者，皇帝更需要宦者，宦者隐然成为第三种力量。

更甚者，一旦太后、外戚与皇帝发生冲突，形成对峙局面，幼弱的天子一旦羽翼初丰，出于本能，试图把失去的王权夺回来，这种政治对抗激烈到一定程度，宦者的存在就是决定性力量。窦太后秉政，窦宪并窃威权，朝臣上下无不影从，和帝看在眼里，恨在心头。永元四年（92年），和帝即位不到四年光景，再也按捺不住，与中常侍郑众密议，由郑众召集禁卫军诛窦宪，迁太后宫。这是宦官第一次参与政变，它的成功绝对具有象征意义。关于这次宫廷政变，史书称窦宪与太后密谋杀害和帝，被和帝探知，和帝这才与宦官结盟，把命运托付给宦官群体。郑众因功迁大长秋，史称"中官用权，自众始焉"。

安帝崩，阎太后临朝，阎显兄弟秉政，废皇太子刘保为济阴王，立北乡侯。不料北乡侯年幼命薄，即位二百多天就死去。因享位短，这位史称少帝的天子未入中国历代纪元表。少帝崩，阎显兄弟放着济阴王不立，却又要在济北、河间二王中选择。中黄门孙程闻之，与宦者十八人盟誓，谋立废太子。一个晚上，他们手持兵刃，潜入章台门，杀掉与太后为党的江京等宦官，持刀威胁中常侍李闰，要他答应拥立济阴王。刀剑加颈，李闰不得不允诺。之后他们才召集尚书令、仆射以下用事，迎立济阴王，是为顺帝。阎显们伏诛后，顺帝表彰宦官群体，诏封十九人俱为侯，擢拜孙程为骑都尉，这是宦者首次任外职，自此他们拥有军权。此为第二次政变。值得注意的是，阎太后与外戚身边，也有一个拥护他们的宦官集团。外戚把持朝内外，不得不借重宦官，这是一个重大变局。孙程们发起政变，率先对付的不是手握兵权的阎显，而是政治上与他们对立的江京、李闰等宦官。消灭了宦官中的对立派，等于夺取了把持朝政的接力棒。可以看到，这时外戚与宦官的力量对比发生了逆转。

桓帝也系宦者所立，故对宦官极其放纵。桓帝一朝，宦官交通内外，委任私人，势力遍天下。州郡守令多为宦官一党，一些还是宦官亲族，他们互通声气，内外呼应。这些地方官员有恃无恐，贪黩狼戾，为非作歹，残害一方，风气大坏。桓帝虽也听任朝中正臣杀了几个首恶分子，终究难改大局。此时，外戚不张，朝臣微弱，两方出于共同目的，联手诛锄宦官，数次努力均失败。到灵帝末，只好请董卓带兵入朝来办此事，最终毁了汉朝，所谓"借寇兵而赍盗粮"者也。正应了那句老话："虎兕出于柙，龟玉毁于椟中，是谁之过与？"

桓帝崩，无子，窦太后与父窦武立章帝玄孙刘宏，是为灵帝。西汉成、哀、平三帝无子，人称"继统三绝"，叹恨不已。东汉已不知继统几绝矣！当时朝廷内外对宦者憎恨已极，窦武与太傅陈蕃合谋剪除，因太后心有不忍，耽延了时日。以中常侍曹节为首的宦官集团率先起事，诬告窦武、陈蕃欲废天子，取得灵帝支持。曹节等发动兵变，与窦武所率军对阵。后来，宦官一方兵力大增，卫戍部队北军加入宦官行列，窦武不敌，被逼自杀，此时灵帝即位才八个月。窦武死后，朝臣的希望随之破灭，"当是时，凶竖得志，士大夫皆丧其气矣"（《后汉书·窦何列传》）。

宦官此前虽可称一股政治势力，但势力范围仅限于宫中，经此一番较量，羽毛丰满，势力布满天下，实难撼动。

外戚与宦官交替专权，是东汉的特殊现象。那么，朝臣在哪里？

朝臣太弱

两汉重经，重经则尚气节，四百年努力，培植了正气，出现一大批正臣。这一点唐、宋不及，明、清更次之。西汉文、景之际任用宰相理政，蔚为大观。武帝之后，虽重儒术，稍收相权。他是深知外戚干政的危险的，故立昭帝为太子时，处死太子生母钩弋夫人。因他有并吞天下之志，故西出西域，北征匈奴，而大将军权重。宣帝杂用黄霸之术，虽有效，遗患也不少。任用宦官，外戚之间争宠，险乎危及社稷。之后，汉室中衰，出现了外戚、宦官交替专权的现象，此问题一直到西汉末都未得到很好的解决。

外戚、宦官权重，乃因相权轻。西汉成、哀之际，屡废相，设三公，宰相成为风险极高的职业，能终其身者少。之所以如此，大多是因为外戚、宦官。元帝时，弘恭、石显受宠，陷害宰相萧望之。萧望之是元帝做太子时的师傅，被逼仰药自尽。师傅不保，表面是因为元帝柔懦，实际反映了自秦以来的宰相体制遭到重创。体制一旦被破坏，体制中的人就难以自保。

成帝之后，以至王莽篡权，汉朝一直受困于外戚专权。那位被王夫之斥为"罪通于天"的元后王政君，寿数很长，活过成、哀、平三帝，一直到王莽篡位，年过八旬，享国六十余载。她生时曾被尊为太后、太皇太后、太太后等。然而她最大的功绩却在于培植家族势力，凌驾于皇室之上，直至培养出一个新朝的皇帝来。成帝在位时，深切感受到王氏"五侯"带来的压力，试图扭转局面。一番努力之后，一切照旧，王氏家族盘根错节，他深感自己无能为力，叹息一声，也就听之任之了。成帝被公认为是一位贪色天子，试想，他不鬼混于女人中，又能干什么！哀、平二帝连这种努力也不愿白费，乐得做个太平天子。

光武中兴，吸取王莽擅政的教训，不设丞相，而委任三公——司徒、司空、司马（后改为太尉），司徒多领相事。这是一种分权制，目的仍在于削弱相权，巩固王权。西汉以来内廷与外廷、内朝与外朝的制约性矛盾，至此有了彻底了断。这就出现了主强臣弱的局面，尤以光武、明帝为甚，他们的确做到了说一不二。主强臣弱需要一个先决条件：皇帝要霸道，而且精明过人。可惜的是，除了章帝为人宽厚，能得大臣之心外，其余都不大成器。好不容易出了一个聪明早慧的质帝，还被梁冀毒死了。

丞相弱则大臣弱，大臣弱自然小臣强。实际上，三公也只是空有名号，形如西汉时的特进，位至尊而无实权。尚书台成为机要机构，位卑而权重。汉制，三公乃至丞相都是金印紫绶，位最高，俸万石。而尚书令仅千石，尚书仆射及六曹尚书俱六百石，地位悬殊。尚书台位在枢机，一变而为清要，承继了相权的部分职能。尚书台原只负责起草诏书，随着事权的集中，又兼举荐、任用之职，逐渐成为朝望之地。起初，朝廷举荐、任用官吏，由尚书注拟，报三府审定后下旨；后来索性摆脱了三府，直接由尚书报朝廷批准。这就出现了"虽置三公，事归台阁。自此以来，三公之职，备员而已"的怪象。这样，位尊的无权，有权的位卑，三公不要说主持朝政，连议政都很难。

与尚书相应，大将军的政治地位直线上升，比肩三公。此也上承西汉，霍光、王莽就曾以大将军职主持朝政。东汉戚党强盛，多领大将军，如邓骘、窦宪、梁冀均领大将军。窦宪贵重，朝臣们希旨上书，建议大将军位次太傅，在三公之上，三公更成了一种政治待遇。

故王夫之说："西汉置丞相而无实，权移于大将军。……东汉立三公而无实，权移于尚书。……两汉之异，丞相合而三公分，然其权之上移于将军、下移于尚书同也。"（《读通鉴论》卷七）总结得很精辟。

如此，外廷远不如西汉。朝臣既不能与外戚比，甚至不能与动辄封侯的中常侍、小黄门比。与外戚、宦官的斗争，常常由位尊年高的三公带头。他们一旦被免被杀，大批官员就集体沉默。故陈蕃说："方今一群朝臣，如河中木耳，汎汎东西，耽禄畏害。"指的就是这种情况。

李固为太尉，时梁冀跋扈，诸大臣气沮，惟李固等与之争不已。梁冀忌恨，诛杀李固。李固临死前，致书司徒胡广、司空赵戒，责二人"受主厚禄，颠而不扶，倾覆大事，后之良史，岂有所私？固身已矣，于义得矣，夫复何言！"（《后汉书·李杜列传》）胡、赵二人看信后，唏嘘长叹，自觉羞愧。

台鼎之臣靠不住，惟赖中下级官员以及朝野清流。他们是东汉的精神骨干，这也是有别于西汉及唐、宋的一大特点。两汉重经，西汉官学盛，经师们多以口授传经；而东汉私学盛，硕儒如郑众、郑玄、何休、王充、王符、仲长统、张衡、马融、服虔、许慎都开门授徒，拥弟子或千或百。众大臣也都是饱学，拥弟子无算，如杨震、袁安、桓荣、桓谭、丁鸿、蔡邕、孔融。这些人的政治影响绝不容小觑，许多太学生都是他们的弟子。杨震生前被誉为"关西孔子杨伯起"，被杀后，他的门生诣阙追讼。梁冀诬陷李固，使其下狱，李固的门生王调戴上刑具上书，为其鸣冤，其他弟子十余人也负斧锧诣阙上诉。太后闻之，怕惹起事端，特赦李固。李固出狱后，"京师市里皆称万岁"。这下把梁冀吓住了，为绝后患，他又请旨把李固再次下狱，诛杀。李固死后，其弟子郭亮左提章钺，右秉铁锧，诣阙上书，请求收尸。党锢之祸，每有党人被诛，太学生就集体上书，为其辩枉。司隶校尉虞诩弹劾中常侍张防，屡奏不听，愤而自投狱，其子于是率门生百余人上诉。朱穆为冀州刺史，挖宦者赵忠父亲的坟墓，开棺示众，被罚做苦役，太学生三百人诣阙讼冤。这种师徒相继，绵延不绝的社会关系，在整个东汉时期成为常态。

儒生如此受重视，个中原因在于皇家。桓荣习欧阳尚书，王莽末，于九江教授，徒众数百人。建武中，弟子何汤以《尚书》授太子，拜虎贲中郎将。光武帝曾问及何汤本师，何汤答曰桓荣，光武帝即召见桓荣，拜为议郎，后被授任博士，后又拜为太子少傅。明帝即位，常以师礼待桓荣。时桓荣为太常，年逾八十。明帝亲到太常府，令桓荣东面坐，设几杖，召集桓荣门生数百人，天子亲自执业讲经，每开口辄言"大师在是"。不久又封师傅为关内侯，食邑五千户，当时以为荣。桓荣每病，明帝都马上派人存问，太官、太医不绝于道。桓荣垂危之际，明帝亲到家问起居，垂泪哀怜。桓荣卒后，帝亲自变服,临丧送葬。终桓荣之世,明帝未尝失弟子礼。

张酺学《尚书》,师从桓荣,明帝时除为郎,以《尚书》授太子。太子即位,是为章帝,先后擢升他为侍中、虎贲中郎将、东郡太守。章帝每对人曰:"张酺前入侍讲,屡有谏正,闇闇恻恻,出于诚心,可谓有史鱼之风矣。"元和二年(85年),章帝东巡,幸临东郡,召集张酺及其门生和郡县僚吏。帝执弟子礼,听张酺讲《尚书》一篇,然后行君臣之事,厚加赏赐。和帝继立,以张酺为先帝师,更加亲重,升其为太仆,又拜为太尉,位居三公。

甚至连被称为"荒主"的桓帝也不忘师恩。他为蠡吾侯时,受学于甘陵人周福,即位后,提拔老师做尚书。

天子明经重师于前,徒众执弟子礼于后,东汉经师的地位可以想见。纵不得为帝师,位列朝班,只要开门收徒,也能得一时清望。

除太学、私学外,官员队伍中还有一支不容小觑的力量,那就是荐举的士子。西汉时四科举士,东汉变为六科,总其目仍以贤良、方正、孝廉、秀才为主。士子被州郡举荐后,或入太学,或为郎,或授掾史之职。州郡举荐的依据来自乡里评价,或性行超迈,或从学有道,名师弟子自然高人一等。这种体制自然催生了一种风气,东汉后期,汝南兴起"月旦评",与举荐有直接关系。士子们在京朝追随师傅,在地方视郡守为君父,自然形成一种依附关系。于是经常可以看到,一个官员被诛,冒死为他收尸、照管家事的不是门生就是故吏。种种复杂的关系网,几乎把大多数官员包括在内,这也是党锢之祸得以发生的社会因素。

师徒、官吏间盘根错节的关系对朝廷形成威胁,但也不失为一种平衡中的稳定。党锢祸起,株连无数。覆巢之下无完卵,平衡瞬间被打破。这还只是表面现象,更严重的在于它影响了士气。一旦士气不振,国家就失去了生命力,东汉的问题就这样一个一个发生了。

这种现象的产生,与清流党自身不无关系。

清流太傲

党人范滂系狱,桓帝使中常侍王甫问罪。王甫与范滂之间有如下对话:

王甫诘曰:"君为人臣,不惟忠国,而共造部党,自相褒举,评论朝廷,虚构无端,诸所谋结,并欲何为?皆以情对,不得隐饰。"

滂对曰:"臣闻仲尼之言:'见善如不及,见恶如探汤。'欲使善善同其清,恶恶同其污,谓王政之所愿闻,不悟更以为党。"

甫曰:"卿更相拔举,迭为唇齿,有不合者,见则排斥,其意如何?"

滂乃慷慨仰天曰:"古之循善,自求多福;今之循善,身陷大戮。身死之日,愿埋滂于首阳山侧,上不负皇天,下不愧夷、齐。"

(《后汉书·党锢列传》)

客观地讲,王甫这几句,也并非全是诬枉,深中清流之弊。仅就"共造部党""更相拔举"而言,桓帝初为蠡吾侯时,受学于甘陵人周福(字仲进),即位后,提拔周福为尚书。而周福同郡人,时任河南尹的房植(字伯武)当朝有名。二人彼此不服,互立山头,乡人歌谣有:"天下规矩房伯武,因师获印周仲进。"两家宾客随从,互相讥刺,各树党徒,渐成仇隙,由是甘陵分为南北两部,党人之议从此始。此风不但影响州郡,且流及太学。太学生三万余人,公推郭太(又作泰,字林宗)、贾彪为冠首,与李膺(字元礼)、陈蕃(字仲举)、王畅(字叔茂)等互相标举,委为士林领袖。太学生称道诸人:"天下模楷李元礼,不畏强御陈仲举,天下俊秀王叔茂。"这些人与一般官员不同，多是读书人出身，或官或民，自命清高，绝不轻许他人。朝廷征召，中意了才赴任，一言不合即挂冠而去。

党人之间气味相投，引为同调，标榜之词无以复加，开晋人《世说新语》之风。曾有人问范滂："郭林宗何如人？"他回答："隐不违亲，贞不绝俗，天子不得臣，诸侯不得友，吾不知其它。"(《后汉书·郭符许列传》）把郭太比作古代大贤。当时汝南、南阳是党人集中地，士子多到二郡游。黄宪，字叔度，牛医之子，风度极高，语言超迈，为名士所推服。同郡戴良自以为才高，为人倨傲，见黄宪未尝不正容，回去后若有所失。他喟然叹道："良不见叔度，不自以为不及；既睹其人，则瞻之在前，忽焉在后，固难得而测矣。"颜回曾赞叹孔子："仰之弥高，钻之弥坚，瞻之在前，忽焉在后。"戴良这是把黄宪捧为当代孔夫子。同郡陈蕃、周举也说："时月之间不见黄生，则鄙吝之萌复存乎心。"郭太游汝南，先访袁阆，不宿而退；进往从黄宪，累日方还。他评价此二人之别，说："奉高（袁阆字）之器，譬诸氿滥，虽清而易挹。叔度汪汪若千顷陂，澄之不清，淆之不浊，不可量也。"(《后汉书·周黄徐姜申屠列传》）陈蕃做太尉后，还为黄宪早卒而叹息，称："叔度若在，吾不敢先佩印绶矣。"郭太、黄宪等人在当时已被公认为第一流人物。

名士们遍结天下，抬高身价，形成风气之余，朝野无不受影响。符融初师事李膺。李膺性情高简，不把一般人放在眼里，士人能被他青睐，称为"登龙门"。李膺唯独抬举符融，每与他谈话，辄谢绝宾客，由此符融声价顿升。郭太始入京师，无人赏识，符融一见叹服，将其引荐给李膺，郭太由此驰名。以后到许劭，更以品评人物为事，与郭太齐名。士子一旦入此二人法眼，则流誉千里。许劭评价曹操："君清平之奸贼，乱世之英雄。"被后人引为佳话。他与从兄许靖齐名，好论乡党人物，每月换一品题，人称汝南"月旦评"。后，魏人刘劭著有《人物志》，可以说是这个时代的产物。党人后来虽被清算，遗风却流及后世，甚至魏晋清谈之风也可以在这里找到源头。

名士评论人物，天下评论名士，这似乎是一个很讲品位的时代。

名士们参与政治，主要还是通过议论——也即清议——施加影响。影响所及，不仅关乎一个人的官声，甚至关乎他的前程。尤其对于郡守一级的官员，如果士林排斥他，他肯定待不下去。故而许多官员对清流名士都待以加礼，唯恐触怒了他们。"自公卿以下，莫不畏其贬议，屣履到门。"郭太、张俭、范滂等每到一郡，郡守都高接远送，以上礼待之。陈蕃为豫章太守，时郡人徐稺以高节为人所服，朝廷多次征召，辄不起。陈蕃来后，以上礼请他做郡功曹。因陈蕃名气大，徐稺给了他面子，但也只是到郡府谒见了他一次，回去就再也不出来了。那次见面前，陈蕃为徐稺特设一榻，待徐稺走后就高悬起来，表示对名士的渴慕与敬仰。以陈蕃的名气，待名士竟如此小心，其他人更可想象。

东汉名士大率有三类。

一类为真隐，《后汉书·独行列传》《后汉书·逸民列传》中收录不少，大都有实学，见世道不好，躲着不出来。凡此类人不大看得起郭太、张俭一类名士，认为他们虚张声势，欺世盗名。申屠蟠就曾说："昔战国之世，处士横议，列国之王，至为拥篲先驱，卒有阬儒烧书之祸，今之谓矣。"他还真有预见，早预测到党锢之祸的劫难。

一类为半隐，要么受业有成，要么以高行闻名乡里。朝廷、州郡罗致他们，只是屡征不起，高尚其名。这么着反复几次，一旦得遂所愿，也就出来做官了。费了那么大劲征召出来，来了却不济事，未必有安邦治国的才能。顺帝时，朝廷征召一批贤士到朝廷任职，其中有个叫黄琼的，虽然连年下诏，他却高低不就。当时朝廷征召者多不称职，为此，李固专为致书："……自生民以来，善政少而乱俗多，必待尧舜之君，此为志士终无时矣。常闻语曰：'峣峣者易缺，皦皦者易汙。'阳春之曲，和者必寡，盛名之下，其实难副。近鲁阳樊君被征初至，朝廷设坛席，犹待神明。虽无大异，而言行所守无缺。而毁谤布流，应时折减者，岂非观听望深，声名太盛乎？自顷征聘之士，胡元安、薛孟尝、朱仲昭、顾季鸿等，其功业皆无所采，是故俗论皆言处士纯盗虚声。愿先生弘此远谟，令众人叹服，一雪此言耳。"（《后汉书·左周黄列传》）李固这番话，确是实情。一批"声名太盛"之士，口称尧舜之道，不屑于俗务，被请来做事，却"功业皆无所采"，其中不乏沽名钓誉、"纯盗虚声"者。朝廷多方构致人才，却为那些故意忸怩其面、待价而沽者做了铺排。

第三类为游学，也即郭太一类名士，类似纵横家之流，游说地方，臧否人物，褒贬世事。他们都是先造名誉，后选择性做官，称其为游仕也未尝不可。党人之祸大半因他们而起。

不论品类如何，这三种人纠合在一起就是一股庞大的政治势力。范滂被逮后出狱，汝南、南阳士大夫倾巢出迎，人不知多少，仅车就有数千辆。太丘长陈寔死后，赴丧者达三万余人。影响所及，朝中显宦均以能入名士之流为荣。党锢事起，度辽将军皇甫规以自己不是党人为耻，上书朝廷，称自己与党人有染，也应问罪。谁知朝廷识破了他的心思，"知而不问"，他心里很有些郁闷。

这种情况下，能不被认为是结党？

清流太刚

与西汉相比，东汉少有萧何、曹参、公孙弘、韦贤、丙吉、黄霸、魏相、薛宣、朱博那样的贤相，也少有赵广汉、尹翁归、韩延寿、张敞、王章、王尊、汲黯那样的地方能吏，更缺少董仲舒、贾谊、晁错、刘向、张衡、扬雄之类坐而论道的人物。居多的乃孝廉、高行、贤良、经术之类的人物，主要以道德、学问见长。西汉很有些经学大师因"赃秽"而被逮，如号称大戴、小戴的戴德、戴圣叔侄俩。贪赃在西汉较常见，在东汉却很少有。

东汉人尚名节，把名节看得有过生命，为了名节不惜牺牲生命。赵翼《廿二史札记》中有"东汉尚名节"条，总结出东汉尚名节者有数端：尚忠义，以让爵为高，轻生报仇。他说："盖其时轻生尚气已成习俗，故志节之士好为苟难，务欲绝出流辈，以成卓特之行，而不自知其非也。然举世以此相尚，故国家缓急之际，尚有可恃，以搘拄倾危。"轻生死、重名节是当时很多人的自觉。杨震临死前说："死者士之常分。吾蒙恩居上司，疾奸臣狡猾而不能诛，恶嬖女倾乱而不能禁，何面目复见日月！"大有烈士就义的气概。其子杨秉继承乃父之风，口称："我有三不惑，酒、色、财也。"这是他总结自己一生的话。不为酒、色、财所惑，一般人说说而已，真正做到很难。杨秉能说出这话，是因为他做到了。

灵帝时，党锢祸再起，朝廷大举搜捕党人。汝南督邮受命逮范滂，到了县里驿站，心知其冤，不忍动手，关起门趴在床上大哭。范滂闻听，知道是因为自己，毅然赴狱。县令见此，自解印绶，要与他一起出逃。范滂与母亲诀别，口称不孝，其母曰："汝今得与李、杜齐名，死亦何恨！"在督邮、县令、范滂母亲身上，普遍有一种忠义之气。

从张俭逃亡一事可以见出这种风气普及的程度。张俭被追捕后一路逃亡，见有人家就去投宿，无一家拒绝。人们慕名收留他，丝毫不考虑破家亡身之祸。后来这些家庭都受到牵连，"其所经历，伏重诛者以十数，宗亲并皆殄灭，郡县为之残破"。时人见此，对张俭多有讥评。连对党人之祸深表同情的范晔也忍不住指责道："然俭以区区一掌，而欲独埋江河，终婴疾甚之乱，多见其不知量也。"

受张俭一事牵连的还有李膺，当时风声很紧，乡人对他说：你赶快逃命去吧。李膺慨然道："事不辞难，罪不逃刑，臣之节也。吾年已六十，死生有命，去将安之？"自投狱受死。

尚名节必清廉公正，必无私，这如忠臣必出于孝子之门一样。安帝时，杨震为东莱太守，上任时途经昌邑县。昌邑县令王密是杨震任荆州刺史时荐举的，恩人来到，王密自然热情接待。当晚，王密怀揣十斤金造访杨震，寒暄已毕，拿出黄金以示谢意。杨震拒绝了，说："故人知君，君不知故人，何也？"王密答："暮夜无知者。"杨震反驳道："天知，神知，我知，子知。何谓无知！"王密只好愧怍而出。

顺帝时，苏章为冀州刺史。清河郡属冀州部，太守是苏章故人。当时，苏章案行清河太守贪赃一事，事讫，特为宴请太守。席间，太守满以为苏章念故人情，罪可轻，高兴地说："人皆有一天，我独有二天。"他高兴得太早，苏章沉着脸告诉他："今夕苏孺文与故人饮者，私恩也；明日冀州刺史案事者，公法也。"第二天就把太守下狱了。

这是东汉两个极有名的故事。东汉官员多如此，以持正、清廉自命。这与他们的出身有关——都是先致学后做官，立身极正。

也因如此，东汉官员，尤其是所谓正臣，在行事上都表现出一种刚气，疾恶如仇，不假宽贷，较少圆滑婉转。八使案行天下一事，最可证明东汉官员的做事风格。这件事是朝臣们为挽回局面所做的共同努力，也是官员集体意识的集中爆发。

顺帝为宦官所立，故而对其感恩戴德，不加管束，任其胡作非为，朝内外一片怨嗟之声。加之梁氏父子相继把持朝政，尤其是那个梁冀，横行霸道，根本不把朝廷放在眼里，人们敢怒不敢言。朝廷如此，州郡县吏少有顾忌，玩忽职守，贪墨大行，吏治松弛。此时各地多有灾害，江淮一带变乱丛生。故而朝臣们建议派刺史巡行天下，纠举不法，重整吏治。于是，汉安元年（142年），顺帝下诏，遣侍中周举、杜乔，守光禄大夫周栩，前青州刺史冯羡，尚书栾巴，侍御史张纲，兖州刺史郭遵，太尉长史刘班分行天下，表贤良，显忠勤。一旦发现贪污有罪者，刺史、两千石官员报朝廷处置，州郡僚吏及县官以下可直接免官、收监。八使在朝廷素有威名，顺帝对他们抱有很高的期望，赋予其便宜行事的权力。

八使不负朝廷重望，雷厉风行，州郡僚吏、县令望风披靡。杜乔巡行兖州，表奏太山太守李固政绩为天下第一，查出陈留太守、济阴太守、济北相贪赃事，上表朝廷免其职。这三个官员都与梁冀有关，其中陈留太守梁让还是其季父。杜乔并非不知利害，他已不计其余了。

最威风的是张纲，八使中他年纪最小，气最盛，志最烈。他一直不满于宦官、外戚当权，常叹："秽恶满朝，不能奋身出命埽国家之难，虽生吾不愿也。"八使受命后，各赴州郡。张纲独留止不行，埋车轮于洛阳都亭，称："豺狼当路，安问狐狸！"奋笔草拟了一份奏章，上达后，朝野震惊。在这份奏章中，张纲声讨梁冀之罪，称："大将军冀、河南尹不疑,蒙外戚之援,荷国厚恩,以芻荛之资,居阿衡之任,不能敷扬五教,翼赞日月,而专为封豕长蛇,肆其贪叨,甘心好货,纵恣无底,多树谄谀,以害忠良。诚天威所不赦,大辟所宜加也。谨条其无君之心十五事,斯皆臣子所切齿者也。"振聋发聩。即使今天读来,犹掷地有声,让人感受到其中的刚烈之气。

可以说,张纲是东汉中后期官员的代表,他们有风骨,讲气节,宁折不弯,誓死捍卫朝廷的尊严,捍卫自己的道德操守。

但这些人也有致命的弱点:自视风骨高标,视人非清即浊,行事刚烈,不计后果,属于典型的理想主义者。纵观历史,理想主义者等同于牺牲主义者,失败是必然的。

光武帝时有一个"强项令"董宣,以耿直闻名,宁折不弯。以后杨震、李纲等人身上,都有些董宣的影子。东汉的官员大多属于"学而仕",身上学究气太重,较少权术而意气用事,不像西汉的官员那样老辣世故,故每每多败。

大明王朝有一个海瑞,别人都受不了,东汉却有一批这样的人。

桓帝永寿年间,司徒掾第五种出使冀州,考察灾害。其间,举奏刺史、两千石以下官员,免职、受刑者甚多。冀州一批官吏闻风而逃,弃官者达数十人。依东汉法律,挂冠而走不论罪。

桓帝永兴年间,黄河泛滥,漂没受灾达数十万户。朝廷任命朱穆为冀州刺史,冀州属县风闻此消息,县令、县长四十余人解印绶,弃官去职。朱穆到任,查实举奏一批官员,有人因害怕而自杀。

李膺性简亢,不与人结交,眼里容不得几个人。他做青州刺史时,守令畏其严明,多望风弃官。

范滂为太尉府掾吏时,奏举刺史、两千石权要二十余人。尚书责怪他举劾太多,怀疑他掺杂私情,范滂答曰:"臣之所举,自非叨秽奸暴,深为民害,岂以污简札哉!间以会日迫促,故先举所急,其未审者,方更参实。"他并不以二十余人为多,只因朝会在即,先举其罪大者,其余再慢慢查实。又言:"臣闻农夫去草,嘉谷必茂;忠臣除奸,王道以清。若臣言有贰,甘受显戮。"他是决心除草务尽了。

殊不知，任他这样参劾下去，朝廷无人矣！

范滂后来做郡功曹时，疾恶如仇，排除异类。凡不合他所认为的仁义、孝悌，一行不符者，尽行斥逐，"郡中中人以下，莫不归怨，乃指滂之所用以为'范党'"（《后汉书·党锢列传》）。与人共事，如此缺少襟怀气度，不要说朝廷，社会中人都目之为党，其能久乎！

西汉隽不疑说："凡为吏，太刚则折，太柔则废，威行施之以恩，然后树功扬名，永终天禄。"这是为官之道。东汉官员缺乏西汉官员的练达，清正刚烈有余，求同存异不足，故峣峣者易折，常常未胜敌方，先陷自己于危局。

两面树敌

在与外戚、宦官的不懈斗争中，东汉官员常处于一种苦苦挣扎中：既不满外戚专权，也不满宦官嚣张；既想与外戚争得一席之地，又不屑与宦官斗智斗勇。也因此两面不讨好，落得个被动挨打。外戚依靠的是天子，宦官依靠的也是天子，两方得势乃因笼络住了天子。官员们不明于此，他们在对付任何一方时，都不自觉地把矛头对准了天子，以尧舜之道、圣人之教，甚至以君臣父子之道评判天子。持道德的名义进行绑架，所以只能做哲学意义上的胜者。因为天子幼弱，所以朝臣们都想做天子之师，却没有想到保护乃至争取天子。也因为朝臣弱，故天子立，朝臣不与；天子废，朝臣不与；甚至天子被人毒死，朝臣也无可奈何，李膺不是眼睁睁看着质帝被梁冀毒死吗！外戚轮番立天子，宦官轮番换天子，这种情况下，要做到固邦本，如何可能！

面对外戚、宦官交替掌权的情势，朝臣们不去努力做天子的心腹、依靠，却一味热衷于与外戚、宦官争夺话语权。争的结果是大权旁落，机会丧失。和帝诛窦氏，不得不依靠宦官；安帝诛邓氏，大臣们帮不上忙；桓帝诛梁冀，则眼里只有宦官。在此背景下，想驱除内竖，如何可能！

与外戚争胜，只有一个策略，那就是"争"——争权、争势、争功，争得头破血流。必须达到一个目的，那就是"削"——削权、分势。梁氏得势，一门在朝，众兄弟封侯。大臣们不敢面对太后，仅把目标对准那些无功受封的，几乎无人与太后直接对话，取得太后支持。这样做，只会把太后置于不尴不尬之地。客观地讲，邓太后、窦太后、梁太后都想把朝廷的事办好。她们之所以听任外戚弄权，主要还是因为朝廷没有可依赖的老臣能够平衡内廷与外廷、戚党与朝臣的关系。朝臣中没有一个人能像陈平、狄仁杰，受吕后、武后信任，能巧妙制衡诸吕、诸武。阖朝上下，全是些爱挑毛病、动辄讥刺讽上的意气书生，让她不专任戚党都难。总之，东汉不缺书生、学者，缺政治家；不缺骨气，缺手腕。

　　而与宦官斗争，只有一个办法——驱逐，目的是逐尽。尽管每次都失败，但思路一直不变，一直到何进请董卓来为止。时为典军校尉的曹操看得很明白，他听到袁绍、何进谋请四方豪杰进京胁太后、诛宦者的消息后，笑道："宦者之官，古今宜有，但世主不当假之权宠，使至于此。既治其罪，当诛元恶，一狱吏足矣，何至纷纷召外兵乎！欲尽诛之，事必宣露，吾见其败也。"问首恶，儆其余，这是屡试不爽的好办法，窦武舍此不用，何进也如此，焉得不败！

　　东汉官员不懂斡旋，不留余地，非要与宦官斗个你死我活，逼得宦官们齐心协力，与外廷对垒。陈蕃与窦武合计诛除宦官，欲取得太后支持，太后曰："汉来故事世有，但当诛其有罪，岂可尽废邪？"本来这个意见不错，未必不是持平之论。但陈、窦二人一意孤行，坚决主张全部诛杀。他们这样做，连一些持中立态度的宦官也成了对立面，坏事也坏在这些人身上。窦武被杀前，一个小宦官骂他："中官放纵者，自可诛耳。我曹何罪，而当尽见族灭？"

　　袁绍与何进通谋后，报告何太后，何太后不听，说："中官统领禁省，自古及今，汉家故事，不可废也。且先帝新弃天下，我奈何楚楚与士人对共事乎？"说的也是实情。

　　两次行动失败，都是因太后反对，但似乎并未引起更多重视。仅就此一点论,陈蕃、窦武、袁绍、何进算不得政治家,他们做事还很生硬。

朝臣们如此,郡守、刺史也如此,拼命打击宦官势力,使本来很深的矛盾积如水火。

李膺为司隶校尉时,中常侍张让的弟弟为野王县令,贪残无道,听说了李膺的威严,畏罪逃回京师,藏在柱子里。李膺风闻消息,直接带人闯进他家,破柱抓捕,投到洛阳监狱,录完口供,立刻杀掉了。张让向桓帝哭诉,桓帝召李膺诘问,李膺侃侃而对。桓帝无言,回过头对张让说:你弟弟罪有应得,与司隶何干?自此诸黄门皆敛声屏气,连休沐日都不敢出宫门。桓帝奇怪,问他们怕什么。诸宦官叩头哭泣,回答:怕李校尉。可见桓帝也并非总是回护宦官。

张俭为山阳郡东部督邮,中常侍侯览家在其治下。侯览丧母,因还家大造坟茔。张俭举奏其罪,上报朝廷,奏章被侯览扣留。张俭一不做二不休,带人去侯览家,平坟拆屋,将其所有财产充公,然后再次上报。

侯览兄侯参为益州刺史,贪欲无度,敛钱过亿。太尉杨秉上奏朝廷,以槛车征召侯参入朝。侯参惧怕,于半道自杀。

灵帝时,中常侍王甫、曹节弄权,尚书令阳球恨得牙痒痒,发誓:"若阳球作司隶,此曹子安得容乎?"不久,他果然做了司隶校尉。始上任,立即将王甫等人收监,亲自审问。狱中,对王甫等施以大刑,五毒备极,王甫父子悉死杖下。之后,又把王甫的尸体悬挂在夏城门示众,大书"贼臣王甫"四字,并扬言:"且先去大猾,当次案豪右。"诸宦官及权门闻之,莫不胆战。曹节见王甫尸体,流泪恨言:"我曹自可相食,何宜使犬舐其汁乎?"随即向灵帝进言,说阳球不适合做司隶校尉,灵帝于是让阳球改做卫尉,免去司隶校尉职。阳球被召进宫时,仍念念不忘诛锄宦官一事:"臣无清高之行,横蒙鹰犬之任。前虽纠诛王甫、段颎,盖简落狐狸,未足宣示天下。愿假臣一月,必令豺狼鸱枭,各服其辜。"

像这样的事还有很多。宦官们党羽遍布,而这些党羽有恃无恐,横行不法，为害地方。朝野上下憎恨之余，同声相应，以诛除宦官及其党羽为能事。可惜事与愿违，每除掉一个恶人，都遭到宦官的强烈报复，损失只会更大。斗争的结果是，能吏愈来愈少，宦官势力却牢不可破。

在打击宦官的气焰方面，官员们做派生硬，办法单一。相较于他们，宦官要老辣很多。党祸初起就是由宦官撺掇而成，桓帝追究党人之罪，陈蕃等极力反对。此事虽一时作罢，但问题一直悬在那儿，"党人之名，犹书王府"，很少有人清醒地认识到。灵帝时，宦官们再次捡起这个武器，促使党祸又起。而这一次，事件发生如同儿戏，史书载：

> 是时上年十四，问（曹）节等曰："何以为钩党？"
> 对曰："钩党者，即党人也。"
> 上曰："党人何用为恶而欲诛之邪？"
> 对曰："皆相举群辈，欲为不轨。"
> 上曰："不轨欲如何？"
> 对曰："欲图社稷。"
> 上乃可其奏。
>
> （《资治通鉴》卷五十六"汉纪四十八"）

十四岁的皇帝虽不懂政治，却也本能地知道维护社稷。只是，他没有料到他这一"可其奏"，将招致多少人人头落地。

宦官们懂政治，深知帝王最怕臣子结党，故而以结党为名打击朝臣。他们很聪明，一击即中。相反，朝臣们打击宦官却往往抓不住要害，仅在贪欲、残暴、遍插党羽等表面问题上做文章。治一人看似有效，治宦党则无力。灵帝本身就贪财好利，这些事对他来说算不了什么。

张角起事前，曾派人秘密赴京师，勾结中常侍，约定起事日期，被张角部下告发。灵帝大怒，命廷尉一查到底。这一查，就查出中常侍来。涉事宦官被诛后，灵帝仍恨不已，诘责张让等宦官："汝曹常言党人欲为不轨，皆令禁锢，或有伏诛。今党人更为国用，汝曹反与张角通，为可斩未？"

像这样重大的机会，灵帝尚能发现，却不见朝臣发声，官员们太不懂斗争哲学。

历史上，唐朝有宦祸，明朝也有，二朝官员要比汉朝人聪明得多，懂得保护自己。唐朝官员依违其中，与宦官互不干犯。明朝官员更是懂得借重宦官势力，达到自己的目的。几个著名宰辅如申时行、高拱乃至张居正，都是依靠宦官取得相位，他们在处理各种关系时如鱼得水，表现出高超的政治手腕。这些，汉朝官员做不来，让人不得不敬重他们的操守、气节。对他们怜惜之余，不由人慨叹：对立面永远是一个除不尽的得数！

东汉外戚、宦官专权，几乎纠缠了一百五十年，在此过程中，朝廷一日日走向衰亡。其间，苦苦撑持的是一大批士大夫。范晔总结道：顺帝之时"英能承风，俊乂咸事"，"东京之士，于兹盛焉"；及至桓帝之时，"硕德继兴"，陈蕃、杨秉、王畅、李膺之类"弥缝衮阙""献替匡时"，"其余宏儒远智，高心絜行，激扬风流者，不可胜言。而斯道莫振，文武陵队，在朝者以正议婴戮，谢事者以党锢致灾。往车虽折，而来轸方遒。所以倾而未颠，决而未溃，岂非仁人君子心力之为乎？呜呼！"（《后汉书·左周黄列传》）至"桓、灵之世，若陈蕃之徒，咸能树立风声，抗论惛俗。……汉世乱而不亡，百余年间，数公之力也。"（《后汉书·陈王列传》）这些正臣心志高洁，勠力王室，匡君正朝，虽死无恨。可惜由于其自身的先天不足，结果壮志未酬。这大概也是一种历史宿命吧。

东汉的外戚与宦官，唐代的宦官与藩镇，宋朝的边患，明朝的边患与宦祸，可以归结为一种时代病，都是各朝自身无法解决的问题，非依赖外力介入不可。至于东汉、唐、宋、明普遍存在的党争问题，乃是弱朝必然存在的现象。朝廷弱，则强臣起，这个现象在魏晋南北朝表现得更为突出。之所以江山屡屡易手，乃因无法驾驭悍臣。时代病属于沉疴痼疾，自身无法解决。可怕的是，一个问题常常会引发其他问题，交互纠缠，成为一种共生现象。最后，治丝益棼，焚之而后已，大家集体毁灭了事。解决时代病是要伤及根本的，问题悬而未决，尽管艰难，尚可维持；一旦图谋彻底解决，距离毁亡也就不远了。面对历史，有时会让人产生一种悲观。